BEGEHRT VON EINEM ALPHA

EWIGE GEFÄHRTEN
BUCH 5

FELICITY HEATON

EWIGE GEFÄHRTEN

Buch 1: Geküsst von einem Dunklen Prinzen

Buch 2: Beansprucht von einem Dämonenkönig

Buch 3: Verzaubert von einem Ruchlosen Prinzen

Buch 4: Gejagt von einem Jaguar

Buch 5: Begehrt von einem Alpha

Buch 6: Gebissen von einer Höllenkatze

Buch 7: Entführt von einem Drachen

Buch 8: Gezeichnet von einem Attentäter

Buch 9: Besessen von einem Dunklen Krieger

Buch 10: Erweckt von einer Dämonin

Buch 11: Verfolgt vom König des Todes

Buch 12: Verwandelt von einem Tiger

Buch 13: Gezähmt von einer Tigerin

Buch 14: Geschätzt von einem Tiger

Buch 15: Entfesselt von einer Verbotenen Liebe

Buch 16: Gerächt von einem Engel

Buch 17: Verführt von einem Dämonenkönig

Buch 18: Verbrannt von der Dunkelheit

Buch 19: Entflammt von einem Incubus

Buch 20: Begehrt von einem Wolf

Buch 21: Verzaubert von einem Vampir

KAPITEL EINS

CAVANAUGH WARF einen Blick auf seine Uhr. Die bunten Lichter über der Bar des Underworld blitzten im Takt der dröhnenden Musik über das Zifferblatt, hinderten ihn aber nicht daran, zu sehen, was er wollte. Es war nach Mitternacht. Vier Jahre und dreihundertfünfundsiebenzig Tage waren vergangen. In acht Tagen, mit dem Aufgehen des Vollmonds, würde er ein Mann ohne Status sein.

Er konnte es kaum erwarten.

Es fühlte sich an, als hätte dieser Moment zu lange auf sich warten lassen, als hätte er eine Ewigkeit darauf gewartet. Die Politik des Rudels und all der Mist, der damit einherging, würden aufhören zu existieren.

Er würde frei sein.

Cavanaugh lehnte sich mit dem Rücken gegen die Ecke der schwarzen Bar und versteckte sich vor dem beleuchteten Bereich zu seiner Linken, wo Sherry mit einer anderen Gruppe junger Fae flirtete, während sie ihnen ihre Getränke servierte, ihren blonden Pferdeschwanz um ihre Finger wickelte, und Kyter herum stampfte, als würde er auf einer Wespe kauen. Hart. Der große, sandfarbene Jaguarwandler war in mieser Stimmung, seit seine neue Gefährtin, Iolanthe, in ihre Heimat, das Elfenreich, zurückgekehrt war, um ihren Eltern die Neuigkeiten zu überbringen. Anscheinend hatte Kyter sie begleiten wollen, und Iolanthe hatte klugerweise beschlossen, allein zu gehen. Cavanaugh hatte sie etwas darüber erwähnen hören, wie er gedroht hatte, ihre Eltern zu töten.

Er seufzte und rollte mit den Schultern, um die Verspannung zu lösen, die sich in ihnen aufbaute, geboren aus einer zermürbenden Trainingseinheit, die über einen halben Tag gedauert hatte. Je näher der Tag rückte, auf den er gewartet hatte, desto angespannter wurde er, und die einzige Erleichterung, die er gefunden hatte, war, in dem Fitnessstudio, das Kyter im hinteren Teil des Nachtclubs eingerichtet hatte, den Cavanaugh sein Zuhause nannte, die Hölle loszulassen.

Sein Chef hatte vorgeschlagen, eine Frau zu finden, um seine Bedürfnisse zu stillen, aber Cavanaugh war nicht an den Frauen interessiert, die den Club frequentierten, oder an ihrer Aufmerksamkeit. Er hätte wahrscheinlich die freie Auswahl, aber es gab nur eine Frau, die er in dieser Welt wollte.

Seine Schicksalsgefährtin.

Er tastete nach der rechten Tasche seiner schwarzen Hose und fühlte die Brieftasche dort, seine Gedanken bei dem verblassten Foto, das sie enthielt. Das Bild hatte sich in sein Gedächtnis eingebrannt, durch unzählige Stunden, die er auf seinem Bett in seiner kleinen Wohnung im hinteren Teil des Underworld verbracht hatte, das alte Bild über sich haltend und es anstarrend.

Unzählige Stunden voller Reue.

Unzählige Stunden, in denen er sich gefragt hatte, wie anders die Dinge hätten sein können.

Er versuchte, diesen Unterschied zu bewirken. Er versuchte, die Wege zu ändern, auf denen sie irgendwie gelandet waren, und sie wieder zusammenzubringen.

Die Methoden, die er gewählt hatte, waren nicht die besten gewesen, aber er konnte die Dinge jetzt nicht mehr ändern. Er hatte seine Wahl getroffen und damit gelebt, durch den Kampf, der ihn fast das Leben gekostet hätte, bis hin zu dem Schmerz, seinen Fehler zu erkennen, und den fast fünf Jahren der Trennung, die einen Teil von ihm gebrochen hatten.

Dieser Teil von ihm war bereits angeschlagen gewesen, bevor er die Reihe von Ereignissen in Gang gesetzt hatte, die ihn zum Underworld geführt hatten.

Es war eine konstante Quelle des Schmerzes seit jener schicksalhaften Nacht in seinem Rudeldorf gewesen, und er hatte sein Bestes getan, um den Fluss davon einzudämmen, wobei er sich fühlte, als würde er versuchen, einen Tsunami mit bloßen Händen aufzuhalten. Jede Nacht seitdem hatte er sein Herz so gut wie möglich geflickt und um die Kraft gekämpft, weiter vorwärts zu gehen, seine Augen fest auf die Zukunft gerichtet, die er wollte, entschlossen, sie Wirklichkeit werden zu lassen.

Entschlossen, all die Fehler, die er gemacht hatte, und den Schmerz und die Einsamkeit, die er ertragen hatte, in etwas Herrliches zu verwandeln.

Seine Gefährtin in den Armen zu halten.

Ein Tumult in der Nähe des Eingangs des Nachtclubs zu seiner Linken erregte seine Aufmerksamkeit und auch die von Kyter. Cavanaugh starrte über den sandfarbenen Mann hinweg und versuchte, einen Blick darauf zu erhaschen, was vor sich ging. Die Menge war zu dicht, der Club heute Abend voll, was es unmöglich machte, etwas anderes als einen Blitz einer zerlumpten grauen Mantelkapuze und eines Rucksacks zu erhaschen. Es sah aus, als wäre jemand am falschen Ort gelandet.

Sie war für eine verdammte Expedition gekleidet, nicht für einen Nachtclub, wo die meisten Gäste wenig trugen und auf der Tanzfläche und in den schattigen Alkoven ins Schwitzen kamen.

Eine Frau winkte ihm zu, schwenkte ihre Hand, als wäre er ein Sklave und sie könnte ihm Befehle erteilen. Cavanaugh warf ihr einen finsteren Blick zu, aber sie beharrte darauf und schenkte ihm ein komm-und-hol-mich-Lächeln, das ihn innerlich kalt werden ließ.

Niemand konnte lächeln wie *sie*.

Ihr Lächeln erhellte die Welt.

Es erwärmte selbst die kältesten Bereiche seines Herzens.

Das Lächeln, das sie auf dem Bild in seiner Brieftasche trug, ihre Arme um seinen Hals geschlungen und ihre rosige Wange an seine gepresst. Sie hatte sich in seine Arme geworfen, als ihre Mutter angeboten hatte, ein Foto von ihnen zu machen, um die Kamera zu testen, die er ihr als Geschenk von seiner letzten Reise den Berg hinunter zur nächsten großen Stadt mitgebracht hatte. Er war eine Woche weg gewesen und bei den Göttern, er hatte Eloise in dieser Zeit vermisst.

Bei den Göttern, er hatte sie vermisst, seit er vor fünf Jahren aus dem Dorf geflohen war, sein Stolz in Fetzen, aber Entschlossenheit brannte in seinem Herzen.

Hoffnung, dass er vielleicht die Zukunft gestalten könnte, die er wollte, und der entkommen könnte, in die er hineingeboren und gezwungen worden war, sie zu akzeptieren.

Er war kurz davor aufzugeben und der Frau zu servieren, die immer noch verzweifelt versuchte, seine Aufmerksamkeit zu erregen, als sich die vermummte Wanderin näherte. Sein Blick richtete sich über die Köpfe der Gäste, die die geschäftige Bar säumten, auf sie.

Es war eine Frau. Durchschnittliche Größe. Ein wenig zu dünn, selbst mit dem dicken Mantel. Sie stolperte in eine Gruppe von fünf männlichen Dämonen in der Nähe des Randes der Tanzfläche zu seiner Linken und wedelte mit ihren kleinen Händen herum, wobei Narben sichtbar wurden, die ihre Handgelenke umschlossen.

Als einer der stämmigen männlichen Dämonen leicht gegen ihre Schulter stieß, sie kaum berührte, taumelte sie zurück und wäre fast gefallen, fing sich aber wieder. Was war los mit ihr?

War sie obdachlos, auf Drogen oder vielleicht betrunken?

Sie war unsicher auf den Beinen, als sie sich von den Dämonen entfernte und in Cavanaughs Richtung ging, auf eine Gruppe der dicken schwarzen Säulen zu, die sich zu beiden Seiten der Tanzfläche erhoben, um die hohe Decke des Clubs zu stützen. Die Dämonen folgten ihr, tauschten Blicke und böse Grinsen aus, die Cavanaugh sich fragen ließen, wie die Frau wohl aussah. Ihre Kapuze verdeckte ihr Gesicht, verbarg es vor ihm, aber er vermutete, dass sie hübsch war, weil die Dämonen aussahen, als wollten sie mit ihr feiern.

Sie wedelte erneut mit den Händen, als sie direkt vor Cavanaugh stand, offensichtlich versuchte sie, die Männer abzuwehren, und er spürte die Erschöpfung, die von ihr ausging. Nicht betrunken oder auf Drogen. Sie war gestolpert, weil sie schwach war.

Seine dunkelgrauen Augen begannen sich zu weiten.

Er konnte ihre Erschöpfung spüren?

Ihr Duft traf ihn hart, warf ihn einen Schritt zurück, und er musste sich an der Kante der schwarzen Bartheke vor ihm festhalten, um sich zu stabilisieren. Er starrte sie an, unfähig, die Augen von ihr abzuwenden, sein Kopf und Herz taumelten.

Das konnte nicht sein.

Die Dämonen warfen ihr finstere Blicke zu, als sie ihnen etwas zeigte. Ein kleines Stück Papier.

Der Größte der Gruppe deutete zur Bar.

Sie drehte sich um.

Cavanaughs Herz blieb stehen.

Welliges dunkles Haar quoll unter der Kapuze hervor, die Lichter des Clubs spielten über die untere Hälfte ihres Gesichts und ließen ihre blasse Haut in verschiedenen Farben erstrahlen, während sie die Bar entlang suchte.

Er grub seine hervortretenden Krallen in die hölzerne Theke, um sich zu verankern. Er hielt sich zurück, als ein heftiges Verlangen, zu ihr zu gehen, ihn durchströmte und er gegen die Wellen des Unglaubens ankämpfte, die über ihn hereinbrachen.

Sein Herz sagte ihm, dass sie nichts weiter als eine Fantasie war. Sie war ein Produkt seiner überreizten Vorstellungskraft, hervorgerufen durch zu viele Gedanken an sie, Pläne, wie er es ihr wieder gutmachen würde, sobald er frei von seinem Status wäre und ins Dorf zurückkehrte, und wie er ihr beibringen würde, dass sie seine Schicksalsgefährtin war. Sie konnte nicht hier sein. Es war unmöglich.

Sein Kopf und jeder Instinkt, den er besaß, sagten ihm, dass sie es war. Sie war real.

Und sie war so wunderschön, wie er sie in Erinnerung hatte, mit ihren weichen, herzförmigen Lippen, die ihn danach verlangen ließen, sie zu küssen, ihrer schelmischen Stupsnase und ihren auffälligen Augen, umrahmt von langen dunklen Wimpern.

Wenn er sie jetzt ansah, konnte er nicht glauben, dass er es so lange ohne ihren Anblick oder ihren Duft ausgehalten hatte, aber ihr Anblick ließ die kurze Zeit, die sie getrennt gewesen waren, mehr denn je wie eine Ewigkeit erscheinen.

Er atmete schwer und klammerte sich an die Theke, während er auf sie wartete. Sein Herz arbeitete schwer, als er sie in Gedanken anflehte, ihn zu bemerken, auch wenn er es gleichzeitig fürchtete. Er wusste, dass sie wütend auf ihn sein würde, weil er das Rudel und sie verlassen hatte, und dass es schwierig sein würde, ihr seine Gründe verständlich zu machen. Er erwartete nicht, dass sie ihm sofort verzeihen würde, aber er war bereit, daran zu arbeiten, sie zurückzugewinnen.

Sie war alles, was für ihn zählte.

Seine Position oder das Rudel interessierten ihn einen Dreck. Es gab nur einen Grund, warum er es bereute, das Dorf verlassen zu haben. Es gab nur einen Grund, warum es ihn umgebracht hatte zu gehen.

Es hatte ihn umgebracht, sie zu verlassen.

Aber jetzt war sie hier. Sie stand nur wenige Meter von ihm entfernt, wieder in seiner Reichweite und doch gleichzeitig unerreichbar.

Er verfluchte die Götter.

Sie hatten ihm sowohl seinen wildesten Traum als auch seinen schlimmsten Albtraum beschert. Acht Tage. Warum konnten sie Eloise nicht in acht Tagen zu ihm bringen, wenn er frei wäre, mit ihr zusammen zu sein?

Diese acht Tage zu warten, würde eine Qual sein, aber er würde es ertragen. Er würde gegen jeden Instinkt ankämpfen, der verlangte, dass er seine Gefährtin in Anspruch nahm, denn sie verdiente es, geschätzt und geachtet zu werden. Sie verdiente es zu wissen, dass er sie liebte und dass das, was sie hatten, echt war.

Sie verdiente es, eine Wahl zu haben und sich nicht verpflichtet zu fühlen, mit ihm zusammen zu sein, nur weil er ihr Alpha war und die Regeln des Rudels vorschrieben, dass sie sich ihm hingeben sollte, wenn er Interesse an ihr zeigte.

Das war nicht die Art von Beziehung, die er für sie wollte. Er musste wissen, dass sie aus freien Stücken bei ihm war, nicht wegen seiner Position.

Er musste ihr zeigen, dass er sie respektierte, liebte und dass sie die einzige Frau für ihn war.

Er wollte keine andere.

In acht Tagen wäre das möglich. Er wäre frei, ihr Gefährte zu sein.

Im Moment bestimmten die Gesetze ihrer Art, dass sie nur seine Geliebte sein konnte.

Er würde seiner Eloise nie so etwas antun. Er würde sie niemals auf diese Weise entehren oder sie wie eine Untergebene behandeln. So sehr es ihn auch umbrachte, er würde auf sie warten.

Er würde ewig warten, wenn es sein müsste.

Ein anderer der Dämonen, ein gutaussehender dunkelhaariger Mann, legte ihr eine Hand auf die Schulter und drehte sie wieder zu sich um, ein verführerisches Lächeln umspielte seine Lippen.

Der beißende Geruch von Angst vermischte sich mit ihrem süßen Duft.

Cavanaugh knurrte und reagierte instinktiv. Er stemmte eine Hand auf die Theke und sprang mühelos darüber. Die Gäste auf der anderen Seite keuchten auf und machten ihm hastig Platz, als er lautlos auf seinen Stiefeln landete. Er bahnte sich seinen Weg durch die Menge, ohne sich darum zu kümmern, wie viele Feen oder Dämonen er verärgerte, während er zielstrebig auf sie und den Mann zusteuerte, der es gewagt hatte, ihr Angst einzujagen.

Er schob die letzten Gäste beiseite und packte einen Herzschlag später ihren Arm. Ein Blitz fuhr durch seine Knochen, setzte ihn in Brand und ließ die tickende Zeitbombe, die sein Temperament war, explodieren. Er knurrte durch seine hervortretenden Reißzähne, als er sie hinter sich zog, ihr einen erschrockenen Laut entlockte und sich zwischen sie und die Dämonen stellte.

Er rammte die flache Hand gegen die breite Brust des Dämons und stieß ihn in die vier hinter ihm. Der Dämon knurrte ihn an, ein feuriger Kranz um seine Iris warnte Cavanaugh, dass er kurz davor war, sich zu verwandeln, seine Hörner drohten hervorzutreten und den Menschen um sie herum zu offenbaren, was er war.

Cavanaugh knurrte zurück, der Club wurde heller, als seine Augen begannen, sich zu verwandeln und silbern zu werden. Sein Blut pochte und jeder Instinkt in ihm brüllte, Eloise zu beschützen. Er kämpfte gegen das heftige Verlangen an, sich zu verwandeln, rang mit seiner Schneeleopardenform, die sich unter seiner Haut wand, angestachelt von seinem Hunger, den Dämon mit seinen Krallen in Stücke zu reißen.

Der Dämon richtete sich zu seiner vollen Größe auf, fast dreizehn Zentimeter größer als Cavanaughs ein Meter achtundneunzig, und starrte auf ihn herab. Cavanaugh zuckte nicht zurück. Er hielt dem Blick des Mannes stand, während dieser sich ebenfalls aufhellte und begann, rot zu glühen. Einer der Freunde des Mannes murmelte etwas und berührte seine Schulter, und der Mann wandte seinen Blick von Cavanaugh ab und sah hinter ihm zur Bar.

Cavanaugh konnte Kyter dort spüren, der beobachtete, was geschah. Seine stille Unterstützung.

Er schätzte die Unterstützung seines Chefs, besonders als die Dämonen ihm einen letzten bösen Blick zuwarfen, bevor sie in der Menge verschwanden. Er blieb regungslos stehen und sah ihnen nach, atmete schwer, um sich zu beruhigen und sein Bedürfnis, sich zu verwandeln, zu zügeln. Er wäre seinen Job und sein Zuhause los, wenn sein Chef den örtlichen Behörden erklären müsste, wie plötzlich ein Schneeleopard im Underworld aufgetaucht war.

Als die Dämonenmänner an den Rand seiner Wahrnehmung gerückt waren, wurde sich Cavanaugh seiner Hand und des zarten Arms, den er umklammerte, bewusst. Er wurde sich ihrer bewusst, wie sie hinter ihm stand, zitternd, und nicht nur aus Angst. Da war auch Erschöpfung und etwas anderes.

Der gleiche Grund, aus dem er innerlich bebte?

Er hatte sich diesen Moment tausendmal oder öfter vorgestellt. Es war nicht genau so gelaufen, wie er es geplant hatte, und es war zu früh gekommen, aber das Leben liebte es, ihm einen Strich durch die Rechnung zu machen, und er würde einen Weg finden, damit umzugehen.

Er holte tief Luft, hielt sie an und drehte sich langsam zu ihr um.

Sie hob ihren Blick zu seinem, ihre auffälligen goldbraunen Augen trafen ihn hart. Er hatte sie schon immer geliebt, hatte stundenlang in sie hineinschauen können, während sie mit ihm sprach, lachte und lächelte. Sie drückten all ihre Gefühle aus.

Heute Abend ließen sie ihn innerlich erkalten.

Sie waren wie von Geistern heimgesucht.

Ihr Schmerz war deutlich in ihnen zu erkennen.

Sie senkte den Blick auf ihre Füße und er runzelte

die Stirn, als er sah, wie sie sich hielt, ihren freien Arm an die Brust gepresst. Defensiv. Ängstlich.

Die Narben an ihren Handgelenken fielen ihm wieder auf und er wollte sie berühren, aber sie wich einen Schritt zurück und brachte ihren freien Arm außer Reichweite. Er ließ seine Hand sinken, da er sie weder erschrecken noch ihr ein unangenehmes Gefühl geben wollte. Er wollte das Gegenteil bewirken. Er wollte sie trösten.

Die Menge im Club drängte sich wieder heran und stieß ihn an. Die Musik dröhnte und tat seinen Ohren weh, was ihn irritierte. Er kämpfte gegen den tiefen Drang an, den Leuten um sie herum die Zähne zu zeigen, um sie von Eloise wegzutreiben und etwas von ihrer Angst zu nehmen. Er wollte sie ganz vertreiben. Seine tiefsten Urinstinkte verlangten, dass er sie an einen sicheren Ort brachte, um das zu erreichen. Irgendwohin, wo sie sich nicht mehr fürchten würde. An einen ruhigeren Ort, wo sie reden konnten.

Irgendwohin, wo sie allein sein konnten.

Er zog sie mit sich durch die Menge und schob wieder alle aus dem Weg, als er auf die Bar zusteuerte.

»Kann jemand meinen Platz übernehmen?«, rief er über den Lärm hinweg, als er das Ende der Bar erreichte.

Kyter nickte und verlor für einen Moment seine düstere Miene. Ein Blick huschte über seine goldenen Augen, als er sie auf Eloise richtete und dann wieder auf Cavanaugh fixierte. Er würde die Fragen des Jaguargestaltwandlers später beantworten. Im Moment musste er wissen, was Eloise zugestoßen war, dass sie den ganzen Weg hierher gekommen war, so weit weg von zu Hause.

War sie seinetwegen gekommen? Oder hatte sie einen anderen Grund?

Sein Herz sagte ihm, er solle hoffen, dass er der Grund war, aber er wagte es nicht zu glauben, dass er der Grund für ihre Anwesenheit hier war.

Er zog sie nach links in eine schattige Ecke des Clubs und zur Tür in der schwarzen Wand, die nach hinten führte. Er tippte den Code auf dem silbernen Bedienfeld ein, drehte den Knauf und stieß die schwere Tür auf. Erst dann ließ er Eloise los.

Er hielt ihr die Tür auf. Langsam ging sie an ihm vorbei, ihr Rucksack bewegte sich bei jedem vorsichtigen Schritt, den sie in den warm beleuchteten großen Raum machte, der wie ein riesiger Flur wirkte. An der Wand zu seiner Rechten befanden sich Türen, die zum Fitnessstudio, Spielzimmer und zu den Büros führten, und an der Wand zu seiner Linken eine Metalltreppe, die zu den Apartments für das Personal führte. Als sie die Tür passiert hatte, trat er hindurch und ließ sie hinter sich zufallen. Sie knallte zu, das Geräusch hallte durch den weitläufigen hellen Raum.

Eloise zuckte zusammen und wirbelte herum, um ihn anzusehen. Die graue Kapuze ihres Mantels fiel bei der Bewegung zurück und gab sie seinem Blick preis.

»Tut mir leid«, murmelte er, und sie senkte ihren Blick wieder auf ihre Füße.

Cavanaugh verfluchte sie im Stillen. Als er sich ihr Wiedersehen vorgestellt hatte, war sie nicht so verdammt schüchtern gewesen. Sie war die Frau gewesen, die er vor einem Jahrzehnt gekannt hatte, bevor alles den Bach runtergegangen war. Sie war auch so schön und strahlend gewesen wie damals, ihre Augen hell und nicht von Geistern heimgesucht, ihre Haut blass und makellos, nicht vernarbt an den Handgelenken und dunkel unter den Augen.

Ihr Anblick und ihr Verhalten zerrissen ihn innerlich und erfüllten ihn mit dem dunklen Verlangen herauszufinden, was ihr zugestoßen war, und gegen jeden vorzugehen, der ihr möglicherweise Schaden zugefügt hatte.

Er zitterte vor diesem Verlangen, ein Sturm braute sich in seinem Herzen zusammen, ein gefährliches Unwetter, das ein Ziel brauchte – jemanden, den er leiden lassen konnte, so wie Eloise offensichtlich gelitten hatte.

Ein anderes Ziel als sich selbst.

Im Moment konnte er die Schuld nur sich selbst zuschreiben, und es zerriss ihn, zerfetzte sein Herz und erfüllte seinen Verstand mit giftigen Worten, die stachen und ihn bluten ließen.

Eloise würde ihm nie verzeihen.

Eloise würde nie die Seine sein.

KAPITEL ZWEI

CAVANAUGH BEHERRSCHTE seine Angst und drängte sie zurück, befreite seinen Kopf von den dunklen Worten, die ihn quälten, und beruhigte sein Herz, indem er sich versicherte, dass nicht alles verloren war. Eloise war hier bei ihm. Sie war seinetwegen gekommen. Er musste sich darauf konzentrieren, sich um sie zu kümmern und herauszufinden, was ihr zugestoßen war, dass sie nach London gekommen war, eine Welt entfernt von ihrem Dorf in den Bergen Bhutans.

»Was machst du so weit weg vom Rudel?« Er wagte einen Schritt auf sie zu und war dankbar, als sie nicht zurückwich, um den Abstand zwischen ihnen zu wahren. Er musste ihr nahe sein. Er brauchte die Realität, um zu begreifen, dass sie wirklich hier bei ihm war, im hellen Hinterzimmer des Underworld stand, und dass er zum ersten Mal seit einem Jahrzehnt, als er die Rolle des Alphas übernommen hatte, mit ihr sprach und im Begriff war, ihre süße Stimme wieder zu hören. »Was ist dir zugestoßen?«

Er streckte die Hand aus und fasste sanft ihr Handgelenk, hob es zwischen ihnen und lockte sie zu sich. Er rieb leicht mit dem Daumen über die Narben darauf, Spuren, die aussahen, als wären sie von Seilen verursacht worden. Wer hatte ihr das angetan? Wer auch immer es gewesen war, Cavanaugh würde sie finden und in Stücke reißen. Er würde sie leiden lassen, wie sie gelitten hatte. Ein Knurren rollte durch seine Brust und kroch seine Kehle hinauf, geboren aus einem dunklen und verzehrenden Hunger, sie zu rächen.

Sie befreite sich aus seinem Griff und versteckte ihre Arme hinter ihrem Rücken.

»Verdammt nochmal, Eloise«, bellte er, und sie senkte den Kopf und wandte ihr Gesicht von ihm ab.

Die reichen braunen Wellen ihres langen Haares fielen herab und verbargen ihr Gesicht, aber sie konnten nicht verbergen, wie ihre Schultern unter ihrem schmutzigen Mantel zitterten. Er zügelte seine Frustration. Er konnte ihren Kampf spüren, konnte ihn in den subtilen Veränderungen ihres Duftes riechen. Es kostete sie viel Kraft, still zu bleiben, wenn sie sich gezwungen fühlte, den Regeln ihrer Art zu gehorchen und ihm zu antworten.

Warum wollte sie ihm nicht antworten? Er musste wissen, was ihr zugestoßen war. Es erfüllte ihn vollständig, ein unablässiger Drang, den er nicht abschütteln konnte, geboren aus seiner tiefen Verbindung zu ihr. Er fürchtete, er würde wahnsinnig werden oder die Beherrschung verlieren, wenn sie darauf bestand, zu schweigen und sich weigerte, ihm zu sagen, was ihr zugestoßen war.

Er würde wahnsinnig werden, wenn sie sich

weigerte, ihn anzusehen oder ihm die Freude zu bereiten, ihre Stimme zu hören. Konnte sie das nicht sehen?

Er ballte die Fäuste an seinen Seiten, um sich davon abzuhalten, ihre schmalen Schultern zu packen und sie dazu zu bringen, ihn anzusehen, und betrachtete sie stattdessen, sah, wie anders sie jetzt war. Er vermisste die Frau, die sich unzählige Male gegen ihn behauptet und ihn in seine Schranken gewiesen hatte. Diese Frau schien in jener schicksalhaften Nacht verschwunden zu sein, als er sie als seine Schicksalsgefährtin erkannt hatte, aber keine Gelegenheit bekommen hatte, es ihr zu sagen. Sie war ihm entrissen worden, als er gezwungen war, seinen Platz im Rudel einzunehmen, nach dem Tod seines Vaters dessen Mantel aufzunehmen.

Als Alpha.

Cavanaugh fühlte, als hätte er sie damals verloren und sein Herz wäre zerbrochen. Sie war von ihm weggedriftet, verließ immer den Raum, wenn sich die statushohen Weibchen des Rudels ihm näherten, selbst wenn er sich danach sehnte, dass sie blieb.

Er hatte sich danach verzehrt, dass sie ihn ansah und lächelte und ihn wissen ließ, dass es ihr gut ging.

Er hatte die Aufmerksamkeit der anderen Weibchen nicht gewollt. Er hatte ihre gewollt. Er hatte gewollt, dass sie zusammen waren, wie es hätte sein sollen.

Er hatte sich nach ihr verzehrt.

Verzehrte sich immer noch nach ihr.

»Warum bist du hier?«, flüsterte er, immer noch schmerzlich darauf hoffend, dass sie ihn ansah und lächelte und ihn wissen ließ, dass es ihr gut ging.

Er sehnte sich danach, ihre Stimme wieder zu hören

und sie sagen zu hören, dass sie seinetwegen gekommen war. Er brauchte sie, um ihn aus seinem Elend zu erlösen. Er brauchte sie, um ihm zu sagen, dass sich zwischen ihnen nichts geändert hatte, trotz allem, was geschehen war, und dass es eine Chance für ihn gab. Er brauchte es, wie er noch nie etwas gebraucht hatte, als wäre es so lebenswichtig wie die Luft in seinen Lungen oder ein Schlag in seiner Brust. Sie hatte Macht über ihn wie kein anderer. Nicht einmal der Mann, der ihm beinahe eine Niederlage beigebracht hatte, konnte sich mit ihr messen.

Sie hatte die Macht, ihn zu zerstören, ihn zu töten.

Und sie tat es mit nur einer Handvoll Worte.

»Bitte komm zurück zum Rudel.«

Diese Worte trafen sein bereits schmerzendes Herz wie Dolche, jedes einzelne sandte Schmerz vom Zentrum seiner Brust nach außen.

Sie war nicht seinetwegen gekommen, weil sie mit ihm zusammen sein wollte. Er war ein Narr gewesen, als er seinem Herzen erlaubt hatte, ihn zu überzeugen, dass sie den Mut gehabt hatte, den er nicht hatte, und gekommen war, um die Tage mit ihm abzuwarten, bis sie wieder zusammen sein konnten.

Sie war hier wegen Rudelangelegenheiten.

»Du bist den ganzen Weg gekommen, um mich das zu fragen?« Er runzelte die Stirn, sein Ton flach und so leer, wie er sich innerlich fühlte, als alles einsank. Nichts hatte sich geändert. Fünf Jahre Hölle, gefolgt von fünf Jahren Qual, und immer noch stand eine Mauer zwischen ihnen, eine Barriere, die unüberwindbar schien. Er wollte sie niederreißen, aber sie war nicht greifbar, errichtet aus Traditionen und Regeln, die Jahrtausende zurückreichten, Gesetze, die so tief in ihnen verwurzelt waren, dass sie sich nicht befreien konnten und ihre Sklaven waren. »Ich habe das Rudel verlassen, Eloise. Ich habe kein Interesse daran, zurückzukehren. Ich habe keinen Grund, dorthin zurückzugehen. Das Rudel braucht mich nicht. Es hat einen Alpha.«

»Das Rudel braucht dich.« Sie hob den Kopf ein wenig, und er dachte, sie würde ihm in die Augen sehen und ihren Worten etwas Feuer verleihen, aber sie blieb sanftmütig und höflich.

So, wie ein Weibchen ihres Status mit ihrem Alpha sprechen sollte.

Er knurrte und ging auf sie zu, und sie wich zurück, wurde noch unterwürfiger, als sie die Arme um sich schlang.

»Das Rudel braucht mich nicht.« Er hielt sich davon ab zu sagen, dass sie ihn brauchte, und er sie brauchte. Er streckte die Hand aus, um ihren Arm zu ergreifen, aber sie zuckte zurück und brachte ihn zum Innehalten. Er wurde sanfter und sah sie an, sah eine gebrochene und verletzte Frau, nicht die starke und selbstbewusste, die sie vor einem Jahrzehnt gewesen war. Wut erfüllte ihn, brannte heftig in seinen Adern und überflutete ihn mit dem Bedürfnis zu wissen, was ihr zugestoßen war. Dieses Bedürfnis loderte in seinem Herzen und verlangte, dass er sie fragte und sie dieses Mal zwang zu antworten. »Was zum Teufel ist dir passiert, Eloise? Wer hat dir das angetan?«

Sie schluckte schwer und sah endlich zu ihm auf,

direkt in seine Augen, weigerte sich aber immer noch, es ihm zu sagen. »Das Rudel braucht dich. Du bist der stärkste Mann und unser Alpha. Bitte. Komm mit mir zurück.«

»Ich habe dir gesagt, ich bin nicht daran interessiert, zurückzukehren.« Er wollte die Hand ausstrecken und über die weiche Kurve ihres Kiefers streichen, um ihre goldbraunen Augen auf sich gerichtet zu halten, aber er brachte es nicht übers Herz, als sie aussah, als würde es sie große Anstrengung kosten, den Blick nicht wieder zu senken.

»Ich bin zwei Jahre gereist, um dich zu finden... um dich zum Rudel zurückzubringen.«

Er wünschte, sie hätte bei dem ersten Teil aufgehört, wo sie nur zwei Jahre gereist war, um ihn zu finden.

Der Schmerz in ihren Augen nahm zu, ihre Angst war jetzt greifbar und hing in der Luft zwischen ihnen. Es zwang ihn zuzuhören. Was war beim Rudel passiert? Die Sorge um sein Dorf wuchs in seinem Herzen, aber die Sorge um Eloise überschattete sie und lenkte seine Gedanken wieder auf sie.

Sie musste ihn in ganz Bhutan, Indien und Europa gesucht haben, zweifellos jedem Fae oder Dämon, dem sie begegnete, sein Foto gezeigt haben. Was für eine schreckliche Sache war passiert, die sie zu einer so verzweifelten und gefährlichen Tat getrieben hatte?

Hatte sie ihre Narben während der Suche nach ihm bekommen? Hatten einige der Fae oder Dämonen sie gefangen genommen und aus irgendeinem finsteren Grund festgehalten?

Er knurrte erneut, unfähig es zu unterdrücken, als er

sich vorstellte, wie sie gefesselt und verängstigt war. Seine Krallen wuchsen, als er daran dachte, diejenigen zu jagen, die ihr wehgetan hatten, und sie in Stücke zu reißen. Er wollte ihr Blut an seinen Händen. Der Geruch von Eloises Angst wurde stärker und er holte tief Luft, um sich zu beruhigen. Er wollte sie nicht mit seiner Wut erschrecken.

Cavanaugh musterte sie erneut, während Selbstvorwürfe ihn durchdrangen und ihre Stimme in seinem Kopf widerhallte und ihn verspottete.

Zwei Jahre.

Ihre Reise musste schwierig gewesen sein, und nicht nur, weil sie nie ihre Heimat verlassen hatte und keine Erfahrung mit der Welt hatte. Ihre Position im Rudel bedeutete, dass sie sehr wenig Geld hatte, nur ein kleines Taschengeld, von dem er wusste, dass sie es ihr ganzes Leben lang gespart hatte. Es hätte nicht für Luxus wie Flüge und Hotels oder sogar Restaurants gereicht.

Ihre zerlumpte Kleidung, ihre Erschöpfung und wie viel Gewicht sie seit ihrem letzten Treffen verloren hatte, bestätigten seine schlimmsten Befürchtungen. Sie hatte zwei Jahre lang auf der Straße gelebt, auf der Straße oder in Hostels geschlafen und war zu Fuß, per Anhalter oder durch Zugspringen gereist.

Der Gedanke, dass seine kleine Gefährtin so von Tag zu Tag lebte, wahrscheinlich Essen stahl und um ihre Sicherheit fürchtete, schnitt ihm bis in die Seele und ließ sein Herz vor dem Bedürfnis brennen, sie in seine Arme zu schließen und irgendwie jede schreckliche Erfahrung, die sie gemacht haben musste, ungeschehen zu machen.

Es war seine Schuld.

Er hatte sich weit von den Bergen und dem Rudeldorf entfernt. Wenn er Bhutan nicht verlassen hätte, hätte sie ihn leicht finden können. Sie wäre nicht gezwungen gewesen, Jahre damit zu verbringen, zu reisen und ihn aufzuspüren.

Wenn er zurückgegangen wäre, um sie zu holen - nein, er konnte nicht so denken. Er hatte damals mit sich selbst gekämpft und es hatte ihn seitdem beschäftigt.

Es wäre zu gefährlich gewesen.

Er hatte unzählige Male gegen Stellan gekämpft und den Mann immer wieder in die Unterwerfung getrieben.

Außer beim letzten Mal.

Dieses Mal hatte er dem Mann erlaubt, ihn zu besiegen.

Es hatte nur einen flüchtigen Gedanken während ihres Kampfes gebraucht, einen Sekundenbruchteil, in dem Cavanaugh erkannt hatte, dass er von seiner Position als Alpha befreit sein und den Lauf seines Lebens zum Besseren wenden konnte, in die Richtung, wie er es wollte, indem er die Fünf-Jahres-Regel nutzte, wenn er den Kampf verlor, aber überlebte.

In diesem Moment hatte Stellan einen Schlag ausgeführt, der tödlich gewesen wäre, wenn der Mann nicht auf dem eisigen Boden ausgerutscht wäre. Der Schmerz war so intensiv gewesen, dass er Cavanaugh geblendet und ihn gezwungen hatte, sich aus seiner Schneeleopardenform zurückzuverwandeln. Als er all das Blut an sich und die tiefen Wunden auf seiner Brust gesehen hatte, hatte er gefürchtet, er würde nicht überleben, um Eloise und die Zukunft, die er mit ihr wollte, für sich zu beanspruchen.

Seine Schneeleopardenseite war wegen des Schmerzes noch teilweise mit seinem menschlichen Verstand vermischt gewesen und hatte auf dieses tiefe Bedürfnis reagiert. Sie hatte die Kontrolle übernommen und ihn gezwungen, aus dem Dorf zu fliehen und hoch in die Berge zu gehen, um seine Wunden zu lecken.

Tage waren vergangen, bevor seine tieferen tierischen Instinkte nachgelassen hatten und er mit Bestürzung erkannt hatte, was er getan hatte.

Er hatte nicht vorgehabt, den Kampf zu verlieren. Er hatte nicht vorgehabt, Eloise zurückzulassen. Aber beides war passiert und es gab nichts, was er hätte tun können, um es zu ändern.

Stellan hatte das Dorf abgeriegelt und hätte ihn getötet, wenn er versucht hätte, für Eloise zurückzukehren.

Cavanaugh hatte fast eine Woche gewartet, um zu sehen, ob sie vielleicht das Dorf verlassen würde, weit genug von den Dorfgrenzen entfernt, damit er sie erreichen konnte. Sie tat es nicht und er wurde immer schwächer, die Kälte verlangsamte seine Heilung und raubte ihm die Kraft. Er war gezwungen gewesen, den Berg hinunterzugehen.

Dort angekommen, hatte er die schwere Entscheidung getroffen, Bhutan zu verlassen und die fünf Jahre abzuwarten, damit er Eloise das Leben geben konnte, das sie verdiente.

Um ihr dieses Leben zu geben, musste er frei von seiner Position sein.

Also hatte er sich eingeredet, dass es ihr beim Rudel besser ginge, dort sicher, bis die fünf Jahre vorüber waren und er zu ihr zurückkehren und versuchen konnte, ihr Herz zu gewinnen.

Aber der Schmerz in ihren gequälten Augen sagte, dass er falsch gelegen hatte. Er hatte sie beim Rudel zurückgelassen und sie hatte dafür auf eine Weise bezahlt, über die sie nicht sprechen wollte, eine, die ihren Geist gebrochen hatte. Seine Instinkte als ihr Schicksalsgefährte und sein Herz drängten ihn dazu, sie dazu zu bringen, ihm zu erzählen, was ihr zugestoßen war. Er musste es wissen.

»Eloise…« Er war sich nicht sicher, was er sagen konnte, um alles besser zu machen. Es gab nichts, was er sagen konnte. Sie hatte die Welt und jede erdenkliche Gefahr auf sich genommen, um ihn zu finden. Was auch immer beim Rudel passiert war, es musste schlimm gewesen sein, um sie dazu zu treiben, es zu verlassen und ihn zu suchen. Er sah wieder auf ihre Handgelenke und konnte sich nicht davon abhalten, sie zu bedrängen, weil er plötzlich sicher war, dass diese Narben nicht während ihrer Reise entstanden waren, und es ihm übel wurde. »Was ist passiert?«

»Es spielt keine Rolle. Bitte. Du musst zum Rudel zurückkehren.«

Es spielte verdammt noch mal eine Rolle. Er konnte ihr befehlen, es ihm zu sagen, aber er wollte nicht, dass die Dinge zwischen ihnen so liefen. Sie stand nicht unter ihm. Sie stand über ihm, verdiente es, von ihm als ihrem Schicksalsgefährten verehrt zu werden.

»Bitte komm zurück. Das Rudel braucht dich.«

Ihm gefiel die zurückhaltende Art nicht, wie sie mit ihm stritt. Es gab eine Zeit, in der sie ihn spielerisch geschlagen und ihm ihre Meinung gesagt hätte. Vielleicht würde sie das in acht Tagen tun.

In acht Tagen könnten die Dinge beginnen, wieder so zu werden, wie er sie mochte, und er könnte die letzten fünf Jahre vergessen, und die fünf, die ihnen vorausgegangen waren.

Konnte er sie überzeugen zu warten? Konnte er sie lange genug aufhalten, bis diese Tage vergangen waren? Götter, er wünschte, er könnte es, auch wenn der stählerne Blick in ihren Augen sagte, dass er es nicht konnte.

Sie hatte einen Grund, ihn aufzuspüren und ihn zu bitten, zurückzukommen, und der Teil seines Herzens, dem sein Stolz noch etwas bedeutete, riet ihm, zuzuhören, auch wenn der Rest ihn warnte, dass es für ihn im Elend enden würde. Er würde die fünf Jahre wegwerfen, die er mit seinen Reuen gelebt hatte, und sich auf den Tag gefreut hatte, an dem er endlich all seine Fehler korrigieren und etwas Gutes daraus machen konnte.

Was, wenn er ihr sagte, dass sie seine Schicksalsgefährtin war?

Sobald er das dachte, schob er es beiseite. Er konnte nicht. Noch nicht. Zu diesem Zeitpunkt würde es sie nur verletzen, genauso wie es sie verletzt hätte, wenn er es ihr gesagt hätte, nachdem er vor all den Jahren die Rolle des Alphas übernommen hatte. Sie konnten noch nicht als Gefährten zusammen sein, und das bedeutete, er musste warten. Sobald er von seiner Position befreit wäre, würde er ihr die Neuigkeiten irgendwie beibringen.

Aber damit das geschehen konnte, musste er dem Dorf fernbleiben, bis die fünf Jahre um waren.

»Bleib eine Weile und wir werden über alles reden.

Du musst dich ausruhen und essen. Du bist erschöpft und ich kann es sehen«, sagte er und er schwor, ihre Augen hätten ihn feurig angeblitzt.

Sie war ihm auf der Spur. Sie wusste, dass er versuchte, sie hinzuhalten.

Ihre Augen verdunkelten sich.

»Wir haben keine Zeit. Das Rudel hat keine Zeit. Ich muss dich jetzt ins Dorf zurückbringen«, sagte sie, ihre Stimme gewann endlich an Selbstvertrauen und Feuer. »Ich muss zurück.«

Es schien, als hätte sie die Tage seit seiner Abreise genauso gezählt wie er.

»Warum?« Er runzelte die Stirn über die Entschlossenheit, die in ihren Worten brannte. Dies war ihr wichtig, vielleicht mehr als er gedacht hatte, und er bekam das sinkende Gefühl, dass etwas schrecklich schief gelaufen war beim Rudel, etwas, das er nicht ignorieren konnte, nicht einmal für acht Tage. »Eloise... wenn du wirklich willst, dass ich zurückgehe, musst du mir sagen, warum du gegangen bist.«

»Ich tat es, weil ich wusste, dass ich dich finden könnte... weil ich gehofft hatte, dass ich dich davon überzeugen könnte, das Richtige zu tun«, schnappte sie und starrte ihn an, Wut durchzog ihren Geruch, Frustration und Enttäuschung, die er in ihr spüren konnte. »Deine Verwandten leben in einer Diktatur... Stellan ist ein Tyrann... viele von uns wurden getötet und der Rest von uns...«

Ihre Stimme verklang und sie schlang die Arme um sich, senkte den Kopf und umklammerte die Ärmel ihres grauen Mantels, zerknitterte den Stoff in ihren zitternden Fäusten.

»Es tut mir leid. Ich hätte nicht so mit dir sprechen sollen«, flüsterte sie.

Ihm tat es nicht leid. Sie hatte ihm Hoffnung gegeben, dass die Frau, die er vor einem Jahrzehnt gekannt hatte, immer noch in ihr existierte und dass er diese Frau in sein Leben zurückholen konnte. Alles könnte wieder so werden, wie es gewesen war.

Aber gleichzeitig konnte es das nicht.

Der Gedanke, dass sein Rudel misshandelt, missbraucht und ermordet wurde, lag wie ein Eisblock in seiner Brust. Er konnte nicht ignorieren, was geschehen war. Er musste etwas dagegen unternehmen. Bevor er ihr Alpha wurde, war er ihr stärkster Mann gewesen. Eloise wusste das und sie hatte ihr Leben riskiert, um durch die Welt zu reisen und nach ihm zu suchen, um ihn zum Rudel zurückzubringen und den Frieden im Dorf wiederherzustellen.

Sie wollte, dass er sie von der Tyrannei des Mannes befreite, den er als ihren Anführer zurückgelassen hatte. Er konnte sehen, wie wichtig es ihr war, und das machte es für ihn noch wichtiger.

Er würde etwas dagegen unternehmen, aber er war verdammt, wenn er einen Fuß ins Dorf setzen würde, bevor die acht Tage um waren. Sobald er von seinem Status befreit wäre, würde Stellan der Alpha sein und er wäre nur ein Herausforderer für diesen Titel. Er könnte Stellan besiegen und die Position weitergeben, frei von den Rudel-Regeln bleiben.

Er musste einen Weg finden, sie hinzuhalten.

Acht Tage waren alles, was zwischen ihm und dem Anspruch auf die Gefährtin stand, nach der er sich mit ganzem Herzen sehnte.

Diese acht Tage fühlten sich plötzlich wie eine Ewigkeit an.

Er hatte das schreckliche Gefühl, dass die Frau, die er liebte, ihm erneut entrissen werden würde.

KAPITEL DREI

ELOISE STAND IN EINEM WEITLÄUFIGEN, hellwandigen Raum in der Gegenwart ihres Alphas und kämpfte dagegen an, ihn anzusehen und seinen Anblick in sich aufzusaugen, wie sie es eigentlich wollte. Sie hatte gedacht, sie wäre bereit gewesen, Cavanaugh wiederzusehen, als sie gehört hatte, dass er in diesem Nachtclub im Herzen Londons arbeitete.

Sie hatte sich geirrt.

Er war so gutaussehend, wie sie ihn in Erinnerung hatte, vielleicht sogar noch mehr. Die kantige, starke Linie seines markanten Kiefers umrahmte ein Gesicht mit intensiven, stürmischen Augen und gemeißelten Wangenknochen, und dem sündigsten Mund, den sie je bei einem Mann gesehen hatte. Seine sinnlichen Lippen wölbten sich verführerisch unter seiner geraden Nase. Sein Anblick ließ ihr Herz rasen und ihre Handflächen schwitzen, und sie musste sich immer wieder daran erinnern, dass er der Alpha ihres Rudels war.

Ein Mann, der ihr nun weit überlegen war.

Er war einmal ihr Freund gewesen. Ihr bester Freund.

Er war sogar mehr als das gewesen.

Sie waren ihr ganzes Leben lang eng befreundet gewesen, und nach fast achtzig Jahren dieser Freundschaft, vor etwa einem Jahrzehnt, waren sie mehr als nur Freunde geworden. Er hatte angefangen, sie öfter zu besuchen und sie anders anzusehen, mit hungrigen Augen, die die wahre Tiefe ihrer Gefühle für ihn geweckt hatten.

Sie war sich seiner Gegenwart zutiefst bewusst gewesen, jedes verstohlene Blicken und Lächeln, jede unschuldige Berührung ihrer Körper. Er näherte sich dem Alter von hundert Jahren, der Zeit der sexuellen Reife für Schneeleoparden-Gestaltwandler, und sie hatte gewusst, dass es ihn beeinflusste, denn in seiner Nähe zu sein, hatte auch sie beeinflusst. Es hatte sie zu ihm gelockt, und sie war machtlos gewesen, dem zu widerstehen.

Wie eine Motte, die von einer Flamme angezogen wird, war es für sie nicht gut ausgegangen.

Sie war sich jetzt nicht sicher, ob es für ihn besser geendet hatte.

Sie war wütend gewesen, als er gegangen war, aber sie hatte seine Motivation dafür verstanden. Er war des ständigen Kampfes, das Rudel zu halten, müde geworden.

Stellan war drei Jahre nach Cavanaughs Machtübernahme als Alpha zurückgekehrt und hatte ihn ständig herausgefordert. Sie waren mehrmals aneinandergeraten, aber Cavanaugh hatte immer gewonnen, und die Kämpfe waren nie so langwierig und brutal gewesen wie in der Nacht, als Stellan Cavanaugh aus dem Rudel vertrieben hatte.

Cavanaugh war nicht zurückgekehrt, und obwohl es ihr wehgetan hatte, verstand sie, warum er ferngeblieben war. Er hatte geglaubt, das Rudel sei in besseren Händen, aber er irrte sich.

Sein Blick bohrte sich in sie, aber sie hielt ihre Augen auf ihre abgetragenen Stiefel gerichtet.

Sie waren kurz davor, auseinanderzufallen. Sie fühlte, als könnte sie sich ihnen anschließen. Sie war erschöpft, bis auf die Knochen müde. Alles, was sie wirklich wollte, war sich irgendwo zusammenzurollen und zu schlafen, sich auszuruhen, wie er es angeboten hatte. Es wäre schön, einmal an einem sicheren Ort zu schlafen, ohne versuchen zu müssen, mit einem Teil von ihr wachsam und für alles bereit zu ruhen.

Sie konnte jetzt aber nicht aufhören. Sie hatte zwei Jahre lang die Welt nach ihm abgesucht, getrieben von dem Bedürfnis, ihn zu finden und zum Rudel zurückzubringen. Ihr Versprechen hatte sie durch jede kalte Nacht gebracht, in der sie zu verängstigt zum Schlafen gewesen war, und durch jeden Tag, an dem sie so hungrig gewesen war, dass sie hätte weinen können.

Ihr Versprechen und der Gedanke, ihn wiederzusehen.

In dem Moment, als sie ihn erblickt hatte, wie er hinter der Bar des Nachtclubs stand, sein weißes Hemd und wildes silbernes Haar, die ihn unter den farbigen Lichtern hervorstechen ließen, war all ihre Kraft verschwunden.

Sie hatte sich am Rande des Zusammenbruchs wiedergefunden, plötzlich bewusst, wie müde, hungrig und schwach sie war.

Plötzlich, schmerzhaft bewusst all dessen, was sie durchgemacht hatte, seit sie das Rudel verlassen hatte, und alles, was sie davor ertragen hatte, als sie im Dorf gewesen war.

Sie wollte sich ihm hingeben und in seine Arme fallen und ihn stark für sie sein lassen, sehnte sich danach, sie um sich zu spüren und ihn einzuatmen, ihn an sich zu fühlen und zu wissen, dass er real war. Es war wirklich Cavanaugh, der vor ihr stand und sie mit Besorgnis in seinen wunderschönen stürmischen Augen ansah.

Sie brauchte ihn, um sie zu halten und gleichzeitig zusammenzuhalten, bis sie wieder Boden unter den Füßen gefunden hatte.

Aber sie konnte nicht.

Sie war jetzt schwach und würde nicht die Kraft finden, die notwendige Distanz zwischen ihnen wieder herzustellen.

Sie musste sich zurückhalten und die tiefen Bedürfnisse, die durch sie liefen, verleugnen.

Sie war nicht nur um ihretwillen hier, und sie musste sich daran erinnern. Menschen zählten darauf, dass sie Cavanaugh zum Rudel zurückbringen würde. Sie hatte es den anderen versprochen. Sie hatte geschworen, dass sie ihn gut genug kannte, um ihn zu finden, und das hatte sie. Sie glaubten an sie, waren abhängig von ihr und von Cavanaugh, und sie würde sie nicht enttäuschen, auch wenn ein Teil von ihr nicht wollte, dass er in die Rolle des Alphas zurückkehrte.

Sie hatte ihn vermisst.

Sie hatte ihn seit zehn Jahren vermisst.

Sie hatte schon früher daran gedacht, das Rudel zu verlassen, um ihn zu finden, aber ihre Mutter war da gewesen. Ihre Freunde auch. Das Weggehen war eine beängstigende Aussicht gewesen, bis Stellan begonnen hatte, seine Rechte zu missbrauchen und seine Pläne angekündigt hatte. Dann war das Bleiben beängstigend geworden und das Weggehen war ihre einzige Hoffnung gewesen, ihren Verwandten zu helfen und sich selbst zu retten.

Eloise wagte einen Blick auf Cavanaugh. Er lächelte sie an und sie erkannte, dass er jetzt noch attraktiver war. Sie hatte ihn seit fast einem Jahrzehnt nicht mehr so lächeln sehen, die Wärme davon erfüllte seine dunkelgrauen Augen. Es ließ sie sich schrecklich fühlen. Er hatte sein Lächeln an diesem Ort wiedergefunden, weit weg von ihrer Heimat und frei vom Rudel und den Kämpfen, ein Alpha zu sein.

Hier war sie nun und versuchte, ihn zu zwingen, mit ihr zurückzukommen, während er kurz davor war, von seiner Position befreit zu sein.

Seine Versuche, sie hinauszuzögern, hatten ihre Vermutungen bestätigt.

Die Regeln des Rudels besagten, dass wenn ein Alpha fünf Jahre lang außerhalb der Grenzen des Dorfes blieb, seine Rolle an einen anderen übergehen würde. Stellan hatte Cavanaugh herausgefordert, hatte ihn besiegt, aber es nicht geschafft, ihn zu töten. Cavanaugh hatte immer noch den Status des Rudel-Alphas. Stellan konnte sich nur selbst ihren Alpha nennen, und er hatte sichergestellt, dass niemand es wagen würde, sich ihm zu widersetzen, indem er die ersten drei Männer getötet hatte, die es versucht hatten.

»Wirst du mit mir zurückkehren?«, sagte sie und brauchte eine Antwort, denn sie verschwendete kostbare Zeit.

Nachdem sie herausgefunden hatte, wo er sich befand, hatte sie in einem Internetcafé die Flüge aus London überprüft. Morgen gab es einen Flug nach Neu-Delhi, der Anschluss an einen Flug zum internationalen Flughafen Paro in Bhutan hatte.

Sie mussten diese Flüge nehmen.

Sie hasste, was sie tat, aber sie wollte nicht, dass Cavanaugh kämpfte. Sie musste ihn überzeugen, jetzt mit ihr zu kommen und ihn nicht zulassen, sie zu verzögern. Der Teil von ihr, der ihn nicht verletzen wollte, indem sie ihn zwang, zum Rudel zurückzukehren, bevor es an Stellan überging, kämpfte mit dem Teil, der den Gedanken nicht ertragen konnte, ihn wieder kämpfen zu sehen. Wenn Stellan der Alpha würde, müsste Cavanaugh kämpfen und Stellan töten, um das Rudel von seiner Tyrannei zu befreien.

Wenn sie Cavanaugh überzeugen könnte, jetzt zurückzukehren, solange er noch ihr Alpha war, müsste Stellan zurücktreten, weil Cavanaugh das gesamte Rudel auf seiner Seite hätte.

»Ich werde mit dir zurückgehen«, sagte er, und Erleichterung durchströmte sie, die nur so lange anhielt, bis er weitersprach. »Ich habe hier noch ein paar Dinge zu erledigen und muss Urlaub beantragen. Du kannst hier bleiben, während ich mich darum kümmere, und vielleicht kann ich dir London zeigen? Du wolltest es schon immer sehen.«

Ihre Hoffnung schwand wieder und sie runzelte die Stirn, während sie auf ihre Stiefel starrte und gegen den Ärger ankämpfte, der schnell in ihr aufstieg. Er hielt sie hin. Er wollte sie warten lassen, bis die fünf Jahre vorbei waren, und dann müsste er kämpfen. Ihr Magen verkrampfte sich, als sie daran dachte, wie er mit Stellan im Kampf verstrickt war, und ihr Blut gefror zu Eis, brannte aber gleichzeitig wie ein Inferno. Jeder Instinkt, den sie besaß, jedes Gefühl, das sie für ihn hatte, verlangte von ihr, ihn weiter zu drängen, bis er zustimmte, mit ihr zurückzugehen.

»Es wird wie in alten Zeiten sein.« Diese fünf Worte waren eine Versuchung, der sie nur schwer widerstehen konnte.

Sie wollte, dass es wie in alten Zeiten war, aber sie konnte es nicht auf Kosten des Rudels und aller, die auf sie warteten, geschehen lassen.

Auf ihn.

Sie konnte es nicht auf Kosten von Cavanaughs Sicherheit geschehen lassen.

Der Gedanke an seinen Kampf drehte ihr erneut den Magen um und sie kämpfte gegen die Erinnerungen an, die auf sie einstürmten, eine blutige Wiederholung seines letzten Kampfes gegen Stellan.

Sie musste ihn dazu bringen, ihr zuzuhören und zu verstehen, was geschah, und das bedeutete, dass sie ihm etwas sagen musste, was sie gehofft hatte, nicht erwähnen zu müssen. Sie wollte ihn nicht verletzen, indem sie ihm alles erzählte, was geschehen war, weil sie wusste, dass er sich verantwortlich fühlen würde, aber sie konnte es nicht länger vermeiden. Ihre einzige Chance, ihn zu überzeugen, den nächsten verfügbaren Flug zu nehmen, war es, die Dinge geradeheraus zu sagen, egal wie sehr sie ihn verletzten.

»Dann gehe ich ohne dich.« Sie sprach zunächst zu ihren Stiefeln, aber das Feuer, das in ihren Adern brannte, wurde zu heiß, um es zu leugnen, und sie hob den Kopf und sah ihm in die Augen, weil sie sehen musste, wie ihre Worte ihr Ziel trafen und wissen, dass er das Rudel retten würde. »Cavanaugh... dein Rudel braucht dich... wenn du nicht zurückkehrst... er hat die Rudelregeln voll ausgenutzt. Wenn er in die Rolle des Alphas aufsteigt, wenn du sie ihm übergibst, beabsichtigt er, jedes ungebundene weibliche Mitglied im Rudel zu nehmen, ob sie wollen oder nicht.«

Seine dunklen, stürmischen Augen weiteten sich langsam und verengten sich dann, seine silberweißen Augenbrauen senkten sich über ihnen.

»Einschließlich mir.« Sie sah weg von ihm, als er knurrte und scharfe Fangzähne entblößte, und die Zentren seiner Iris wurden silbern.

Sie schloss die Augen.

»Wenn du mir nicht hilfst... ich weiß nicht, was mit mir oder den anderen passieren wird.«

Seine Hände klammerten sich an ihre Schultern, sein Griff fest und von seiner Stärke zeugend, und sie wollte in seine Arme treten und sich wieder von ihm halten lassen, wie er es früher getan hatte, bevor ihre ganze Welt um sie herum zerbröckelt war.

»Eloise«, sagte er heiser, und sie weigerte sich, ihn anzusehen.

Sie konnte es nicht, wenn ihr Verstand auf die Dinge fixiert war, die Stellan für sie und die anderen Frauen vorgesehen hatte, Dinge, die ihr eine Gänsehaut verursachten und sie dazu brachten, etwas Drastisches tun zu wollen.

Etwas Schreckliches.

Sich das Leben zu nehmen wäre vorzuziehen, als diesen widerlichen Mann sie berühren und ihren Körper gegen ihren Willen benutzen zu lassen.

»Eloise?« Cavanaughs tiefe Stimme umhüllte sie, ihre Wärme vertrieb ihre dunklen Gedanken, und sie spannte sich an, als er versuchte, sie in seine Arme zu ziehen.

Sie konnte nicht.

Egal wie sehr sie in ihnen sein wollte.

Er knurrte, ließ sie los und ging weg. Sie öffnete die Augen und verfolgte ihn, als er mit schnellen Schritten über den Betonboden ging und sich mit der Hand durch die weichen Stacheln seines silberweißen Haares fuhr. Silber schimmerte in seinen Augen, als er vor sich hin murmelte, seine Unruhe deutlich in seinem Geruch erkennbar.

»Bitte, Cavanaugh… es muss jetzt sein.«

Er hielt inne und sah zu ihr hinüber, eine Vielzahl von Emotionen spielte sich in seinen grauen Augen ab, Gefühle, die miteinander in Konflikt gerieten und kollidierten. Sie zerriss ihn mit dem, worum sie ihn bat, und sie hasste sich dafür, aber sie konnte die anderen Frauen und das Rudel nicht sich selbst überlassen. Sie wollte ihm nie Schmerzen zufügen, weil es auch ihr wehtat, sie schmerzte, wenn sie es in seinen Augen sah, aber sie konnte nicht aufgeben, bis er zugestimmt hatte und sie auf dem Weg nach Bhutan waren.

»Warte hier«, sagte er und schritt zurück zur Tür, durch die sie eingetreten waren.

Wohin ging er?

Sie überlegte kurz und gehorchte ihm dann nicht, indem sie seinen Befehl ein wenig beugte, um ihrer Neugier nachzugeben. Sie würde im Raum bleiben und interpretierte es als das Hier, das er erwähnt hatte. Er riss die Tür auf und sie fing sie auf, bevor sie sich schloss, und suchte den dunklen Club nach ihm ab. Die Musik war unangenehm laut und die bunten Lichter blendeten sie. Sie konnte nicht verstehen, wie er an diesem Ort arbeiten konnte, aber er schien es hier zu mögen.

Dieser Ort war zu seinem Zuhause geworden.

Sie entdeckte ihn direkt zu ihrer Linken, im Gespräch mit dem sandblonden Mann hinter der Bar. Sie waren fast gleich groß und trugen das gleiche weiße Hemd zu ihren Hosen, aber der andere Mann wirkte düster. Er ließ seine goldenen Augen zu ihr gleiten und sagte etwas zu Cavanaugh. Cavanaugh sah über seine breiten Schultern zu ihr zurück und schnaubte.

Sie huschte zurück in den Raum, in dem sie eigentlich warten sollte. Was tat er? Holte er sich die Erlaubnis zu gehen? Es schien seltsam, dass er so etwas tun musste. Er war ein Rudelanführer, aber hier war er nichts weiter als Bedienungspersonal.

War das die Art von Leben, die er für sich gewollt hatte?

Er schien immer am glücklichsten gewesen zu sein in den Jahren, als sein Vater regiert hatte und er wenig Verantwortung tragen musste. Er war mit diesem einfachen Leben genauso zufrieden gewesen wie sie.

Sie konnte den Reiz dieses Ortes für ihn erkennen. Leuten Getränke servieren. Menschen treffen. Geschichten austauschen. Er hatte hier wenig Verantwortung. Es war eine andere Welt als das Rudeldorf und sein Leben dort.

Es erinnerte sie an diese glücklicheren Jahre, die sie gemeinsam verbracht hatten, als sie nur ihre Tagesaufgaben erledigten, bevor sie sich trafen und in den Bergen wanderten, kletterten oder einfach faul am Feuer saßen und über die Welt jenseits des Dorfes redeten.

Sie hatte diese Tage am meisten geliebt, wenn der Schnee dicht vor den Fenstern seines Hauses wirbelte und er nahe bei ihr auf den Fellen vor seinem Kamin lag, den Rücken an die Couch gelehnt, seine grauen Augen voller Licht und Funkeln, während er von seinen Reisen erzählte. Er hatte ständig gelächelt, aber es gab Momente, in denen er ihr in die Augen sah und das Lächeln verblasste, und sie war sich seiner zutiefst bewusst gewesen.

Als Mann.

Ein schöner und mächtiger Mann.

Sie schloss die Augen und konnte fast den Rauch des Feuers riechen. Sie konnte fast den reichen Klang seines Lachens hören, wenn sie sich näher zu ihm lehnte, ihn mit ihrer Begierde amüsierend, mehr über die Orte zu hören, an denen er gewesen war. Sie konnte fast die Intensität seines Blickes spüren während dieser Zeiten, wenn sie beide verstummten und einander in die Augen sahen, die Welt um sie herum verschwand.

Sie konnte fast das sanfte Flüstern seiner Finger über ihre Wange spüren und den elektrischen Schauer des ersten Mals, als seine Lippen die ihren streiften.

Die Tür öffnete sich erneut, ein kurzer Lärmangriff überfiel sie, gerade als sie sich an die gedämpften Geräusche des Clubs jenseits der dicken Tür gewöhnt hatte. Sie drehte sich auf dem Absatz um, um Cavanaugh anzusehen, eine Welle von Hitze verbrannte ihre Wangen und ihr Herz pochte aufgrund des plötzlichen Eindringens in ihre Fantasie und des Anblicks von ihm, der vor ihr stand.

Ein gefährlich verführerischer Mann.

Einer, der sie all ihren Schmerz und ihre Trauer vergessen lassen wollte, alle schlechten Erinnerungen abstreifen und an den guten festhalten, und in seine Arme treten und sich ihm hingeben wollte.

Eloise zitterte am Rande, erfüllt von dem Bedürfnis, der Versuchung nachzugeben. Sein grauer Blick verengte sich auf sie, mit einer neugierigen, aber verwirrten Note. Es gelang ihr, ihre Augen von ihm abzuwenden, bevor er sie durchschauen und den Konflikt sehen konnte, der in ihr tobte.

Er schnaubte und fuhr sich erneut mit den Fingern durch sein silberweißes Haar.

»Alles klar. Komm mit.« Er ergriff ihre Hand, bevor sie protestieren konnte, und zog sie hinter sich her.

Seine Hand war warm auf ihrer. Groß. Sie umschloss

ihre leicht, ließ sie sich klein und ein wenig schwach fühlen, obwohl sie weit davon entfernt war. Er hatte ihr unzählige Male gesagt, dass sie eine starke Frau sei.

Es hatte sie glauben lassen, dass sie seiner würdig war.

Sie schob diese Erinnerung beiseite und folgte ihm eine Metalltreppe hinauf zu einer anderen Etage. Er stieß die erste dunkle Holztür in dem langen Korridor auf und hielt sie für sie offen. Sie ging an ihm vorbei, ihr Blick nahm das kleine blaue Schlafzimmer auf.

Es war ihm irgendwie gelungen, ein Doppelbett in den Raum zu ihrer Linken zu quetschen, aber es hatte nicht viel Platz für seine anderen Möbel gelassen. An der Wand zu ihrer Rechten standen ein Kleiderschrank, eine Kommode und dann eine weitere Tür. Der Zwischenraum zwischen den Möbeln und dem Bett war so schmal, dass Cavanaugh sich seitwärts hindurchschieben musste, um den kleinen Raum vor dieser Tür zu erreichen.

Er hielt dort an, begann sein weißes Hemd aufzuknöpfen und hatte es sich über den Kopf gezogen, bevor sie wegschauen konnte. Ihr Mund wurde trocken, als sie seinen Rücken und seine kräftigen Arme anstarrte. Er hatte schon immer eine gute Figur gehabt, aber jetzt war sie noch atemberaubender, muskulös und definiert, und sprach zu dem weiblichsten Teil in ihr, der schnurrend seine Männlichkeit würdigte, bevor sie die Kontrolle darüber zurückgewinnen konnte.

Er warf das Hemd in einen übervollen Korb in der Ecke des Raumes neben ihm, hielt inne und runzelte plötzlich die Stirn über seine nackte Schulter zu ihr. Sie heftete ihre Augen auf die dunkelblaue Bettdecke und kämpfte darum, die Röte zu unterdrücken, die ihre Wangen hinaufbrannte. Was zum Teufel tat sie da? Abgesehen davon, dass sie sich für ein weiteres gebrochenes Herz aufstellte.

»Setz dich.« Er ruckte mit dem Kinn in Richtung des Bettes und sie gehorchte, setzte sich auf die Kante der Matratze gegenüber dem Kleiderschrank. »Ich hole ein paar Sachen und gehe duschen, und du kannst es danach benutzen.«

»Es gibt morgen einen Flug nach Neu-Delhi. Er wird uns rechtzeitig für den Anschlussflug dorthin bringen.« Über Geschäftliches zu sprechen schien der beste Weg zu sein, um ihre Gedanken davon abzulenken, dass er halbnackt war und sie erneut in Versuchung führte. Sie konnte nicht nachgeben. Egal wie sehr sie sich dem Verlangen nach ihm hingeben wollte, das nie gestorben war.

Er hielt in der Türöffnung zu dem, was sie für das Badezimmer hielt, inne und sah zu ihr zurück, seine Wangen ein wenig blasser als sie sich erinnerte. »Wir fliegen nach Paro?«

Sie nickte und lächelte fast, als er den Türrahmen ergriff, um sich zu stützen. Sie hatte vergessen, wie wenig er den einzigen internationalen Flughafen in Bhutan mochte. Offenbar waren Landungen und Starts oft eine ziemlich haarsträubende Angelegenheit. Die Landebahn war kurz und auf allen Seiten von Bergen umgeben. Er hatte ihr unzählige Male davon erzählt, wann immer er von einer Reise außerhalb des Landes zurückgekehrt war, aber sie hatte es selbst nie gesehen. Sie hatte die

Straßen benutzt, um nach Indien zu gelangen, als sie nach ihm gesucht hatte.

Er schauderte und verschwand im Badezimmer.

Eloise starrte auf die Tür, die er offen gelassen hatte, als die Dusche anging, sich äußerst bewusst, wo sie sich befand – in seinem Zimmer, auf seinem Bett.

Allein mit ihm.

Ihr Herz klopfte wild, und ihr Bewusstsein für ihn verstärkte sich, als sie das Rascheln seiner Kleidung hörte, die zu Boden fiel. Gedankenverloren strich sie mit den Händen über die Bettdecke und konnte nicht anders, als ihm zu lauschen. Sein Duft war stark auf ihnen, umhüllte sie. Schwächte sie. Er erfüllte ihre Sinne, eine Spur von Holzrauch, Schnee und Gewürzen. Sie hatte diesen Geruch vermisst. Sie atmete tief ein, zog ihn über ihre Zähne, um ihn zu genießen, und schloss die Augen, während sie ihm beim Duschen zuhörte.

Jedes plötzliche Plätschern des Wassers ließ sie sich vorstellen, wie es über seinen kraftvollen Körper rann, über seine durchtrainierten Muskeln kaskadierte, über jede Erhebung und jedes Tal seines Oberkörpers und Rückens rieselte. Sie erschauderte und wurde innerlich heiß, verlor sich in Fantasien über ihn, während die Welt um sie herum erneut verblasste.

Erst das Gefühl seines Blickes auf ihr brachte sie abrupt in die Realität zurück.

Ihre Augen flogen auf und richteten sich sofort auf ihn, wie er im Türrahmen stand, ein weißes Handtuch locker um die Hüften geschlungen. Ihr Blick sog den köstlichen Anblick seines nackten Oberkörpers in sich auf, und ihre Wangen erröteten, als sie ihn schnell wieder auf den Boden richtete.

Er seufzte schwer, und sie kniff die Augen zusammen, versuchte, sich nicht vorzustellen, wie er durch den Raum ging und so nahe an ihr vorbeilief, dass sie sich fast berührten, während er Sachen aus seinem Kleiderschrank holte. Was tat sie da? Er hatte ihr Herz schon einmal gebrochen.

Nein. Er hatte es tausendmal gebrochen.

Es war jeden Tag gebrochen, an dem sie ihn als Alpha des Rudels hatte beobachten müssen, Zeuge davon wurde, wie alle Frauen von Rang ihm schmeichelten und wie er sie nicht abwies.

Es war jedes Mal gebrochen, wenn er sie nicht angesehen hatte, als sie den Mut gefunden hatte, ihn anzuschauen.

Es war vollständig zerschmettert, als er in der Nacht verschwunden war und sie in Angst zurückließ, er könnte irgendwo an seinen Verletzungen sterben oder sie würde ihn nie wiedersehen.

Die Reise, um ihn zu finden, war lang und gefährlich gewesen, aber sie hatte das Gefühl, dass sich die kurze Reise zurück zum Rudel hundertmal länger und millionenmal gefährlicher anfühlen würde.

Hier fühlte sie sich, als wäre sie in einer anderen Welt. War es das, was er fühlte? Fühlte er, dass hier die Regeln nicht existierten? Fühlte er sich so frei, wie sie es einst gewesen waren, vor langer Zeit?

Es war bereits ein Kampf, sich daran zu erinnern, dass er der Alpha des Rudels war und sie eine Frau ohne Stellung, eine, die weit unter ihm stand.

Sie war sich nicht sicher, wie sie die nächsten acht Tage mit ihm überleben sollte, während sie den alten Gefühlen widerstand, die in ihr wieder zum Leben erwachten.

Sie musste es jedoch tun, auch wenn es sie schmerzte.

Auch wenn sie wusste, dass jeder Schritt, den sie machten und der sie näher zum Rudel brachte, ein Schritt weiter weg von dem war, was sie wirklich wollte.

Es war ein Schritt weiter weg davon, ihn zu haben.

KAPITEL VIER

CAVANAUGH WARF DIE GESAMTE AUSRÜSTUNG, die er gekauft hatte, in den offenen Laderaum des ramponierten Jeep Wranglers, den er von einem Einheimischen zu einem sehr hohen Preis erworben hatte. Es war ihm egal, wie er aussah, solange er die Fahrt bis zum Ende des Feldwegs, wo ihre Wanderung durch den Wald beginnen würde, und wieder zurück überstand. Er ging zur Fahrerseite des schwarzen Fahrzeugs, öffnete die Tür und zog sich auf den Sitz hoch.

Eloise sah zu ihm hinüber und er reichte ihr die Plastiktüte mit der Ausrüstung, die er für sie gekauft hatte. Sie nahm sie entgegen und schaute in die Tüte. Es war nicht viel, nur ein leichtes dunkelgraues Fleece und eine beigefarbene Trekkinghose, aber es zauberte ihr ein Lächeln ins Gesicht. Er konnte es kaum erwarten, ihr Gesicht zu sehen, wenn sie die Wanderstiefel entdeckte, die er hinten ins Auto gelegt hatte. Ihm war nicht entgangen, dass ihre alten kurz vor dem Zerfall standen.

Er startete den Motor, schnallte sich an und fuhr auf die ruhige Straße hinaus.

Die Fahrt war lang und dauerte mehrere Stunden, bis sie das Ende der asphaltierten Straße erreichten, wo diese in einen schlammigen Pfad überging. Die Landschaft war jedoch atemberaubend und bot sich im offenen Jeep von allen Seiten dar. Eloise schien entschlossen, sie in sich aufzunehmen und vermied es, ihn anzusehen.

Er starrte geradeaus auf die fernen schneebedeckten Berge, die ihr Dorf schützten, während er in Gedanken alles durchging, was Eloise ihm erzählt hatte.

Cavanaugh umklammerte das Lenkrad fester und starrte wütend auf die Berge. Ein Teil von ihm konnte es kaum erwarten, sie und Stellan zu erreichen. Der Kerl würde für das, was er getan hatte, und für die widerlichen Dinge, die er geplant hatte, bezahlen. Cavanaugh hatte versucht, das Gefühl der Verantwortung für das Rudel abzuschütteln, aber als ältester Sohn seines Vaters war es ihm von Geburt an eingeprügelt worden.

Als Eloise ihre Absicht angekündigt hatte, mit oder ohne ihn zu gehen, hatte sie genau gewusst, was sie tat. Sie hatte es ihm unmöglich gemacht, etwas anderes zu tun, als mit ihr zu gehen. Er hatte sie nicht allein zurückkehren lassen können, wohl wissend, was sie erwartete. Er hatte sie auch nicht aufhalten können, da er wusste, was mit seinen Verwandten passieren würde, wenn er es täte.

Er hatte die gesamten zwei Flüge, einschließlich der gefährlichen Landung am Flughafen Paro, damit verbracht, darüber nachzudenken, was sie von ihm verlangte, und alles zu planen. Er hatte kein Interesse daran, der Alpha zu sein. Das Einzige, wonach er in seinem Leben gestrebt hatte, war weder Macht noch Ansehen. Es war sie. Sie war das Einzige, was für ihn zählte.

Diese Reise war seine Chance, sie davon zu überzeugen, dass sie seine Gefährtin war.

Sein Plan war einfach. Er beabsichtigte, die verbleibenden Tage irgendwie verstreichen zu lassen, damit er als freier Mann ins Dorf zurückkehren konnte. Er würde alles mit Eloise klären, seine Pflicht als stärkster Mann gegenüber seinen Verwandten erfüllen, indem er Stellan eliminierte, und dann würde er in die Underworld zurückkehren.

Hoffentlich mit ihr.

Es klang jedenfalls einfach. Er hatte das Gefühl, dass es alles andere als das sein würde.

Es war später Nachmittag, als sie das Ende des Schlammwegs erreichten. Cavanaugh parkte das Fahrzeug am Straßenrand, stellte den Motor ab und stieg aus. Eloise öffnete die Beifahrertür und stieg in den Schlamm, wobei sie etwas vor sich hin murmelte. Er ging um das Fahrzeug herum, holte den Karton mit den Trekkingstiefeln, die er für sie gekauft hatte, heraus und hielt ihn ihr hin. Sie betrachtete ihn überrascht und lächelte dann, als sie ihn öffnete.

»Du kannst nicht in denen durch den Wald wandern«, sagte er mit einem Lächeln in Richtung ihrer alten Stiefel, und sie nickte.

»Danke.« Sie streifte nacheinander ihre Stiefel ab,

und er fand irgendwie die Kraft, sich umzudrehen, um ihr etwas Privatsphäre zu geben, während sie ihre neue Kleidung anzog.

Cavanaugh beschäftigte sich damit, alles, was er gekauft hatte, in ihre Rucksäcke zu packen. Er hatte sichergestellt, dass sie alles Nötige hatten, von einer Feldflasche über Kletterseile und Gurte bis hin zu einem GPS. Er hatte sogar Proteinriegel gekauft. So sehr er sie auch hasste, sie waren eine Notwendigkeit. Sie konnten während der Wanderung nicht jagen, und beide mussten bei Kräften bleiben.

Eloise kam um das Fahrzeug herum und nahm den Rucksack entgegen, den er ihr reichte. Sie zog ihn sich über die Schultern. Sie zurrte die Riemen fest, während er seinen eigenen größeren Rucksack aufsetzte. Er steckte die Autoschlüssel ein und machte sich auf den Weg, dem schmalen Pfad folgend, der vom Ende der Schotterstraße in den Wald führte.

Sie waren fast eine halbe Meile gelaufen, bevor Cavanaugh dem ständigen beunruhigenden Gefühl in seinem Bauch nachgab und auf dem Weg zur Seite trat, um Eloise an sich vorbei zu lassen. Er mochte es nicht, wenn sie hinter ihm lief, wo er sie nicht im Auge behalten und sich vergewissern konnte, dass sie in Sicherheit war. Sie sah ihn an, verlangsamte ihren Schritt, und er deutete mit seinem Kinn nach links, um ihr stumm zu bedeuten, dass sie die Führung übernehmen sollte. Sein Blick streifte über sie, als sie an ihm vorbeiging, und nahm jeden Zentimeter von ihr auf.

Sie sah jetzt besser aus, weniger gequält und hatte

mehr Farbe, aber sie ähnelte kaum noch der Frau, die er vor fünf Jahren verlassen hatte.

Er hatte darauf bestanden, sie trotz ihrer Proteste aufzupäppeln, und dafür gesorgt, dass sie in der Underworld ein gutes Frühstück bekam, bevor sie dort ein Nickerchen machte. Am Flughafen in London hatte er es geschafft, sie dazu zu bringen, mit ihm zu Abend zu essen, und dann noch eine weitere Mahlzeit, als sie Neu-Delhi erreicht hatten. Er hatte sie sogar überredet, in den Flugzeugen zu schlafen. Sie hatte ihn überrascht, indem sie die Landung in Paro verschlief, und er hatte sie nur ungern wecken müssen, als sie aussteigen mussten. Wie lange war es her, dass sie gut geschlafen hatte?

Sie sah immer noch so aus, als bräuchte sie etwa eine Woche davon.

Vielleicht war es der falsche Ansatz gewesen, ihr eine Sightseeing-Tour durch London anzubieten, als er versucht hatte, sie aufzuhalten. Er hätte ihr sein Bett für eine Woche ununterbrochenen Schlaf anbieten sollen.

Cavanaugh folgte ihr durch den Wald, sein Blick auf sie gerichtet, und nahm ihre Kurven unter dem dunkelgrauen Fleece und der beigefarbenen Hose wahr. Je mehr er sie betrachtete, desto heftiger brannte in ihm der Wunsch, hinter sie zu treten, seine Hände auf ihre Hüften zu legen und sie an sich zu ziehen. Er wollte sie halten und sie in seinen Armen spüren, wieder bei ihm.

In Sicherheit bei ihm.

Dieses einzelne Wort lenkte seine Gedanken in dunklere Bahnen. Der Gedanke, dass Stellan ihr vielleicht schon wehgetan hatte, dass er möglicherweise für die Narben an ihren Handgelenken verantwortlich war, machte ihn wahnsinnig vor Verlangen, den Bastard aufzuspüren und zu einem blutigen Brei zu schlagen. Aber Stellan war nicht der Einzige, dem die Schuld zuzuschreiben war. So sehr er auch alles dem anderen Mann in die Schuhe schieben wollte, die meiste Schuld an dem, was Eloise durchgemacht hatte, lag auf seinen eigenen Schultern.

Schreckliche Dinge waren ihr widerfahren, weil er das Rudel verlassen hatte. Seine Fehler hatten dazu geführt, dass sie verletzt wurde. Es lag wie ein Bleigewicht in seinem Magen und zog ihn hinunter. Er wollte sie erneut fragen, was ihr zugestoßen war, aber er fürchtete, nicht stark genug zu sein, um ihre Antwort zu hören.

Er wollte sich bei ihr entschuldigen, aber er wusste nicht, was er sagen sollte. Nichts, was er sagte, konnte auslöschen, was sie durchgemacht hatte. Trotzdem musste er es versuchen.

»Eloise«, begann er und stockte, als sie ihn ansah, ihre honigfarbenen Augen hell im Abendlicht und weit vor Neugier. Er fuhr sich mit der linken Hand über den Nacken und sein Mut verließ ihn. »Nichts.«

Ein flüchtiges Stirnrunzeln huschte über ihr Gesicht und es schien, als würde sie ihn fragen wollen, doch dann wandte sie sich wieder von ihm ab und bot ihm einen Blick auf ihr Hinterteil, der sich als genau die Ablenkung erwies, die er von seinen düsteren Gedanken brauchte.

Sie begann einen Anstieg hinauf und bog nach links ab, einem Pfad folgend, der den Fluss zu ihrer Rechten begleitete.

Cavanaugh blickte durch die Bäume nach oben und prüfte den Lichteinfall. Es hatte den größten Teil des

Tages gedauert, ein Fahrzeug zu finden, die gesamte benötigte Ausrüstung zu kaufen und die sieben Stunden den Weg hinaufzufahren. In etwas mehr als einer Stunde würde es dunkel sein. Sie würden anhalten und ein Lager aufschlagen müssen. In der Nähe des Flusses wäre der beste Ort, um das kleine Zelt aufzubauen, das er gekauft hatte, und ein Feuer zu machen, aber auch der gefährlichste. Unzählige Raubtiere machten den Wald zu ihrem Zuhause, darunter große Katzen, und viele von ihnen jagten entlang des Wassers, wo ihre Beute zum Trinken kommen würde.

Er konnte sie in der Gegend riechen. Tiger. Leoparden. Sogar Nebelparder. Keiner von ihnen würde es gutheißen, dass er und Eloise in ihrem Territorium waren. Die Tiger stellten die größte Bedrohung dar. Es war bekannt, dass sie in der Vergangenheit Menschen als Beute genommen hatten, wenn die Zeiten für sie hart gewesen waren, und sie hatten ihr Territorium weit ausgedehnt, sogar bis in die Höhe, wo sie mit dem Gebiet der Schneeleoparden in Konflikt gerieten.

Der Pfad endete zwei Meilen tiefer im Wald an einem großen Teich, der an der Basis eines kurzen Wasserfalls glitzerte. Dies war so weit, wie die Einheimischen kamen, die hierher kamen, um ihr Glück beim Angeln zu versuchen. Er hatte einmal ein paar von ihnen getroffen, vor Jahren, auf seinem Weg vom Berg herunter. Sie schienen nicht überrascht gewesen zu sein, jemanden aus einer Richtung kommen zu sehen, wo die Natur vorherrschte und keine Menschen sich hinwagten. Er vermutete, dass die Legenden, an die die Einheimischen glaubten, auf seinem Rudel basierten und dass diese Legenden tief in ihren Traditionen und ihrer Religion verwoben waren. Sie hatten gewusst, was er war, aber sie respektierten ihn und seinesgleichen.

Eloise lenkte ihn von seinen Erinnerungen ab, indem sie die riesigen Felsbrocken erklomm, die eine Wand vor ihm bildeten. Er starrte auf ihr Hinterteil, das eng in ihre Trekkinghose geschmiegt war. Er mochte eine Nummer kleiner gekauft haben, als er hätte sollen, aber er hatte gewusst, dass sie es nicht wagen würde, sich über die Enge und das Enthüllende zu beschweren. Es war das erste Mal, dass er das Gefühl hatte, dass ein Alpha zu sein ein Vorteil war und keine Strafe.

Sie sprang zu einem anderen Felsen und erklomm den nächsten mit Leichtigkeit.

Schneeleoparden-Gestaltwandler waren in beiden Formen geschickte Kletterer, und er hatte es immer geliebt, mit ihr zu klettern, die gefährlichen Berge zu erklimmen, die das Dorf in dem verborgenen Tal hoch über diesem Wald umgaben. Es gab Vorsprünge an den Bergen, die die unglaublichsten und atemberaubendsten Ausblicke über den Himalaya boten.

Ihr Stiefel rutschte ab und er war mit einem einzigen Sprung hinter ihr, seine Hände gegen ihr Hinterteil gepresst, um sie vor dem Fallen zu bewahren. Sie keuchte auf und wandte ihm ihre weit aufgerissenen honigfarbenen Augen zu, eine Röte stieg ihr in die Wangen, bevor sie sich fasste und ihren Körper seinem Griff entzog, den Moment zerstörend. Sie zog sich zurück zu den Felsen und kletterte sie hinauf, weg von seinen Händen.

Händen, die danach schmachteten, sie erneut zu

berühren, jeden Zentimeter von ihr in aller Ruhe zu erforschen, zusammen mit seinen Lippen.

»Verdammte neue Stiefel«, murmelte sie und war vorsichtiger, als sie die Felsen erklomm, jeden Fuß behutsam setzend.

Als sie den Gipfel erreicht hatte, blickte sie zu ihm zurück. Er grinste und erklomm die tückischen Felsen in wenigen Sprüngen, wobei er seine überlegene Kraft und Beweglichkeit nutzte, um es sich leicht zu machen. Sie schnaubte leise und stapfte vor ihm her, offensichtlich nicht beeindruckt von seiner Demonstration von Männlichkeit.

Cavanaugh zuckte mit den Schultern und folgte ihr, seine Sinne nun zwischen ihr und ihrer Umgebung aufgeteilt, da sie tiefer in den Wald vordrangen, weg von dem Farmland und den Menschen.

Er verringerte den Abstand zwischen ihnen, als das Gelände hügelig wurde, die Auf- und Abstiege steil und schlammig, was es zu einer harten Tour machte, während sie weiterhin dem Fluss durch den Wald folgten, der das Tal bedeckte. Er half ihr so viel, wie sie es zuließ, und wurde zunehmend frustriert, wenn sie sich weigerte, seine Hilfe anzunehmen. Früher hatte sie nie gezögert, seine Hand zu ergreifen, wenn er sie angeboten hatte, oder seine Hilfe anzunehmen, wenn sie gerutscht war. Lag es daran, dass sie ihn jetzt nur noch als den Alpha ihres Rudels sehen konnte?

Er war nicht dieser Mann, nicht wenn er mit ihr zusammen war.

Er war einfach Cavanaugh.

Die Luft wurde feucht, als sie dem Fluss folgten. Das

Abendlicht tanzte über die kräuselnde Oberfläche und ließ sie wie flüssiges Gold erscheinen. Er atmete tief ein und nahm die Gerüche der Tiere und all der verschiedenen Pflanzen und Bäume wahr, seine Erinnerung an diesen Ort auffrischend, den er ein Jahrhundert lang sein Zuhause genannt hatte.

Es war wunderschön, aber jetzt getrübt.

Sein Grund, hier zu sein, und alles, was geschehen war, hatte es für ihn ruiniert und der atemberaubenden Landschaft etwas geraubt. Die Berge riefen nach ihm, ragten hoch über dem Wald auf, der ihn umgab, ihre schneebedeckten Gipfel durchbohrten den goldenen Himmel, aber er verspürte nicht mehr das tiefe Bedürfnis, diesem Ruf zu folgen, zu ihren Spitzen zu eilen und die Welt so zu sehen, wie sie es taten.

Er war glücklicher hier unten, im Wald.

Ehrlich gesagt war er glücklicher meilenweit entfernt von diesem Ort, der sich nicht mehr wie sein Zuhause anfühlte.

Eloise blickte zu ihm zurück, ihr Anblick beruhigte ihn und vertrieb seine schweren Gedanken.

Der Wald wich vor ihnen vom Fluss zurück und ließ auf ihrer Seite eine breite Erdbank frei, die in Kieselsteine und dann in rundliche Steine am Wasser überging.

»Wir können dort vorne lagern«, sagte Cavanaugh und scannte den Wald mit seinen Sinnen. »Ich habe hier schon ein paar Mal gezeltet.«

Es roch jetzt allerdings anders. Die Territorien der Katzen, die dieses Gebiet zu ihrem Zuhause machten, hatten sich verschoben.

Eine Bewegung auf der anderen Seite des Flusses

erregte seine Aufmerksamkeit und sein Blick schnellte dorthin, seine Sinne in höchster Alarmbereitschaft. Eine kleine Bengalkatze brach aus der Deckung hervor, erblickte ihn und flitzte zurück ins Gebüsch. Sie waren nicht viel größer als eine Hauskatze und stellten definitiv keine Bedrohung für ihn und Eloise dar.

Sie setzte ihren Rucksack mitten auf dem Erdufer ab und rieb sich die Schultern. Er würde das für sie tun, wenn sie ihn darum bitten würde. Götter, er würde es sogar tun, wenn sie nicht fragen würde. Er würde alles tun, um seine Hände wieder an sie zu legen und diese verdammte Mauer zwischen ihnen einzureißen. Er warf seinen Rucksack ab und streckte sich, wobei ein Hauch von Vergnügen durch ihn floss, als er sich lockerte. Er freute sich nicht auf den bevorstehenden Aufstieg, nicht mit so viel Ausrüstung. Er würde den Großteil irgendwo verstecken müssen, anstatt zu versuchen, alles den Bergpfad hinaufzuschleppen.

Sein Blick schweifte über den breiten, trägen Fluss, sprang von Felsen zu Felsen, die das Wasser übersäten, und dann über die Bäume zu den Bergen in der Ferne vor ihm.

Ihm lief die Zeit davon.

Es musste einen Weg geben, Eloise dazu zu bringen, ihn anzusehen und in ihm den Mann zu erkennen, den sie ihr ganzes Leben lang gekannt hatte, denjenigen, der zu ihr gehörte, wenn sie ihn nur haben wollte, und nicht ihren Alpha.

Er seufzte und baute das Zelt auf, während er darüber nachdachte, und überließ ihr dann das Feuer, als er zum Fluss hinüberblickte. Es war ein harter Marsch gewesen, und er musste sich waschen, bevor er sich zu einem köstlichen Mahl aus Proteinriegeln niederließ. Das kristallklare Wasser war einfach zu einladend, um zu widerstehen.

Er wollte sich mit einem Schwimmen abkühlen.

Wenn alles nach Plan lief, würde Eloise sich ihm anschließen.

KAPITEL FÜNF

»ICH GEHE SCHWIMMEN.«

Eloise hatte kaum Zeit, diese Worte zu verarbeiten, bevor Cavanaugh seinen anthrazitfarbenen Fleecepullover auszog und das dunkle T-Shirt, das er darunter trug, gleich mit abstreifte. Er ließ beides auf seinen Rucksack fallen, und sie starrte ihn an, unfähig, den Blick abzuwenden, als ihre Augen langsam über die harten Platten seiner Brustmuskeln zu den Strängen seines Bauches glitten.

Ein Ziehen begann tief in ihrem Bauch und wurde nur schlimmer, als er seine Wanderstiefel auszog, die Socken abstreifte und seine dunkelgraue Hose aufknöpfte. Er schob sie herunter und enthüllte lange, muskulöse Beine. Als er aus der Hose stieg, bewegten sich seine Muskeln und fesselten sie.

Er war wirklich ein majestätischer Mann.

Einen Moment lang fürchtete sie, er würde ihre Widerstandskraft brechen, indem er sich komplett auszog, aber er drehte sich von ihr weg, seine schwarze

Badehose noch an Ort und Stelle. Sie umhüllte die Zwillingskugeln seines Hinterns, als er ging, und sie starrte darauf, liebte die Art, wie sie sich bei jedem Schritt, den er zum Wasser machte, spannten und bewegten.

Als er zurückblickte, senkte sie ihren Blick auf ihren Rucksack.

Sie spürte, wie seine Augen sie verließen, und hob ihre wieder zu ihm, trank den Anblick von ihm in sich auf. Er watete ins Wasser und stieß einen scharfen Laut aus, der im üppig grünen Tal und den Bergen dahinter widerhallte.

»Verdammt, ist das kalt.« Er drehte sich nicht um, wie sie es erwartet hatte. Er schauderte und watete weiter in den Fluss hinaus, die Schultern hochgezogen und die Finger an seinen Seiten zuckend.

Sie lächelte.

Und verbarg es, als er zu ihr zurückblickte.

Er grinste, seine grauen Augen hell vor Freude, ein Leuchten, das sie schon lange nicht mehr in ihnen gesehen hatte. Zu lange. Das war der umwerfende Mann, mit dem sie aufgewachsen war, immer umgeben von einer Aura des Unfugs, mit dem Gefühl, dass er sein Leben in vollen Zügen leben und jedes Abenteuer mit Leichtigkeit meistern würde.

Ihn wieder so zu sehen, ließ sie sich nur noch schlechter fühlen, dass sie ihn zwang, mit ihr zum Rudel zurückzukehren, und machte ihr nur noch deutlicher bewusst, wie sehr er sich verändert hatte, als er ihr Alpha geworden war. Sie hatte nie gedacht, dass er wieder so lächeln würde, wie er es jetzt tat, voller Energie und Glück. Sie hatte nie gedacht, dass sie den Cavanaugh wiedersehen würde, der ihr bester Freund, ihr engster Vertrauter und so viel mehr als das gewesen war.

Zumindest für sie.

Sie betrachtete ihn und entdeckte all die Veränderungen, die ihr entgangen waren, die ihr jetzt erschreckend deutlich wurden und ihr sagten, dass es für Cavanaugh im Dorf schwer gewesen war, nachdem er ihr Alpha geworden war. Sie konnte jetzt sehen, wie sehr es auf ihm gelastet hatte, und sie verfluchte sich dafür, so in ihrem eigenen Schmerz gefangen gewesen zu sein, dass sie seinen Kampf nicht bemerkt hatte. Ihr Herz flüsterte, dass es nicht nur seine Pflichten als Alpha waren, die das Leben im Rudel für ihn schwer gemacht hatten, und sie versuchte, es zu ignorieren, aus Angst, darauf zu hören und zu glauben, dass sein Kampf zum Teil daran lag, dass sie getrennt waren und nicht zusammen sein konnten.

Sie weigerte sich, sich in dieser Fantasie zu verlieren.

Sie weigerte sich auch, ihrem drängenden Bedürfnis nachzugeben, ihn zu befragen, weil sie die Antworten fürchtete, die er ihr geben könnte.

Mutig tauchte er tiefer ins Wasser, stieß sich ab und begann im tiefsten Teil des Flusses zu schwimmen. Er fesselte sie, als er seinen Kopf unter das kalte Wasser tauchte und wieder auftauchte. Er strich sein silberweißes Haar zurück, und Rinnsale liefen über seine gemeißelten Wangen und rollten entlang seiner starken Kieferlinie. Er brachte ihr Herz immer noch zum Rasen und zog sie immer noch zu sich, obwohl ihre Erinnerungen an ihn von allem, was danach gekommen war, getrübt waren.

Die Frauen.

Die Wärme, die sich in ihr aufgebaut hatte, stockte und erstarb, ließ sie eiskalt zurück.

Cavanaugh schwamm auf sie zu, aber sein Lächeln berührte sie nicht mehr. Sein Anblick ließ sie nicht mehr in seine Arme eilen und seiner tiefen Stimme lauschen wollen, während er ihr Geschichten von der Außenwelt erzählte. Der Schmerz, ihn fünf lange Jahre aus der Ferne beobachtet zu haben, zerdrückte dieses Bedürfnis, und der Schmerz, von ihm getrennt gewesen zu sein, und alles, was sie ertragen hatte, zerstörte ihre sanfteren Gefühle.

»Komm zu mir, Eloise«, rief er, sein Lächeln wurde breiter. »Es ist nicht schlimm, wenn man sich erst mal daran gewöhnt hat.«

»Nein.« Dieses Wort kam viel kälter heraus, als sie beabsichtigt hatte, und er runzelte die Stirn, sein Lächeln verschwand, als er aufhörte zu schwimmen.

Sie wandte den Blick von ihm ab, unfähig, den Schmerz in seinem Gesicht zu ertragen, der an ihr zerrte. Sie hatte nicht beabsichtigt, ihn so grausam zurückzuweisen. Es war falsch von ihr gewesen, und nicht, weil er ihr Alpha war und sie respektlos gewesen war. Es war falsch von ihr gewesen, ihn zu verletzen, wenn sie tief in ihrem Inneren sein Angebot hatte annehmen wollen.

Sie wollte mit ihm schwimmen, aber sie konnte die Erinnerungen nicht abschütteln, die auf sie einstürmten, Wiederholungen der fünf Jahre, in denen sie ihn aus der Ferne beobachtet hatte, wie er als ihr Alpha agierte.

Sie konnte die Bilder der Frauen nicht abschütteln, die sich an ihn herangemacht hatten und seine Aufmerksamkeit suchten.

Eloise presste ihre Hände auf ihre Brust, als ihr Herz schmerzte und Tränen drohten, ihre Augen zu füllen. Sie schniefte sie zurück, nicht willens, sie fallen zu lassen. Sie hatte in ihrem Leben genug Tränen über alles vergossen, was passiert war. Damit war sie jetzt fertig. Sie war stärker als die Frau, die sie gewesen war, die von Ereignissen geformt wurde, über die sie keine Kontrolle hatte.

Diejenige, die jede Nacht zerrissen wurde, wenn Cavanaugh zu seinem Haus ging, gefolgt von einer Schar Frauen.

Es war das Recht der Rudelalphas, sich ihre Auswahl unter den Weibchen von Status zu treffen und so viele Partnerinnen zu befriedigen, wie es ihnen gefiel. Die Weibchen buhlten um die Aufmerksamkeit ihres Alphas, weil das Teilen seines Bettes sie vielleicht in die Rolle seines einzigen Weibchens erheben könnte.

Cavanaugh hatte nie eine aus den vielen gewählt. Sein Vater war auch so gewesen, hatte mit zahlreichen Weibchen geschlafen, sich nie auf eine festgelegt.

Sein Vater hatte sogar mit den Weibchen ohne Status geschlafen, denjenigen, die nie als sein einziges Weibchen ausgewählt werden konnten.

Ihr Blick suchte Cavanaugh und verfolgte ihn, als er von ihr wegschwamm, die Distanz zwischen ihnen nagte an ihr. Mit wie vielen Weibchen hatte er in den fünf Jahren, in denen er als ihr Alpha gedient hatte, das Bett geteilt?

Wie viele weitere würde er schlafen, nachdem er in diese Rolle zurückkehrte?

Er würde zu ihr zurückkehren. Er hatte keine Wahl. Er würde wieder ihr wahrer Alpha werden, sobald er den

Fuß ins Dorf setzte, und sie würde in ihr ruhiges Leben zurückkehren, weit weg vom Rudel. So sehr es sie auch schmerzte, so mussten die Dinge sein. Sie brachte ihn nicht um ihretwillen zurück. Sie tat es für das Rudel.

Eloise beobachtete ihn, während in ihr erneut ein tiefes Verlangen wuchs, das sie zu unterdrücken versuchte.

Cavanaugh nach der Wahrheit zu fragen, mit wie vielen Frauen er geschlafen hatte und ob er je etwas für sie empfunden hatte, würde nur damit enden, dass sie wieder verletzt wurde. Sie war nicht stark genug, nicht mutig genug, um ihr Herz so auf dem Präsentierteller auszulegen. Ihr Magen rebellierte bei der Vorstellung, wie er ihr direkt in die Augen sah und ihr sagte, dass er mit den Weibchen geschlafen hatte und dass sie ihm nichts bedeutet hatte, dass das, was zwischen ihnen geschehen war, für ihn nichts weiter als die Befriedigung eines biologischen Bedürfnisses gewesen war.

Sie war jetzt nicht stark genug, um das zu hören. Ihn wiederzusehen, zum ersten Mal seit fast einem Jahrzehnt mit ihm zu sprechen und ihm nahe zu sein, hatte sie verwirrt und aus dem Gleichgewicht gebracht, sodass sie Gefahr lief, zusammenzubrechen und sich zum Narren zu machen.

Cavanaugh begann, zu ihr zurückzuschwimmen, und die Entschlossenheit, die sie aufgebracht hatte, bröckelte erneut. Sie zitterte am Rande davon, alle Regeln über Bord zu werfen und mit ihm zu schwimmen. Ein Teil von ihr verlangte, dass sie diesen Moment mit ihm ergriff, bevor er ihr wieder genommen wurde, aber der Rest warnte, dass es die Dinge nur schlimmer machen würde.

Sich ihm jetzt wieder hinzugeben, würde es unerträglich machen, ihn mit anderen Weibchen zu sehen. Das Wissen, dass er wieder etwas Kostbares und Besonderes nehmen und es behandeln könnte, als wäre es nichts, würde sie zerstören.

Sein Blick schweifte zu ihr herüber und sein Gesichtsausdruck wurde plötzlich kalt.

»Eloise!« Er stieß sich aus dem Wasser, spritzte es überallhin und erschreckte sie.

Er eilte über die nassen Felsen, sein Tritt war sicher, als er auf sie zusprintete und geschickt von einem Felsblock zum nächsten sprang, wobei seine Muskeln hart arbeiteten, während er die Distanz zwischen ihnen verringerte.

Ihre Augen weiteten sich und sie drehte sich langsam um, ihr Herz hämmerte gegen ihre Brust und kalte Schauer krochen über ihren Nacken.

Sie war nicht allein.

Ihre Augen trafen die des riesigen Tigers, als er vom Waldrand auf sie zuschlich, bereits nah genug, um zu springen.

Ihr Atem stockte und blieb ihr im Hals stecken.

Cavanaugh erschien zwischen ihr und dem Tiger. Seine linke Hand klammerte sich an ihre Taille und er schob sie hinter sich, schirmte sie mit seinem großen Körper ab.

Er brüllte den Tiger an und silbergraues Fell kräuselte sich über seinen kräftigen Schultern.

Seine Hand zuckte an ihrer Hüfte, eine stumme Warnung an sie, sich nicht zu bewegen. Sie blieb still, ihr

Puls raste in schwindelerregendem Tempo, ihr Blut floss kalt durch ihre Adern.

Hinter ihm kauerte sich der Tiger nieder und bereitete sich zum Angriff vor.

Eloises Herz sprang hoch und gesellte sich zu ihrem Atem, blieb in ihrem Hals stecken und weigerte sich herunterzukommen. Angst durchströmte sie, der Gedanke, dass Cavanaugh vielleicht gegen die Wildkatze kämpfen müsste, ließ ihr Blut zu Eis gefrieren und erfüllte sie mit dem verzweifelten Bedürfnis, etwas zu tun, um ihn zu beschützen. Sie war jedoch machtlos. Kein Gegner für das Biest. Es würde nicht zurückweichen, wenn sie sich ihm stellte. Es würde ihre Schwäche spüren und angreifen.

Nur Cavanaugh war stark genug, um dem Tier die Stirn zu bieten und es zum Gehen zu bewegen.

Der Tiger knurrte und entblößte lange, gelbliche Eckzähne.

Cavanaugh knurrte zurück. Sie konnte seinen Wunsch, sich zu verwandeln, spüren. Er durchströmte auch sie, aber es wäre ein schwerer Fehler, ihm nachzugeben. Sie war in ihrer menschlichen Gestalt größer und erschien dem Tiger viel bedrohlicher, und so war es auch bei Cavanaugh. Seine Hand zitterte an ihrer Hüfte, kalt vom Wasser, aber erfüllte sie mit tröstender Wärme. Cavanaugh war stark. Ein König der Tiere.

Er konnte den Tiger davon überzeugen, sie in Ruhe zu lassen. Sie musste daran glauben, denn sie konnte den Gedanken an den anderen Weg, den die Dinge nehmen könnten, nicht ertragen.

Sie konnte nicht daran denken, dass Cavanaugh kämpfen musste.

Es brachte sie fünf Jahre zurück, zu einer Nacht, die sie nie vergessen würde und an die sie sich nicht erinnern wollte.

Das Geräusch von Fleisch, das auf Fleisch trifft. Der Geruch von Blut in der kalten Luft. Das qualvolle Brüllen. Der karmesinrot gefärbte Schnee. All das wirbelte in ihrem Kopf umher, steigerte ihre Angst, trieb ihr Herz auf Hochtouren, während sie um Luft rang und versuchte, der alptraumhaften Vision zu entkommen.

Cavanaughs Griff an ihrer Hüfte verstärkte sich und vertrieb die grausige Vision, aber nicht ihre Angst.

Sie starrte auf seinen Hinterkopf und kämpfte gegen das Bedürfnis an, ihn zu berühren, um sich zu vergewissern, dass es ihm gut ging, und gegen den Drang, etwas zu tun, um das Biest zu vertreiben, damit er so blieb.

Er atmete schwer, seine Augen verließen den Tiger nie. Auch das Biest nahm seine Augen nicht von Cavanaugh. Sie starrten einander über die schlammige, felsige Fläche hinweg an, was ihr wie Stunden vorkam, ein stiller Showdown zwischen zwei mächtigen Raubtieren. Sie konnte es nicht ertragen. Die Luft war zu dick, um zu atmen, während sie wartete. Sie konnte sie nicht in ihre Lungen bekommen.

Der Tiger knurrte.

Cavanaugh brüllte, der Klang hallte durch den Wald und die Berge, die sich darüber erhoben.

Ihr Herz setzte aus, als der Tiger sich noch tiefer duckte, und sie war sich sicher, dass er springen und

Cavanaugh gegen ihn kämpfen müsste. Sie packte seinen Arm, kurz davor, ihn aus der Gefahrenzone zu ziehen.

Die große Katze drehte sich um und schlich zurück in den Wald.

Ihr Herz sank in den Magen.

»Geht es dir gu-«

Cavanaugh unterbrach sie, indem er sich auf dem Absatz umdrehte und sie in seine Arme zog, an seine feuchte Brust. Er schlang seine Arme um sie, stählerne Bänder, die an der Grenze dazu waren, die Luft, die sie in ihre Lungen bekommen hatte, wieder herauszupressen.

Sie wusste nicht, was sie denken sollte, als er seine Wange an ihre Schläfe drückte und ihren Hinterkopf mit einer Hand umfasste, während er seine Finger in die losen Wellen ihres dunklen Haares grub. Sie sagte sich, es nicht zu tun, schloss aber dennoch die Augen, presste ihre Hände gegen seinen Bauch und lehnte ihre Wange an seine Brust, lauschte seinem Herzen, das gegen ihr Ohr pochte und unter ihren Handflächen donnerte.

Er zitterte.

»Alles in Ordnung?«, flüsterte er, seine Lippen streiften ihre Stirn.

Sie nickte, ihre Stimme war nirgends zu finden, vertrieben vom Gefühl seiner Arme um sie herum und wie fest er sie hielt, als stünde er kurz davor, etwas Kostbares zu verlieren.

Gott, wie sehr sie das glauben wollte.

Es war alles nur Einbildung, eine Fantasie, die ihr Verstand erschuf, als er seine Reaktion und die Art, wie er sie hielt, interpretierte.

Oder etwa nicht?

Er zog sich zurück, bevor sie diese Frage beantworten konnte, und rieb sich beiläufig den Nacken. Wasser tropfte von seinem silberweißen Haar und rollte seine Wangen hinab, an strahlenden Augen von reinstem Silber vorbei. Sie fingen ihren Blick ein und hielten ihn fest, brachten ihre Gefühle wieder an die Oberfläche, und die Intensität ließ sie sich seiner zutiefst bewusst werden - seiner Stärke, seiner Macht, seiner dunklen Anziehungskraft.

Sie war ihm genauso verfallen wie vor einem Jahrzehnt, gefangen von dem Zauber, den er ausübte, indem er sich so intensiv auf sie konzentrierte und sie sich fühlte, als wäre sie die einzige andere Person in seinem Universum.

»Solche Probleme hatten wir in London nicht.« Er lächelte, aber sie durchschaute es sofort.

Der Tiger hatte ihn erschüttert.

Sie würde es nicht erwähnen. Sie würde so tun, als hätte sie es nicht bemerkt. Er war stark und sie war es auch, denn alles, was sie wirklich tun wollte, war, ihn zu halten und sich zu vergewissern, dass es ihm gut ging.

Er war in Sicherheit.

Sein Lächeln wurde unsicher, wirkte gezwungen, und er murmelte vor sich hin, als er die kurze Strecke zu seinem Rucksack und seinen Kleidern überquerte.

Er griff nach seinem T-Shirt in seinem Fleece, und sie starrte auf seine Brust, auf die Narben, die sie durchzogen. Der Anblick versetzte sie wieder fünf Jahre zurück, in jene Nacht, als sie geglaubt hatte, dem Tod nahe zu sein. Ihn in jener Nacht gegen Stellan kämpfen zu sehen, hätte sie fast umgebracht.

»Was ist los?« Cavanaugh ließ das T-Shirt sinken und kam auf sie zu, jeder Zentimeter seines Körpers angespannt und wachsam, Besorgnis wärmte seine grauen Augen. »Ist es wegen des Tigers?«

Sie schüttelte den Kopf und ließ die Worte über ihre Lippen stolpern. »Ich hatte solche Angst, als du gekämpft hast.«

Ohne nachzudenken, strich sie mit den Fingern über seine Brust, folgte den Spuren, die seine blasse Haut entstellten. Sie waren damals so tief gewesen, eine Wunde, die ihn gezwungen hatte, sich in seine menschliche Gestalt zurückzuverwandeln. Sie hatten stark geblutet, Karmesinrot pumpte aus den drei Schnitten, ergoss sich seinen nackten Bauch hinab und färbte den Schnee. Ihre Hand zitterte auf seiner Haut, heiße Tränen stiegen auf, obwohl sie versuchte, sie zurückzuhalten.

Die Luft wurde dicker und er atmete schwer, sein intensiver Blick erhitzte sie innerlich, ließ sie bei tausend Grad brennen und sehnte sich danach, ihre Augen zu den seinen zu heben. Sie wollte diesen Hunger in seinen Augen wieder sehen, die Hitze, die sie zuvor darin gesehen hatte.

Das Verlangen.

»Eloise«, hauchte er, seine Stimme rau wie Kies, schürte ihr Verlangen nach ihm zu einer erschreckenden Höhe, die sie kurz davor brachte, sich ihm hinzugeben.

Gott, wie sehr sie sich dem hingeben wollte.

Sie konnte sich jedoch nicht noch einmal so viel Schmerz zufügen.

Sie riss sich zusammen, zog ihre Hand zurück und senkte den Kopf. »Es tut mir leid.«

»Scheiß drauf.« Er stieß sich von ihr weg, schnappte sich seine Kleidung von seinem Rucksack und bündelte sie in seinen Armen, als er von ihr wegstapfte.

Eloise konnte ihn nur anstarren, als er seine Kleidung etwa zwanzig Meter von ihr entfernt auf der anderen Seite des Lagers zu Boden warf. Er streifte seine nasse Badehose die Beine hinunter, sodass er völlig nackt dastand, und zog dann seine dunkelgraue Hose an. Wut durchzog seinen Geruch, geboren aus Frustration und nicht aus dem Adrenalinrausch der Begegnung mit dem Tiger. Er war wütend auf sie. Er schien es auch an seinen Kleidern auszulassen. Sie war überrascht, dass seine Stiefel nicht an den Nähten aufplatzten, als er sie mit Gewalt aufzog, bevor er seine Füße hineinsteckte.

Sie verstand ihn nicht.

Seit dem Tag, an dem er vor zehn Jahren zum Rudelalpoa geworden war, hatte er sie kein einziges Mal angesehen, und er war fünf Jahre lang weg gewesen. Er war aus ihrem Leben verschwunden, ohne auch nur einen Blick zurückzuwerfen. Er hatte deutlich gemacht, dass sie ihm nichts bedeutet hatte und dass das, was zwischen ihnen geschehen war, kaum mehr als ein Spiel der Hormone gewesen war, ein Bedürfnis, das er nicht hatte leugnen können.

Aber seit sie den Nachtclub betreten hatte, hatte er seine Augen nicht von ihr abgewandt, und die Art, wie er sich ständig in ihrer Nähe verhielt, brachte sie über diese zehn Jahre hinaus zurück, zu einem Punkt, als sie sich näher gestanden hatten.

Zu einer Zeit, als sie zusammen gewesen waren.

Als die Welt kein dunkler Ort gewesen war, weil er sie mit Licht erfüllt hatte.

Er hielt inne und blickte über den schmalen Landstreifen, der sie trennte, seine grauen Augen dunkel vor Hunger, den sie für eine gefühlte Ewigkeit wieder in ihnen hatte sehen wollen, die Hitze, die sie fürchtete, weil sie etwas in ihr erweckte.

Hunger, der sie verzehrte.

Es waren noch drei Tage Fußmarsch bis zum Dorf, wenn das Wetter so blieb.

Gott steh ihr bei, aber sie war nicht sicher, ob sie es schaffen würde.

Sie war sich sicher.

Sie würde es nicht schaffen.

Sie war eine Motte, die von seiner Flamme angezogen wurde, und es war nur eine Frage der Zeit, bis er sie in Brand setzen und so heiß brennen lassen würde, dass ihre Kontrolle zu Asche zerfiel.

KAPITEL SECHS

CAVANAUGH FOLGTE Eloise durch die lichter werdenden Bäume, seine Sinne weit ausgestreckt. Jeder Geruch und jeder Anblick ließ ihn den Drang verspüren, sich in seine Schneeleopardenform zu verwandeln und die Umgebung zu erkunden. Sie hatten das Lager bei Tagesanbruch verlassen, nach einer für ihn verdammt unbequemen Nacht.

Das kleine Zelt mit Eloise zu teilen, war die reinste Qual gewesen.

Sie war direkt neben ihm gewesen, nur durch einen verdammten orangefarbenen Allwetter-Schlafsack von ihm getrennt, aber in Reichweite. Er hatte die ganze Nacht ihren Duft eingeatmet und konnte nicht schlafen. Nicht nur wegen ihrer Anwesenheit nur Zentimeter von ihm entfernt und den ständigen Wiederholungen in seinem Kopf, als sie seine Brust berührt hatte, was ihn vor Verlangen nach ihr schmerzen ließ.

Er war die ganze Nacht in höchster Alarmbereitschaft gewesen, seine Ohren zuckten bei jedem

Geräusch außerhalb des Zeltes, egal wie harmlos es war. Der Schneeleopard in ihm, sein urtümlicher Teil, hatte verlangt, dass er wach blieb und über Eloise wachte, bereit, sie vor jedem Raubtier zu beschützen, das seiner schlafenden Gefährtin zu nahe kommen könnte.

Er hatte beobachtet, wie sie unruhig schlummerte, und sich gefragt, was ihre Träume heimsuchte und ob es etwas mit den Narben an ihren Handgelenken zu tun hatte.

Nachdem er während ihres Abendessens aus Proteinriegeln alles, was sie ihm über Stellan und das Rudel erzählt hatte, überdacht und ihr Verhalten in Bezug auf ihre Handgelenke und wie sie nicht wollte, dass er sie sah, analysiert hatte, war er zu einem schrecklichen Schluss gekommen.

Sie war mehr als einmal von dem Mann gefesselt worden, den er mit der Führung seiner Sippe beauftragt hatte.

Sie hatte die Narben in ihrem Heimatdorf erworben, nicht während sie auf Reisen war und nach ihm suchte. Er würde Stellan allein für diese grausame Tat töten. Niemand legte Hand an seine Eloise, ohne dafür mit seinem Leben zu bezahlen.

Trotz ihrer Albträume wirkte sie heute munterer. Die Farbe war auf ihre Wangen zurückgekehrt und die dunklen Ringe unter ihren Augen waren endlich verschwunden, sodass sie so schön aussah, wie er sie in Erinnerung hatte.

So schön wie auf dem Foto von ihr, das er in Ehren hielt.

Der kühle Morgennebel bildete winzige Kristallperlen auf ihrem dunklen Haar und ließ die Strähnen ihres gedrehten Knotens am Hinterkopf zu Spitzen werden. Er haftete auch an den Schultern ihres steinfarbenen Fleecepullovers. Die an ihr hängenden Tropfen versetzten ihn zurück in die unzähligen Male, als sie in ihrer Leopardengestalt durch den Schnee aus dem Dorf getrottet waren und wie das weiße Pulver an ihrem wunderschönen silbernen Fell gehaftet hatte. Sie hatte immer im Schnee angehalten, um ihn abzuschütteln, und am Ende noch mehr davon auf sich als zuvor.

Das letzte Mal, als das passiert war, stand ihm so klar vor Augen wie der Tag, eine Erinnerung, die für immer bei ihm bleiben würde.

Er war auf sie zugegangen und hatte den Schnee von ihrem Fell geleckt, und sie hatte sich zu ihm gedreht und ihre Wange an seiner gerieben, eine zärtliche Geste, die ihn tief berührt hatte. Sie hatte ihn mit ihrem Duft markiert und sich gleichzeitig selbst mit seinem markiert.

»Cavanaugh?« Ihre Stimme riss ihn zurück in den Wald, und er starrte einen Moment lang durch die Bäume zu ihr, bevor ihm klar wurde, dass er stehen geblieben war und sie schon viel weiter vorne stand, oben an einem steilen Erdabhang.

Er schüttelte den Kopf und schritt durch die Bäume, stieg über die dicken Wurzeln, die den Waldboden übersäten, und vermied es, die riesigen Insekten und kleinen Säugetiere unter seinen Stiefeln zu zerquetschen. Er umfasste die Riemen seines schweren Rucksacks und justierte ihn, bevor er den Abhang hinaufkletterte. Dabei benutzte er die Bäume, um einen Weg zu ihr hinauf zu finden, und stemmte seine Stiefel gegen deren Stämme.

Als er sie erreichte, runzelte sie immer noch die Stirn, ihre honigfarbenen Augen von Sorge erwärmt.

»Ich habe nicht viel geschlafen.« Das war die einzige Erklärung, die er ihr anbieten würde. Wenn sie nachhakte, würde er vielleicht lügen und sagen, es sei nur gewesen, weil er sie beschützen wollte.

In Wirklichkeit lag es zum Teil daran, dass er die ganze Nacht in seiner Unterhose so hart wie eine Stahlstange gewesen war, erregt von dem Gedanken, dass sie nur in einem dünnen Top und Shorts unter ihrem dicken Schlafsack schlief, und den Erinnerungen an ihre Hände auf seiner Brust und das Feuer, das in ihren Augen gebrannt hatte.

Ein Verlangen, das er in ihr gespürt hatte und das ihm befohlen hatte, seine Gefährtin zu befriedigen.

Sie ging wieder vor ihm her, ihre Hüften wiegten sich in ihrer beigefarbenen Hose und zogen seinen Blick auf ihren Hintern.

Cavanaugh fuhr sich mit der Hand über den Mund und stöhnte leise. Er war sich nicht sicher, ob er eine weitere Nacht so nah bei ihr schlafen konnte. Er hatte noch nie mit ihr geschlafen, nicht einmal auf so unschuldige Weise, mit ihnen in getrennten Schlafsäcken. Wenn er keinen Platz zum Schlafen fand, wo er mehr Abstand zwischen ihnen haben konnte, würde er wahrscheinlich über sie herfallen und seinem Verlangen nachgeben. Er war sich nicht sicher, ob das eine gute Idee war, auch wenn sein Körper und sein Verstand schrien, dass es das sei.

Es war zehn Jahre her, seit er eine Frau berührt hatte und seit eine ihn berührt hatte. Zehn Jahre, seit er mit

Eloise zusammen gewesen war. Sie brachte ihn in Aufruhr und hielt ihn ständig in ihrer Nähe auf Trab, verrückt vor Verlangen nach ihr. Er musste sich aber zügeln und irgendwie die Kontrolle behalten, um ihrer beider willen.

Er riss seinen Blick von ihr los und zwang sich, den Wald wahrzunehmen, während er ging. Sie entfernten sich vom Fluss und nahmen eine Abkürzung zu einem Punkt, an dem sie ihn überqueren konnten. Von dort aus war es ein steiler und schwieriger Aufstieg an der Seite des Berges. Er sah auf seine Uhr. Es war noch nicht einmal Mittag. Sie kamen gut voran. Wenn sie so weitermachten, könnten sie den Gipfel des steilen Anstiegs, der vor ihnen lag, bis zum Einbruch der Nacht erreichen.

Cavanaugh verlangsamte sein Tempo, da er nicht wollte, dass das passierte. Er hatte geplant, am Fuße des schroffen Aufstiegs an der Seite eines der Berge – dem einzigen Weg zum Dorf – anzuhalten. Eloise würde sich jetzt nicht damit zufrieden geben. Sie würden es am frühen Nachmittag erreichen. Bestenfalls könnte er sie überreden, auf halbem Weg den Aufstieg zu unterbrechen, wo es eine Höhle gab, die seine Sippe als Unterschlupf nutzte. Sie war groß genug, um ihnen Schutz vor jedem Wetter zu bieten, das der Berg auf sie werfen könnte, und für ihn, um in sicherer Entfernung von ihr zu schlafen.

Eloise blickte wieder zu ihm zurück, eine Falte verunstaltete ihr hübsches Gesicht. Götter, sie war wunderschön, sogar wenn sie ihn finster anstarrte und aussah, als wollte sie ihm die Ohren langziehen, weil er so langsam war. Eine leichte Röte stieg ihr in die

Wangen und sie sah hastig weg, aber nicht bevor er bemerkt hatte, wie ihre Augen dunkler geworden waren.

Nicht mit Wut.

Sondern mit Verlangen.

Er stöhnte und beschleunigte seinen Schritt, ein Sklave seines Bedürfnisses, ihr näher zu sein. Sie warf einen weiteren Blick über ihre Schulter, als er sich ihr näherte, nun mit einem Hauch von Nervosität in ihren Augen. Sie war atemberaubend, voller Leben und Lebendigkeit, mehr wie die Frau, an die er sich erinnerte, als die, zu der sie geworden war.

Was war mit ihr geschehen?

Sie hatte sich am Tag nach der Feier seiner Ernennung zum Rudelalphamännchen verändert und ihn seitdem immer gemieden.

Hatte das, was sie geteilt hatten, ihr so wenig bedeutet?

Damals war er sich nicht sicher gewesen, ein Teil von ihm war überzeugt, dass es etwas bedeutet hatte, aber der Rest argumentierte dagegen. Er wollte es immer noch wissen. Er hatte sie beobachtet, wann immer sie dachte, er würde nicht hinsehen, und sie so lange studiert, wie er konnte, ohne Verdacht zu erregen. Er hätte schwören können, dass er manchmal Schmerz in ihren Augen gesehen hatte.

Er hatte sich eingeredet, dass er nur das gesehen hatte, was er sehen wollte, weil er selbst verletzt war.

Aber jetzt war alles anders.

Sie war anders.

Und das ließ ihn glauben, dass das, was sie geteilt

hatten, echt gewesen war und dass sie beide durch seinen Aufstieg verletzt worden waren.

Sie beide empfanden etwas füreinander.

War es zu spät, um ihr das zu zeigen?

Vor ein paar Tagen hätte er diese Frage vielleicht mit Ja beantwortet und sich vorgenommen, sie umzustimmen. Seit den Ereignissen von gestern sagten sein Verstand und sein Herz Nein. Es war nicht zu spät für sie.

Er war wie versteinert gewesen, als er beim Schwimmen, kurz davor, sie erneut zu überreden, ins Wasser zu kommen, den Tiger entdeckt hatte, der sie anschlich. Sie war sich dessen völlig unbewusst gewesen, ihre Augen auf ihn gerichtet und ein Hauch von Verlangen ging von ihr aus.

Sein Herz hatte aufgehört zu schlagen und war dann in seiner Brust explodiert, der Adrenalinschub trieb ihn zum Handeln. Alles Urtümliche in ihm, jeder Instinkt und jeder Sinn, jedes Gefühl, das er besaß, hatte verlangt, sie zu beschützen und den Tiger zur Strecke zu bringen, wenn es sein musste.

Als das Biest endlich zurückgewichen war, hatte er sich nicht davon abhalten können, sie zu halten. Dann hatte sie ihn berührt und ihm gesagt, wie verängstigt sie in der Nacht gewesen war, als er gegen Stellan gekämpft hatte. Das ließ ihn glauben, dass sie etwas für ihn empfunden hatte und es vielleicht immer noch tat. Er hatte gedacht, dass sein Wunsch vielleicht in Erfüllung gehen würde.

Sie würde wieder ihm gehören.

Aber sie hatte sich zurückgezogen.

Warum?

Wegen seines Status?

Er hasste es. Er hasste die Mauer, die er zwischen ihnen errichtet hatte, und er war entschlossen, sie einzureißen. Er würde nichts zwischen ihnen stehen lassen. Er war geduldig gewesen. Er hatte fünf lange Jahre gewartet, erfüllt von dem Bedürfnis, sie zu sehen, ihre Stimme zu hören und ihren Duft wieder zu riechen und ihre weichen Kurven unter seinen Fingern zu spüren. Sie war in sein Leben zurückgekehrt. Sie war seinetwegen gekommen. Er konnte nicht anders, als das als ein Zeichen zu sehen. Seine Geduld würde sich auszahlen. Er konnte die Kluft zwischen ihnen heilen und sie zurückgewinnen.

Sein Wunsch würde in Erfüllung gehen.

Sie würde seine Gefährtin werden.

Sie führte den Weg über den Fluss an und er folgte ihr, ohne wirklich darauf zu achten, wohin er ging. Er watete durch das Wasser, anstatt wie sie über die Felsen zu gehen, verloren in seinen Gedanken. Als er das andere Ufer erreichte und sich hochzog, sah sie ihn wieder an. Nicht mit Verlangen. Diesmal sah sie aus, als ob sie sich fragte, ob er den Verstand verloren hatte.

Diesen Teil von sich hatte er nicht verloren.

Aber er hatte sein Herz verloren.

Es war ihm vor zehn Jahren aus der Brust gerissen worden, und jetzt setzte er es langsam wieder zusammen, klebte es mit der Hoffnung, dass er ihre Abwehr durchbrechen und sie für sich gewinnen konnte. Er wollte, dass sie sich ihm und ihrer gegenseitigen Anziehung hingab, wie sie es vor einem Jahrzehnt getan hatte, und ihm zeigte, dass sie für ihn empfand, wie er für sie. Aber ein Teil von ihm fürchtete, dass wenn es vor dem Vollmond geschähe, es nur passieren würde, weil er ihr Alpha war.

Es war dieselbe Angst, die ihn immer zurückgehalten hatte.

Dieselbe Regel, die Stellan nutzen wollte, um alle ungebundenen Weibchen, unabhängig von ihrem Status, dazu zu bringen, sich ihm zu unterwerfen.

Cavanaugh wollte keine solche Verbindung mit ihr. Es war nicht richtig.

Es war nicht das, was er für sie wollte.

Er wollte keine Mätresse.

Er wollte, dass sie seine Gefährtin wurde.

Er wollte, dass sie ihn liebte. Um das zu haben, musste er warten, bis er frei von seinem Status war. Nur dann konnte er sicher sein, dass das, was sie für ihn empfand, echt war.

Es wurde jedoch mit jeder Sekunde schwieriger. Je länger er um sie herum war, ihr Duft seine Lungen füllte und ihre Kurven seine Augen versuchten, desto stärker wurde sein Verlangen, sie zu küssen. Bei jedem Baum, an dem sie vorbeikamen, fantasierte er davon, sie dagegen zu drücken und ihr den Atem mit einem Kuss zu rauben, der sie in seinen Armen schmelzen und seinen Namen stöhnen lassen würde, wie in der letzten Nacht, in der sie sich geliebt hatten.

Er fuhr mit der Hand über die wachsende Beule in seiner dunkelgrauen Hose und schob sie in eine bequemere Position.

Sie blickte wieder zu ihm zurück, und er tat so, als würde er am Saum seines anthrazitfarbenen Fleecepullovers herumfummeln. Er zog ihn ein wenig herunter, damit sie die Wirkung, die sie auf ihn hatte, nicht bemerkte, und ging weiter, ohne es zu wagen, sie anzusehen, bis er spürte, dass ihr Blick von ihm abließ.

Er seufzte und kniff sich in den Nasenrücken. Er war sich nicht sicher, ob selbst eine große Entfernung zwischen ihnen ihn davon abhalten würde, dem drängenden Bedürfnis nachzugeben, sie zu berühren, sie zu küssen und ihr zu zeigen, dass er sie mehr als alles andere wollte. Er war sich nicht sicher, ob er eine weitere Nacht mit ihr überstehen würde.

Das Verlangen, das sich seit dem Moment, als er sie im Underworld entdeckt hatte, allmählich in ihm aufgebaut hatte, erreichte den Siedepunkt, und er brannte vor Sehnsucht nach ihr.

Der Wald lichtete sich, als sie aufstiegen, und der Boden unter ihren Füßen wurde felsig. Eloise führte weiterhin, und zog mehr von seiner Aufmerksamkeit von der Umgebung ab, während sie einem steilen Pfad den Berg hinauf folgten. Hier oben gab es weniger Raubtiere, um die er sich Sorgen machen musste. Tiger kamen noch bis zu mehreren tausend Metern in den Bergen vor, wo ihre Territorien mit denen der Schneeleoparden zusammenstießen, aber Leoparden waren hier oben selten und Nebelparder blieben im Wald darunter.

Eloise rutschte auf dem lockeren, steinigen Boden einen Schritt zurück und schnaufte, als sie ihr Gleichgewicht wiederfand, wobei sie leise vor sich hin murmelte. Cavanaugh vermutete, dass sie wieder die Stiefel beschuldigte, die er für sie gekauft hatte. Sie waren wahrscheinlich zu neu für eine solche Wanderung, ihre dicken Sohlen und tiefen, unabgenutzten Profilierungen machten sie auf manchen Untergründen rutschig, aber sie waren weit besser als die, die sie vorher getragen hatte. Er bezweifelte, dass sie es ohne einen Sturz auf ihr Gesicht oder Schlimmeres so weit geschafft hätte, wenn er sie den Wald und den Berg in ihren abgenutzten Stiefeln hätte durchqueren lassen.

Sie stapfte weiter voran und er verringerte den Abstand zwischen ihnen, als der Pfad sich verbreiterte und durch gelegentliche Gebüschflächen auf dem kargen Berghang führte. So weit das Auge reichte, war alles grau. Nur die vereinzelten Baumgruppen, die widerstandsfähig genug waren, um in solcher Höhe zu überleben, unterbrachen die eintönige Landschaft auf dem Hang vor ihm. Der Pfad war eine blassere, sich schlängelnde Linie, die langsam zu einer solchen Baumgruppe anstieg. Jenseits davon erhob sich der Berg plötzlich als eine vertikale Wand, die selbst den geschicktesten menschlichen Kletterern eine Herausforderung bieten würde.

In der Ferne hinter ihm ertönte ein Ruf, ein tiefer, klagender Laut, der seine Ohren spitzen ließ. Ein Schneeleopard. Er spürte das Bedürfnis der großen Katze auch in sich selbst. Es war ein Männchen auf der Suche nach einem empfänglichen Weibchen.

Es wollte einen Partner.

Eloise blickte zu ihm zurück, die Röte auf ihren Wangen verriet, dass auch sie den Ruf gehört hatte und wusste, was er bedeutete. Cavanaugh schlich auf sie zu, verengte mit jedem Schritt, den er näher kam, seine

Augen auf die ihren, und sie senkte den Blick, während die Farbe auf ihren Wangen sich vertiefte.

Götter, er wollte sie küssen, wenn sie so schüchtern und wunderschön aussah.

»Wir sollten uns beeilen, wenn wir heute noch mit dem Aufstieg beginnen wollen.« Sie eilte von ihm weg und er grunzte, wollte vor Frustration darüber knurren, wie sie ihm immer wieder entkam, und folgte ihr dann, getrieben von dem Bedürfnis, sie zu jagen.

Seine Schneeleopardenform bewegte sich unruhig unter seiner Haut und wollte heraus. Er wollte sich verwandeln und seinem zwingenden Bedürfnis nachgeben, eine Weile in seiner anderen Gestalt zu laufen, aber er konnte nicht. Es war sicherer für sie beide, wenn er in seiner menschlichen Form blieb. Die großen Katzen in der Gegend würden ihn in dieser Form eher als Bedrohung ansehen. In seiner anderen Form könnten sie mit ihm um Territorium kämpfen wollen.

Er wollte nicht vor Eloise kämpfen, nicht nach ihrem sanften Geständnis letzte Nacht.

Er wollte nicht, dass sie wieder Angst um ihn hatte.

Sie kletterte den steilsten Teil des Pfades hinauf, um den Weg zu erreichen, der ihn kreuzte und entlang des Grats zu den Bäumen und der vertikalen Felswand führte, die sie erklimmen mussten.

Cavanaugh folgte ihr und blickte nur kurz hinter sich in die Richtung, aus der der Ruf gekommen war, unfähig, sein Verlangen zu leugnen, den Schneeleoparden zu sehen. Er hatte seit Jahren keinen mehr gesehen, außer sich selbst im Spiegel des Spielzimmers. Er hasste es jedoch, sich in seiner Schneeleopardenform zu sehen, weil es ihn an Eloise denken ließ. Es brachte ihn zurück zu all den Malen, als sie zusammen gewandert und in ihren Katzenformen gespielt hatten, und er endete damit, dass er sich tagelang danach sehnte, sie zu sehen.

Sie hielt am Fuß der Wand inmitten der Bäume an und blickte die Höhe hinauf. Mehrere hundert Meter schroffer grauer Fels, mit wenigen Griffen und nur einem Platz zum Ausruhen. Es war eine Herausforderung, die er genoss. Dies war der Punkt, auf den er sich bei der Reise zum oder vom Dorf immer gefreut hatte.

Allein der Anblick ließ sein Herz schneller schlagen und pumpte Adrenalin durch seine Adern, während sein Körper sich auf die Aufregung und Anstrengung des Aufstiegs vorbereitete.

Er streifte seinen Rucksack ab und öffnete ihn, nahm alles Notwendige heraus, einschließlich eines kleineren Rucksacks, der von diesem Punkt an ausreichen musste. Er war groß genug, um seinen Schlafsack, das Essen, die Feldflasche und einen Wechsel Kleidung aufzunehmen. Den größeren Rucksack verstaute er in einer Felsspalte, wo ihn niemand finden würde.

Eloise hatte sich bereits bis auf ihre Grundschicht, ein langärmeliges Thermoshirt, ausgezogen. Er starrte sie an, ohne sich zu schämen, selbst als sie in seine Richtung blickte. Er konnte seine Augen nicht von ihr abwenden. Das enge Shirt umhüllte ihre Brüste und weckte Hunger in ihm, entfachte erneut das heftige Bedürfnis, sie in seine Arme zu ziehen und zu küssen.

Cavanaugh riss seinen Blick von ihr los und beschäftigte sich damit, ihrem Beispiel zu folgen, indem er seinen Fleecepullover und sein T-Shirt auszog und sie durch ein ähnliches schwarzes Thermoshirt ersetzte. Es war kühl mit nur dieser dünnen Schicht, aber Schneeleoparden konnten extreme Kälte ertragen, und es würde nicht lange dauern, bis die Anstrengung des Kletterns an der schroffen Felswand ihn aufgewärmt hatte. Selbst in einer so dünnen Schicht würde er am Ende heiß und verschwitzt sein, wenn sie die kleine Höhle auf halber Höhe der mehrere hundert Meter hohen, schroffen Wand erreichten.

Er stieg in seinen Klettergurt und vergewisserte sich, dass er eng und sicher um seine Hüften saß, bevor er den für Eloise aufhob.

Sie spannte sich an, als er sich ihr näherte, was seinen Wunsch auslöste, sie zu jagen, sie zu verfolgen und dazu zu bringen, sich ihm hinzugeben. Er unterdrückte dieses Bedürfnis und schluckte hart, kämpfte darum, seine Gedanken von dem abzubringen, was er gleich tun würde, und die Art und Weise abzuschalten, wie sein Körper allein auf den Gedanken daran reagierte.

Es war zwecklos.

In dem Moment, als er vor ihr niederkniete, sein Blick auf Höhe ihrer Hüften, verlor er den Kampf gegen seinen Körper. Sein ganzes Blut schoss nach Süden und ließ ihn in seiner Hose sofort hart werden. Er atmete tief ein und machte die Dinge nur noch schlimmer, indem er seine Sinne mit ihrem Duft füllte. Er befeuchtete seine Lippen und hielt ihr den schwarzen Gurt hin. Sie stieg hinein, verhakte ihren linken Stiefel in den Riemen und stolperte nach vorne. Ihre Hände landeten auf seinen Schultern, um sich zu stabilisieren, und sendeten Feuer durch seine Knochen.

Er knurrte und sie zog sie hastig zurück, wobei ihr ein leises Keuchen entfuhr.

Er hatte es nicht als Drohung gemeint und sie wusste das. Sie hatte das Verlangen in ihm gespürt, das Bedürfnis, das in seinem Blut pochte, und hatte es in seinem hungrigen Knurren gehört.

»Tut mir leid«, flüsterte sie, und er verfluchte sie innerlich dafür, dass sie sich schon wieder entschuldigte.

Sie konnte so viel berühren, wie sie wollte, solange sie die Initiative ergriff. Das war die Regel, an die er sich halten musste, damit er wusste, dass sie ihn wollte, dass alles, was zwischen ihnen geschah, nicht daran lag, dass er ihr Alpha war.

Er hatte eine Grenze zwischen ihnen gezogen, und sie musste diejenige sein, die sie überschritt.

Sie musste diejenige sein, die ihm zeigte, dass das, was sie vor einem Jahrzehnt geteilt hatten, nicht einseitig gewesen war. Sie war in ihn verliebt gewesen.

So wie er in sie verliebt war.

Er zog den Gurt an ihren Beinen hoch, befestigte ihn um ihre Hüften und trat von ihr zurück, um sich einen Moment zu geben, seine Begierden wieder unter Kontrolle zu bringen. Er griff nach dem Seil, das sie für den Aufstieg benutzen würden, und zog daran, um dessen Stärke zu testen. Er fädelte das Seil durch seinen Gurt und vergewisserte sich, dass es sicher war, bevor er ein letztes Mal tief durchatmete.

Cavanaugh drehte sich zu ihr um.

Sie stand ein Stück entfernt und band ihr reiches braunes Haar neu, um sich auf den Aufstieg vorzubereiten. Es bedurfte keiner Ablenkungen und ihrer vollen

Konzentration. Es gab keine Stellen beim Klettern, an denen sie sich an Ankern im Fels befestigen konnten. Um das Rudel zu schützen, durften sie nichts an der Wand zurücklassen, das von Menschen benutzt werden könnte, um die Spitze und das versteckte Tal dort zu erreichen.

Die einzige Sicherheit, die er und Eloise haben würden, war einander.

Er schloss die Lücke zwischen ihnen und fädelte das Seil durch ihren Gurt, seinen Blick auf seine Arbeit fixiert. Es war schön, endlich auf eine Art mit ihr verbunden zu sein, auch wenn es nur durch ein Seil war. Er zog daran und prüfte, ob es sicher war und sich nicht aus dem Gurt lösen würde. Er musste wissen, dass es ihr Gewicht halten würde, falls sie ausrutschen sollte.

Er konnte sie nicht verlieren.

Er hatte schon zu lange ohne sie verbracht.

Er würde eher sterben, als den Rest seines Lebens ohne sie zu verbringen.

Er hob seinen Blick zu ihrem Gesicht und verlor sich sofort in ihren tiefen honigfarbenen Augen. Sie hielten seinem Blick tapfer stand, selbst als ihr Herz in seinen Ohren schneller wurde, ihren Atem beschleunigte und der scharfe Geruch von Nervosität ihren süßen Duft durchzog.

»Cavanaugh?«, flüsterte sie atemlos, ihre sanfte Stimme verlockte ihn, sie näher an sich zu ziehen, am Seil zu zerren, das sie verband, und nicht aufzuhören, bis sie nur noch wenige Zentimeter von ihm entfernt war.

Ihr Kopf neigte sich zurück, ihre Augen hielten immer noch seinen Blick fest.

Sein Herz schlug heftiger und er konnte nicht atmen, als er in ihre Augen starrte, die Luft um sie herum wurde wieder dick.

Er wollte sie küssen, brauchte nur einen Kuss, um sein Selbstvertrauen aufzubauen, nicht nur für den bevorstehenden Aufstieg, sondern auch für seinen Kampf, sie zu gewinnen, aber er war sich nicht sicher, wie sie darauf reagieren würde.

Seine Finger spannten sich um das glatte Seil.

Er trat einen Schritt zurück und ließ es durch seine Hand gleiten, wandte sich von ihr ab und hob seinen Kopf in Richtung der schroffen Felswand.

Er konnte sie nicht küssen, und das nicht nur, weil er geschworen hatte, dass sie diejenige sein würde, die den ersten Schritt machen würde.

Er starrte auf die dunkelgraue Felswand, die sich vor ihm auftürmte.

Er konnte sie nicht küssen, weil er nicht versuchen musste, sie mit einer schmerzhaften Zurückweisung zu erklimmen, die seinen Verstand trübte.

Eine Sekunde war alles, was es brauchte.

Eine Sekunde, in der seine Konzentration nachließ.

Eine Sekunde, die das Ende ihrer Ewigkeit bedeuten würde.

KAPITEL SIEBEN

ELOISE GRIFF mit ihrer linken Hand zu und schwang sich nach rechts, um den nächsten Halt zu erreichen, den sie dort erspäht hatte. Sie erwischte ihn mit den Fingerspitzen und zog sich nach vorne, um ihren Griff in der schmalen Spalte der grauen Felswand zu verbessern.

Sie spürte wieder Cavanaughs Blick auf sich, heiß und durchdringend, der eine Hitzewelle durch sie jagte. Er musste aufhören, sie so anzusehen.

Ihre Konzentration war ohnehin schon dahin. Sie konnte nicht aufhören, daran zu denken, wie Cavanaugh reagiert hatte, als sie ihn am Fuß der Klippe berührt und ihre Hände auf seine Schultern gelegt hatte, um sich zu stabilisieren. Hunger war in seinen Augen aufgeblitzt und sein tiefes Knurren hatte einen heißen Schauer durch sie gejagt, der sie mit dem dringenden Bedürfnis erfüllte, ihre Hände über seine breiten Schultern gleiten zu lassen und ihn zu einem Kuss zu verführen.

Sie hatte gedacht, er würde es tun, als er sie an sich gezogen hatte, seine Augen voller Verlangen, das sie an ihm riechen konnte. Er hatte sie losgelassen, aber sie wusste, dass er kurz davor gewesen war, sie zu küssen, irgendwie sein Verlangen gemeistert und sich zurückgehalten hatte. Warum? Sie hatte ihn dafür verflucht, dass er es nicht durchgezogen hatte. Er hatte sie angeheizt und sich dann zurückgezogen, ihr Kopf voller Gedanken an das, was hätte sein können, und Fragen darüber, warum er sie küssen wollte, warum er aufgehört hatte und was zum Teufel mit ihr nicht stimmte. Sie sollte nicht wollen, dass er sie küsst. Sie musste gegen ihre Anziehung zu ihm ankämpfen. Es war das Beste so.

Ihr Herz nannte sie eine Lügnerin.

Es war nicht das Beste. Ihm und ihrem Bedürfnis nach ihm zu widerstehen, machte sie wahnsinnig.

Er war ihr den ganzen Tag nicht aus dem Kopf gegangen und hatte ihre Aufmerksamkeit während ihrer Wanderung von der Umgebung abgelenkt. Sie hatte nicht aufhören können, an ihn zu denken, seit er sie heute Morgen vor Sonnenaufgang geweckt und aus einem sündigen Traum von ihm gerissen hatte. Sie hatte die Augen geöffnet und ihn neben sich liegend vorgefunden, auf seinen Ellbogen gestützt, sein Gesicht über ihrem. Sein silberweißes Haar war zerzaust gewesen, als hätte er die ganze Nacht daran gezogen und seine Finger hindurchgepflügt. Es hatte sie versucht, dasselbe zu tun. Seine grauen Augen waren warm und hell gewesen, erfüllt von einem seltsamen Licht, das sie glauben ließ, er sei glücklich, und zwar weil sie bei ihm war.

Sie schob das alles aus ihrem Kopf und versuchte, sich auf den Aufstieg zu konzentrieren.

Cavanaugh blickte wieder zu ihr hinunter und jagte

einen weiteren heftigen, heißen Schauer durch sie. Er musste wirklich aufhören, sie so anzusehen.

Sie konnte sich nicht konzentrieren, wenn er das tat, und ertappte sich stattdessen dabei, wie sie ihm beim Klettern zusah.

Er war ein Expertenkletterer, weitaus geschickter als alle anderen Männer in ihrem Rudel. Sie hatte vergessen, wie geschickt und kraftvoll er war. Er ließ das Klettern an der senkrechten Wand des Berges mühelos aussehen, die dicken Muskeln seiner Arme arbeiteten hart unter seinem engen schwarzen Thermoshirt.

Cavanaugh blickte nach unten und hielt inne, nur mit der rechten Hand und der Spitze seines linken Stiefels an einem Griff. Ihr Magen drehte sich um. Sie vertraute ihm, aber sie wünschte, er würde sich mit beiden Händen und Füßen festhalten. Wenn er fiele, war sie sich nicht sicher, ob sie sein Gewicht halten könnte. Sie würde es versuchen, aber tief in ihrem Herzen wusste sie, dass die Kraft des Seils, das sie verband, sie von den Felsen wegreißen und mit ihm in die Tiefe stürzen lassen würde, wenn es sich plötzlich spannte. Sie waren bereits fast hundert Meter über dem Weg. Wenn sie von ihrer jetzigen Position fielen, würden sie definitiv genug Knochen brechen, um sie den Raubtieren, die in den Bergen zu Hause waren, schutzlos auszuliefern.

Er schwang zurück zur Wand und griff nach einem weiteren Halt, stieß sich mit dem linken Fuß ab, um sich nach oben zu katapultieren. Er erwischte den kleinen Felsvorsprung und zog sich hoch, fand einen weiteren Griff für seine rechte Hand und dann für seine Füße. Sie konnte sich nicht so bewegen wie er. Ihr fehlten der Mut und das Vertrauen in ihre Fähigkeiten.

Er blickte wieder nach unten und sie dankte ihm im Stillen dafür, dass er diesmal alle Hände und Füße an den Griffen behielt und nach ihr sah. Sie war mit vielen aus ihrem Rudel geklettert, aber keiner hatte je so nach ihr geschaut wie er, mit Sorge in seinen auffallenden dunkelgrauen Augen.

Er lächelte, bevor er sich mit dem linken Fuß abstieß und eine wahnwitzige Strecke nach rechts sprang, einen Griff erwischend, der für sie unsichtbar schien. Ihr Herz raste und sie war kurz davor, ihn anzuschreien, aber das Grinsen auf seinem Gesicht, als er zu ihr zurückblickte, ließ sie verstummen und zurücklächeln.

Wie lange war es her, dass er so geklettert war? Er genoss jede Sekunde davon, blühte regelrecht auf bei dem Nervenkitzel, während sie langsam aufstiegen. Sie hatte vergessen, wie tief seine Liebe zur Gefahr und zum Abenteuer in seinem Blut verankert war. Er lebte für solche Herausforderungen.

Sie hatte diesen Mann vermisst, den sorglosen und lebensfrohen, energiegeladenen und begeisterten.

In den Momenten, in denen sie nicht gefährliche Gedanken über Cavanaugh hegte, hatte sie darüber nachgedacht, wie sehr er sich während seiner Zeit als Alpha des Rudels verändert hatte. Ihn jetzt so beim Klettern zu sehen, machte diese Veränderungen nur noch deutlicher für sie. Sie hatte nicht bemerkt, wie sehr seine Position auf ihm gelastet und wie schwer es für ihn gewesen war, aber ihr war nicht entgangen, wie kalt und distanziert er über die Jahre als ihr Alpha geworden war, stets in tiefe Gedanken versunken.

Sie konnte jetzt sehen, dass ein Teil von ihm gestorben war und nun wiederbelebt wurde. Er hatte ihn wiedergefunden.

Und sie zwang ihn, zum Rudel zurückzukehren.

Eloise wollte ihm zurufen, er solle umkehren, wieder herunterkommen und alles vergessen, was sie ihm über das Rudel erzählt hatte. Sie wollte ihn dazu bringen, diesen Ort zu verlassen, bevor es zu spät für ihn war und sie gezwungen wäre, zuzusehen, wie dieses Licht in ihm erneut erlosch.

Sie glaubte nicht, dass sie es ertragen könnte, das geschehen zu sehen und zu wissen, dass sie dieses Mal dafür verantwortlich war.

Sie wollte nicht, dass er sein Lächeln wieder verlor.

»Cavanaugh«, begann sie und er blickte wieder zu ihr hinunter, hielt etwa fünf Meter über ihr inne, das Seil zwischen ihnen hing locker. Sie fand einen weiteren Halt und zog sich hoch, vergewisserte sich, dass sie sicher war, bevor sie den Mund öffnete, um zu sprechen.

»Erinnerst du dich, wie wir früher so geklettert sind?« Er grinste sie an, seine grauen Augen leuchteten und fesselten sie, brachten sie mehrere Jahrzehnte zurück zu den Zeiten, an die er sie erinnern wollte.

Sie nickte. »Du hast immer versucht, anzugeben.«

Sie biss sich auf die Zunge, als er die Stirn runzelte, aus Angst, sie hätte eine Grenze überschritten. Für einen Moment, einen Sekundenbruchteil, hatte sie vergessen, dass er der Alpha ihres Rudels war. Er war dieser Mann von vor Jahrzehnten gewesen, an den er sie gebeten hatte, sich zu erinnern.

Derjenige, der ihr Herz gestohlen hatte.

Er lachte bellend auf. »Ich wollte dich beeindrucken.«

Sie verlor fast den Halt an den Felsen, als sie ruckartig den Kopf hob, um seinen Blick zu erwidern. Seine Augen waren aufrichtig, voller Ehrlichkeit und etwas anderem, das sie sich fürchtete zu benennen. Wärme. Zärtlichkeit. Vielleicht sogar Liebe.

Sie schob die Traurigkeit beiseite, die in ihr aufsteigen wollte, die Angst, dass dies alles nur eine Fantasie war, und brachte ein Lächeln zustande. »Du hast mich beeindruckt, als du fast siebzig Meter tief in den Schnee gefallen bist. Ich habe dir gesagt, du sollst kein verrückter Mistkerl sein, aber hast du auf mich gehört? Du hast mir fast einen Herzinfarkt verpasst!«

Sie hatte gedacht, sie hätte ihn verloren, genauso wie sie es in der Nacht befürchtet hatte, als er nach seinem Kampf gegen Stellan in die Dunkelheit geflohen war, blutend aus einer schrecklichen Wunde.

Seine Stirnfalten glätteten sich, sein Ausdruck wurde gefährlich weich und machte ihn noch attraktiver, sodass ihr Herz zu rasen begann. Sie wollte wegschauen, zwang sich aber, seinem Blick standzuhalten, um den Mann zu sehen, den sie vor all den Jahren verloren hatte. Er war jetzt hier bei ihr.

Sie verfluchte die Tränen, die in ihre Augen steigen wollten, als er lächelte und mit den Schultern zuckte.

»Ich war ein dummer Bastard. Ich hätte auf dich hören sollen. Du hattest immer recht.« Er senkte seinen

Blick von ihr weg und runzelte wieder die Stirn. »Es tut mir leid, dass ich dir solche Angst eingejagt habe ... aber sieh es als Rache für all die Male, als du mir fast das Herz stehen geblieben ist.«

Die Mundwinkel seiner sinnlichen Lippen verzogen sich zu einem halben Lächeln.

Sie funkelte ihn an. »Was willst du damit sagen?«

Sein Lächeln wurde breiter. »Dass ich deinen Hintern öfter gerettet habe, als ich zählen kann.«

Eloise schnaubte und weigerte sich, das anzuerkennen, obwohl es stimmte. Er hatte ihr Leben unzählige Male gerettet, aber er war auch immer derjenige gewesen, der sie gedrängt hatte, Risiken einzugehen und die Gefahr zu suchen. Sie hatte an seiner Seite bleiben wollen, hatte Angst gehabt, er würde ihr davonrennen und sie zurücklassen, oder er würde einen anderen Partner für seine Abenteuer finden, also hatte sie sich hart vorangetrieben und sich bemüht, mit ihm Schritt zu halten.

Sie erspähte einen weiteren Griff nur einen Meter über ihrer linken Hand und konzentrierte sich darauf, als sie sich abstieß und sich dazu hochschnellte. Sie erwischte ihn, grub ihre Krallen ein und zog sich hoch, tastete herum nach einem weiteren Griff für ihre rechte Hand. Sie fand eine Spalte und schob ihre Finger hinein, dann sicherte sie ihre Füße und atmete schwer. Vielleicht trieb sie sich immer noch zu hart an in dem Bemühen, an seiner Seite zu bleiben.

»Alles klar bei dir?«, sagte Cavanaugh mit einem Lachen in der Stimme. »Denn ich würde ungern da runter kommen müssen, um deinen Arsch zu retten.«

»Götter, du bist so witzig«, murmelte sie und warf einen kurzen Blick zu ihm hoch.

Sein Lächeln raubte ihr den Atem, und es war alles wegen ihr. Es war, weil sie mit ihm sprach, nicht als ihr Alpha, sondern wie vor so langer Zeit, als sie Freunde gewesen waren. Mehr als Freunde.

Sie starrte zu ihm hoch, jeder Zentimeter von ihr wurde heiß, als seine grauen Augen sie anstrahlten und der Wind die weichen Spitzen seines silberweißen Haares zerzauste. Götter, er war umwerfend.

Schuldgefühle überkamen sie erneut, und sie musste wegschauen, um sich davon abzuhalten, ihm zu sagen, er solle umkehren und zurückgehen. Das Rudel brauchte ihn. Sie konnte sie nicht im Stich lassen.

Eloise schaute sich nach einem weiteren Griff um. Es gab einen, aber er war weiter entfernt als der letzte, eine Strecke für sie. Nein, sie konnte es schaffen. Sie hatte gute Griffe für ihre Füße, fest genug, um ihr den nötigen Halt zu geben, um so weit zu kommen.

»Ich habe deinen Arsch auch ein paar Mal gerettet.« Sie streckte sich mit ihrem rechten Arm aus und stieß sich mit ihrem rechten Fuß ab.

Der Fels unter ihm bröckelte.

Eloise schrie auf, als sie fiel.

Cavanaugh grunzte und packte das Seil, das sie verband, mit seiner linken Hand und grub sich mit seiner rechten fest, Angst blitzte über sein Gesicht und pochte durch ihr Blut.

»Eloise!« Er knirschte mit den Zähnen und strengte sich an, während sie fiel, ihre Hände kratzten über die Felsen, auf der Suche nach einem Halt.

Es gab keinen.

Das Seil spannte sich ruckartig zwischen ihnen.

Cavanaugh grunzte erneut, hielt aber seine Position.

Eloise knallte gegen die Felswand.

Ihr Kopf schlug gegen einen hervorstehenden Felsen.

Schmerz flammte über ihre linke Schläfe und ihren Arm auf.

Cavanaugh brüllte ihren Namen.

Die Welt wurde dunkel.

KAPITEL ACHT

CAVANAUGHS HERZ SCHLUG SO HEFTIG, dass ihm schwindelig wurde. Er schüttelte den Kopf und zwang sich, sich auf Eloise zu konzentrieren. Sie baumelte am Ende des Seils, drehte sich langsam etwa zehn Meter unter ihm, in der Mitte gebeugt, mit Armen und Beinen, die unter ihr hingen.

»Eloise, Baby, komm schon«, flüsterte er, starrte zu ihr hinunter und kämpfte darum, seine Angst unter Kontrolle zu bringen und seine Panik zu unterdrücken, damit sich seine verdammten Sinne fokussieren konnten und er aufhörte, das Schlimmste zu denken.

Sie war nicht tot.

Sie konnte nicht tot sein.

Er schloss die Augen und atmete tief ein, während die Muskeln seines rechten Arms vor Protest schrien, als er sowohl sein eigenes als auch ihr Gewicht trug. Es spielte keine Rolle, ob er sich die Muskeln zerriss. Alles, was zählte, war Eloise.

Er konzentrierte sich auf seine Atmung, bis seine

Panik nachzulassen begann und das Rauschen seines Blutes und der zitternde Schlag seines Herzens in seinen Ohren verklangen und er wieder die Geräusche der Welt um ihn herum wahrnehmen konnte.

Vögel riefen unten im Tal. Wind bewegte die Baumwipfel.

Eloises Herzschlag drang an sein Ohr.

Sie war bewusstlos.

Er seufzte erleichtert und knirschte mit den Zähnen, als er mit seinem linken Arm das in seiner Faust gepackte Seil zu seiner Schulter hochzog und ihr totes Gewicht nach oben schleppte. Seine Fangzähne fuhren aus und er platzierte das Seil zwischen seinen Lippen und biss zu, grub seine Zähne hinein, war aber vorsichtig, das Seil nicht zu beschädigen. Es musste zumindest bis zum Unterschlupf halten. Er hatte ein weiteres Seil in seinem Rucksack, das er benutzen konnte, um sie die zweite Hälfte des Aufstiegs hochzuziehen, sobald Eloise sich erholt hatte.

Cavanaugh atmete tief ein, um seine Nerven zu beruhigen. Er war schnell genug. Er war stark genug. Er konnte das schaffen. Er brauchte nur genug Spielraum im Seil, um es um sich zu wickeln und seinen Körper Eloises Gewicht tragen zu lassen, während er sie zu sich hochzog.

Er unterdrückte die Panik, die langsam wieder aufstieg, vernichtete sie und ließ das Seil los. Seine Fangzähne schmerzten, als sie in der Sekundenbruchteil Eloises Gewicht trugen, die er brauchte, um nach dem Seil weiter unten zu greifen und es zu packen.

Er griff das Seil mit seiner linken Hand, löste es aus

seinen Zähnen und wiederholte den Vorgang, zog Eloise zu sich hoch, klemmte das Seil zwischen seine Fangzähne und ließ dann das Seil los, um es schnell wieder zu greifen. Er wickelte das Seil um sich, über seine rechte Schulter und unter seinem linken Arm durch, und achtete darauf, Eloise nicht gegen die Klippe zu schlagen, während er arbeitete. Sobald der Durchhang um ihn gewickelt war, begann er, sie mit seiner linken Hand hochzuziehen und wickelte dabei das Seil um sich.

Als sie auf seiner Höhe war, schlang er den Rest des Seils um sich, sodass sie neben ihm baumelte.

Er ließ das Seil los und griff stattdessen nach ihrem Gurt. Er hoffte zu den Göttern, dass sie für den nächsten Teil bewusstlos blieb, denn das würde bestenfalls haarsträubend werden. Er fingerte an den Karabinern am Rücken ihres Gurtes herum und ruckelte sie dann so, dass sie hinter ihm landete, mit dem Rücken zu ihm. Er klippte sie sicher an seinen Gurt, wickelte das Seil von seinem Oberkörper ab und dann um sie beide herum, sodass es über eine Schulter und unter den gegenüberliegenden Arm lief und sie fest zusammenband, wobei ihre Rucksäcke zwischen ihnen eingeklemmt waren.

Die Finger seiner rechten Hand schmerzten vom Halten ihrer beider Gewicht, und er griff mit der Linken nach dem nächsten Halt, um den Druck auf seinen rechten Arm zu lindern. Er hielt einen Moment inne und sondierte den Weg vor ihm, schon jetzt mit dem zusätzlichen Gewicht kämpfend.

Hundert Meter über ihm rechts gab es einen Vorsprung. Der Unterschlupf. Er konnte es schaffen. Er musste es schaffen.

Cavanaugh griff den ersten Halt und zog sich hoch, vorsichtig, um Eloise nicht ins Schwingen zu bringen. Er musste ihr Gewicht direkt hinter sich behalten, in einer Linie mit seinem eigenen. Er knirschte mit den Zähnen und stöhnte, als er nach dem nächsten Griff langte, ihn fasste und sie beide höher zog. Er grub seine Zehen in einen schmalen Spalt im Fels und drückte sich hoch, streckte sich nach dem nächsten Halt.

Es war mühsam mit ihrem zusätzlichen Gewicht. Schweiß rann seinen Rücken hinunter, während er sich zwang, weiterzumachen, seine Arme schmerzten und die Finger waren wund. Blut fleckte sie, die Felsen zerrissen ihre Kuppen. Er machte weiter, grunzte bei jedem neuen Griff, den er fand, und bei jeder kurzen Strecke, die er zurücklegte, und verringerte so den Abstand zwischen sich und dem Unterschlupf.

Er testete den nächsten Halt und knurrte, als er nachgab, zerbröckelte und den Felsen hinunterfiel. Stattdessen schwenkte er nach rechts, auf einen langen vertikalen Riss im grauen Fels zu, den er bei früheren Klettertouren genutzt hatte.

Cavanaugh blickte zum Vorsprung hinauf. Fünfzehn Meter. Er konnte sich ausruhen, sobald er dort war, und sich dann um Eloise kümmern. Er hatte es nicht geschafft, einen Blick auf ihre Verletzungen zu werfen. Er war sich nicht sicher, wie schlimm sie waren.

Er erklomm weitere fünf Meter, indem er den Riss im Fels nutzte. Er war gerade breit genug, dass er beide Hände hineinbekam, und uneben genug, dass er einige gute Griffe hatte. Die Knochen in seinen Händen brannten. Die Muskeln in seinen Armen und Schultern schmerzten. Er konnte jedoch nicht aufhören. Noch nicht. Nicht bis zum Unterschlupf.

Er musste Eloise zum Unterschlupf bringen.

Er musste sie in Sicherheit bringen.

Er zwang sich weiterzumachen, ging über die Grenzen seines Körpers hinaus, nicht willens aufzugeben.

»Cav…« Das sanfte Murmeln seines Namens ließ ihn innehalten und er blickte über seine linke Schulter zu Eloise. War sie bei Bewusstsein?

Er war sich nicht sicher. Er war sich sicher, dass sie in Panik geraten wäre, wenn sie sich ihrer Lage bewusst gewesen wäre.

»Ich bin hier, Eloise.« Er umklammerte die Felsen mit seiner rechten Hand und griff mit der linken um sich, berührte ihre Hüfte. »Ich hab dich, Baby.«

Sie murmelte etwas und ihr Gewicht nahm zu, zog ihn nach hinten. Er packte mit beiden Händen die Felswand, um sich zu sichern, und seufzte. Sie war bei Bewusstsein gewesen, musste aber die Augen geschlossen gehalten haben und war nur so lange wach geblieben, bis sie gehört hatte, dass alles in Ordnung sein würde.

Er würde niemals zulassen, dass ihr etwas zustieß.

Er verdoppelte seine Anstrengungen, jeder Fetzen seiner Kraft und Konzentration darauf gerichtet, den Vorsprung zu erreichen und sie in Sicherheit zu bringen. Mit jedem Meter, den er dem Unterschlupf näher kam, wurde der Aufstieg schwieriger, und er musste sich immer wieder antreiben, seine Erinnerungen an Eloise und seine Liebe zu ihr nutzend, um ihm die Kraft zum Weiterklettern zu geben.

Als er den Vorsprung erreichte, zog er sich hinauf und kroch zur schmalen, niedrigen Öffnung der Höhle, bevor er auf die Seite fiel. Er atmete schwer, starrte in die Dunkelheit der Höhle, jeder Zentimeter seines Körpers zitterte vor Anstrengung und vor der Angst, die jetzt durch ihn hindurchfegte und ihn innerlich zerriss.

Er hätte sie beinahe verloren.

Während des Kletterns hatte er sich keine Angst erlaubt, aber jetzt konnte er nicht verhindern, dass sie ihn überwältigte. Er griff hinter sich und umfasste ihre Taille, spürte, wie ihr Fleisch unter seinen Fingern nachgab, und lauschte ihrem langsamen, aber gleichmäßigen Atem. Sie war in Sicherheit.

Aber eiskalt.

Das trieb ihn zum Handeln an, verdrängte die Angst wieder aus seinem Kopf und die Erschöpfung aus seinem Körper. Er wickelte das Seil von ihnen ab, schaffte es, sie von seinem Gurt abzuklippen, und drehte sich zu ihr um. Sie lag auf der Seite, den Kopf auf dem Felsen ruhend. Eine kleine Blutlache hatte sich bereits darunter gebildet, die von ihrer Schläfe tropfte.

Cavanaugh richtete sich vorsichtig auf die Knie auf und drehte sie behutsam auf den Rücken. Sie zuckte weder zusammen noch stöhnte sie. Sie blieb still und stumm. Das gefiel ihm nicht. Er wollte, dass sie wieder seinen Namen sagte. Er musste wissen, dass es ihr gut gehen würde. Er berührte den tiefen Schnitt an ihrer linken Schläfe und den in ihrem dunklen Haar in der Nähe. Auch am linken Ärmel ihres Thermooberteils war ein Riss, der darunter eine Schnittwunde und schwarze Blutergüsse offenbarte. Er versuchte, vorsichtig zu sein, als er ihren Arm untersuchte, drückte hinein, um den Knochen zu fühlen und zu sehen, ob sie ihn gebrochen hatte.

Nur geprellt.

Er atmete erleichtert aus und strich mit den Fingern durch ihr Haar, während er im schwindenden Licht die Schnittwunde dort und die an ihrer Schläfe untersuchte. Sie heilten bereits. In ein oder zwei Tagen würden sie verschwunden sein.

Cavanaugh schob sich rückwärts in die Höhle, zwängte sich durch den engen Eingang und packte sie unter den Armen, um sie mit sich zu ziehen. Die Höhle öffnete sich hinter dem Eingang, sodass er gebückt stehen konnte. Er hob ihren Oberkörper vom Boden und zog sie mit sich, während er rückwärts zum Ende der Höhle ging, wo es wärmer war. Sie stöhnte, als ihr linker Fuß über einen Stein stolperte.

»Entschuldigung«, murmelte er und legte sie vorsichtig hin.

Er nahm seinen Rucksack ab, rollte seinen Schlafsack aus und zog sie darauf, um sie von dem kalten, harten Boden zu holen. Mit seinem geschärften Sehvermögen fand er die kleine solarbetriebene Lampe in seinem Rucksack und schaltete sie ein. Blauweiße Licht vertrieb die Schatten. Er konnte kein Feuer machen. Der Rauch würde sich in der Höhle ansammeln. Er musste sie aber aufwärmen, und es gab nur einen Weg, wie das geschehen würde.

Sein Körper bekam die falsche Idee, sein Schwanz versteifte sich in seiner Hose.

Er widerstand dem Drang, ihn zu berühren, und

machte sich an die Arbeit, in der Hoffnung, dass seine Erektion verschwinden würde, wenn er sich darauf konzentrierte, sich um Eloise zu kümmern. Er nahm ihr den Rucksack ab, zog ihr den Klettergurt aus, entfernte ihre kalte, feuchte Kleidung und ihre Stiefel und ließ sie nur in Unterwäsche zurück. Dann griff er nach ihrem orangefarbenen Schlafsack und öffnete den Reißverschluss. Er legte ihn über sie, während er sich selbst auszog, seine Stiefel quer durch die Höhle kickte und seinen Gurt wegwarf. Er breitete sein Thermoshirt und seine Hose über seinem Rucksack aus, damit sie trocknen konnten. Seine Unterwäsche gesellte sich dazu.

Cavanaugh blickte auf sie hinab. Wenn sie aufwachte und ihn nackt vorfände, wäre sie sicher nicht sehr glücklich mit ihm, aber er hatte keine Wahl. Sie brauchte Wärme, und er konnte sie ihr geben. Je schneller er sie aufwärmen konnte, desto eher würde sie sich erholen.

Er drehte sie um, sodass sie auf ihrem eigenen Schlafsack lag, und öffnete den Reißverschluss seines blauen Schlafsacks. Er legte sie darauf, legte sich neben sie und verband die beiden Schlafsäcke zu einem großen. Als er seine Aufgabe beendet hatte, schloss er die Augen und konzentrierte sich.

Er knirschte mit den Zähnen und knurrte durch seine Fangzähne, als er die Verwandlung begann. Seine Knochen brachen aus ihrer Position und formten sich neu, bildeten ein neues Skelett unter seiner brennenden Haut. Er knurrte so leise wie möglich, um sie nicht zu stören, während ein dicker, langer Schwanz am unteren Ende seiner Wirbelsäule hervorspross und seine Füße und Hände sich verbreiterten. Seine Finger und Zehen verwandelten sich in weiche, krallenbewehrte Pfoten. Sein Gesicht veränderte sich, sein Kiefer brach aus seiner Position und wurde breiter, während seine Wangen sich aufblähten und seine Nase sich abflachte. Seine Ohren klingelten, als ihre Empfindlichkeit zunahm und sie nach oben wanderten, rund wurden und sich auf seinem Kopf niederließen. Silbernes Fell mit dunkleren Rosetten breitete sich über seinen Körper aus, dick und üppig, darauf ausgelegt, Wärme einzufangen und ihn warm zu halten.

Cavanaugh schnaufte, als seine Verwandlung abgeschlossen war, und rückte unter der dicken Schicht der Schlafsäcke näher an Eloise heran. Er schlang seinen Körper so gut wie möglich um sie, um sicherzustellen, dass sein Fell sie wärmen würde, und wickelte seinen Schwanz um ihr rechtes Bein.

Er leckte die Wunde an ihrem Kopf und reinigte das Blut, dann die an ihrem Arm. Sein Speichel würde auch helfen, die Schnitte zu heilen und den ganzen Prozess beschleunigen. Als er fertig war, blickte er auf sie hinab, und jeder männliche Instinkt in ihm sagte ihm, dass sie seine Gefährtin war, auch wenn sie es nicht wusste.

Er kämpfte gegen den Drang an, der in ihm aufstieg, aber er war zu stark, und er gab nach. Er rieb seine Wange an ihrer und dann an ihren Brüsten und markierte sie mit seinem Geruch. Er wollte, dass sie nach ihm roch.

Er brauchte es.

Mehr als alles andere.

Er schloss die Augen und genoss es, ihr so nahe zu sein, an ihre Seite geschmiegt, ihren Atem zu spüren und ihren Herzschlag zu hören. Sie würde verärgert sein, wenn sie aufwachte und ihn so vorfände, wie er sie hielt, und möglicherweise auch verlegen, aber das war ihm egal. Er würde sie nicht loslassen. Es fühlte sich zu gut an, sie so an sich gepresst zu haben.

Es fühlte sich richtig an.

Es fühlte sich an, als hätte er ein wesentliches Stück von sich gefunden, das zehn Jahre lang verloren gewesen war, ein Stück, das den zerbrochenen Teil von ihm vervollständigte und wieder ganz machte. Dieser Teil war sein Herz. Eloise hatte es für ihn wieder zusammengefügt, und es fühlte sich stärker an als zuvor.

Es ruhte in ihren Händen und das hatte es schon immer. Seine Gefährtin hatte es jahrzehntelang gehalten, ohne es je zu wissen. Seine Eloise. Er konnte die Wahrheit nicht länger zurückhalten.

Wenn sie aufwachte, würde er einen Weg finden, es ihr zu sagen.

Es war Zeit, dass sie erfuhr, warum er weggegangen war.

Es war Zeit, dass sie erfuhr, dass sie seine Schicksalsgefährtin war.

KAPITEL NEUN

ELOISE STÖHNTE und runzelte die Stirn. Ihr Kopf pochte, als hätte jemand ihn gepackt und so heftig geschüttelt, dass ihr Gehirn immer noch darin herumwirbelte und gegen ihren Schädel schlug. Sie zuckte zusammen und versuchte, die Augen zu öffnen. Grelles blau-weißes Licht blendete sie und sie zuckte davor zurück, ruckte nach hinten.

Gegen etwas Festes und Warmes, sehr Männliches.

Ihre Augen flogen auf und sie erstarrte, als ihr klar wurde, dass sie auf Cavanaughs Schoß saß, in der Mulde zwischen seinen Oberschenkeln, während er im Schneidersitz dasaß, seine Arme um sie geschlungen und sie an seine Brust gedrückt.

Cavanaughs nackte Brust.

Cavanaughs sehr nackter Schoß.

Ihr Kopf schoss nach oben, ein stechender Schmerz durchzuckte dabei ihre Augen, und sie erstarrte. Er grinste sie nicht frech an, wie sie erwartet hatte. Er schlief tief und fest, seinen Kopf gegen die dunkle Felswand hinter sich gelehnt, seine sinnlichen Lippen leicht geöffnet, während er langsam atmete. Sie blickte an sich herunter und stellte zu ihrem Entsetzen fest, dass nicht nur er nackt war. Sie trug nur BH und Slip.

Eloise griff nach dem Schlafsack, der um sie beide gewickelt war, und versuchte, sich zu bedecken. Die hektische Bewegung riss Cavanaugh nach vorne. Sein Kinn sank Richtung Brust, er grunzte, runzelte die Stirn und öffnete langsam die Augen. Ihre weiteten sich.

Er lächelte genau auf die schelmische Art, die sie erwartet hatte, und tat etwas, das drohte, ihre Selbstbeherrschung zu zerbrechen.

Er verstärkte seinen Griff um sie und zog sie näher an sich heran, die Muskeln seiner Arme spannten sich an, als er sie umschlang.

Hitze schoss ihr in die Wangen.

Sein Lächeln wurde breiter. »Kein Grund, verlegen zu sein. Wir haben schon öfter Körperwärme geteilt … und auf weitaus interessantere Weise.«

»Das ist lange her.« Eloise drückte ihre Hände gegen seine Brust und schob, um sich aus seinem Griff zu befreien.

Er ließ sie nicht los. Er starrte ihr Gesicht an und hob sein Kinn in einer kurzen, ruckartigen Bewegung. »Dreh dich nach rechts. Ich will deine Schläfe untersuchen. Du hast einen üblen Schlag abbekommen. Du hast mir Sorgen gemacht.«

Ihr Herz wurde warm in ihrer Brust bei der Wahrheit in diesen Worten, als Besorgnis seine grauen Augen füllte. Sie tat, was er wollte, und drehte ihm ihre linke Wange zu.

»Es ist nichts«, sagte sie, ihre Stimme versagte ihr, als sein Atem über ihre Wange strich.

Er lehnte sich näher.

Sie rang darum, normal zu atmen, als er seine Lippen über ihre Schläfe streifen ließ und einen heißen Schauer durch sie sandte, der das Verlangen entfachte, das sie ständig leugnete, und es auf ein solches Niveau hob, dass sie schwankte, kurz davor, ihr Gesicht ihm zuzuwenden. Wenn sie es täte, würden sich ihre Lippen berühren.

Würde er sie küssen?

War das, was sie wollte?

Ja und nein. Sie war sich nicht mehr sicher, was sie wollte. Sie wollte den alten Cavanaugh zurück, sie wollte die Zukunft, von der sie dummerweise geträumt hatte, dass sie sie haben würden, aber sie konnte keines dieser Dinge haben. Sie konnte sie nie haben. Er war jetzt der Alpha ihres Rudels.

»Eloise«, flüsterte er heiser, seine Stimme tiefer, als sie sie je gehört hatte, erfüllt von dem Verlangen, das sie an ihm riechen konnte und das sie gegen ihre rechte Hüfte gepresst fühlte.

»Ich war abgelenkt«, sagte sie und versuchte, sich selbst abzulenken und so zu tun, als wäre er nicht erregt und sie auch nicht, weil das nicht das war, was sie wollte. Sie wollte ihn, aber nicht so. Nicht, wenn es nichts bedeuten würde. »Es war meine Schuld.«

»Abgelenkt?« Seine Stimme war nicht über ein teuflisches Murmeln hinausgekommen, das seltsame Dinge mit ihrem Inneren anstellte, es erhitzte und zum Flattern und Zittern brachte. »Ich fühle mich abgelenkt … Götter, du fühlst dich gut an … besser als ich es in Erinnerung hatte.«

Sie nickte und er stöhnte auf, und sie verfluchte sich, als ihr klar wurde, dass er dachte, sie nickte, weil es sich gut anfühlte, in seinen Armen zu sein. Sie musste ihn dazu bringen, an etwas anderes zu denken als daran, wie nah sie sich waren, und musste sich gleichzeitig selbst davon abhalten, daran zu denken. Er fühlte sich zu gut an gegen sie, sein harter Körper wärmte ihren, seine Haut war seidig und verleitete sie dazu, mit den Fingern darüber zu streichen.

Sie schluckte schwer, riss sich zusammen und zwang die Worte heraus. »Ich war abgelenkt.«

Er rieb seine Nase über ihre Schläfe, stupste sie an, sein Atem heiß und feucht, verführte sie dazu, ihn zu küssen. »Abgelenkt wovon?«

Ihre Augen fielen zu und sie rieb sich fast an ihm.

Eloise fand die Kraft, sich von ihm zurückzuziehen und ihn daran zu hindern, sie zu reiben und zu küssen, sie dazu zu verführen, sich ihm hinzugeben. Es schien, als wäre er die einzige, konstante Quelle der Ablenkung in ihrem Leben.

»Dir.« Sie sah weg von ihm.

»Dann war es meine Schuld.« Er klang wieder normal und sie wagte einen Blick zu ihm, stellte fest, dass er auch so aussah. Er runzelte die Stirn und seufzte dann. »Ich hätte es besser wissen müssen, als während des Kletterns zu reden … aber ich habe es genossen.«

Er hatte es genossen?

Sie hatte es auch genossen. Für einen Moment hatte

sie den alten Cavanaugh zurückgehabt, und es war wunderbar gewesen.

Sie starrte in seine Augen und wünschte, sie wäre stark genug, ihn geradeheraus zu fragen, was zwischen ihnen passiert war und ob es ihm etwas bedeutet hatte. Das war sie aber nicht, nicht jetzt. Er verwirrte sie immer noch, ließ sie unsicher sein, ob sie kommen oder gehen sollte, aber sie kämpfte bei jedem Schritt gegen ihre Gefühle an. Sie konnte ihnen nicht nachgeben, egal wie sehr sie sich danach sehnte, alles loszulassen und einen Moment des Wahnsinns mit ihm zu haben.

Ihre Gefühle für ihn waren nie gestorben, aber sie waren auch nie so stark gewesen. Er hatte sie in ihr wieder erweckt und irgendwie hatte er sie wachsen lassen, zog sie tiefer in seinen Bann und schmiedete eine stärkere Verbindung zwischen ihnen.

Er studierte ihr Gesicht, seine grauen Augen scharf und fokussiert.

Sie wusste nicht, was sie zu ihm sagen sollte. Sie wollte sagen, dass sie ihr leichtes Geplänkel auch genossen hatte, aber sie konnte die Worte nicht herausbringen. Sie konnte ihr Herz nicht noch einmal auf dem Präsentierteller servieren, nicht nach dem, was passiert war, und nicht, wenn nichts dabei herauskommen konnte.

Sie konnte für ihn nur etwas Vorübergehendes sein, nicht seine einzige Partnerin. Er konnte die Gefühle, die sie für ihn hegte, nie erwidern.

»Wie geht es deiner Mutter?«

Diese vier Worte, die seine Lippen verließen, ließen sie bis ins Mark erschaudern und löschten augenblicklich all die Hitze aus, die er in ihr entfacht hatte.

Sie sah weg von ihm, auf ihre Knie und seinen rechten Arm. »Sie starb sechs Monate nachdem du gegangen warst.«

»Scheiße.« Er zog sie näher an sich und ihr Widerstand bröckelte, als seine Wärme sie einhüllte, sein Duft ihre Nase füllte und sie tröstete. Sie lehnte ihren Kopf an seine linke Schulter und drückte ihre Stirn gegen seinen Hals, starrte über seinen Arm hinweg in die Ecke der Höhle. Er seufzte und streichelte ihren linken Arm, die sanfte Bewegung gab ihr etwas, worauf sie sich konzentrieren konnte, anstatt auf den Schmerz, der in ihrem Herzen aufwallte, als sie ihm sagen musste, was passiert war. »Es tut mir leid. Ich wusste es nicht. Ich hasse es, dass ich nicht für dich da war, Eloise.«

Das tat sie auch.

Sie wandte ihr Gesicht ihm zu und kämpfte gegen die Erinnerungen an jenen Tag und die darauffolgenden an, und wie sehr sie sich danach gesehnt hatte, dass Cavanaugh da wäre, sie so hielte wie jetzt und ihr den Trost und die Kraft gäbe, die sie gebraucht hatte.

Er senkte den Kopf und presste seine Lippen auf ihre Stirn.

»Götter, es tut mir leid«, flüsterte er gegen ihre Haut und zog sie enger an sich. »Ich wette, sie war sauer auf mich, weil ich gegangen bin.«

Eloise lächelte über den harten Selbstvorwurf in seiner Stimme und nickte. »Sie war wütend auf dich.«

Er seufzte. »Dein Tonfall verrät mir, dass sie mehr als nur wütend auf mich war, und zwar nicht nur wegen meines Weggangs. Sie hat mit ihren Blicken deutlich gemacht, dass sie mich hasste, nachdem ich die Position des Alphas übernehmen musste.«

Sie versuchte, den Kopf zu schütteln, bewegte ihn aber kaum. Er fühlte sich zu schwer an, so belastet wie ihr Herz gerade.

Er wusste bereits die Wahrheit. Es hatte wenig Sinn, ihn anzulügen, auch wenn es respektlos ihm gegenüber war, es direkt auszusprechen.

»Sie hasste dich nicht dafür, dass du die Position übernommen hast ... sie hasste dich dafür, dass du mich verlassen hast.«

Er erstarrte bis hin zu seinem Atem.

Eloise wusste nicht, was sie tun sollte. Ein Teil von ihr wollte sich aus seinen Armen befreien, während er von ihren Worten abgelenkt war, und der Rest wollte ihre eigenen Arme um ihn schlingen und ihm sagen, dass es ihr leid tat, ihm einen so harten Schlag versetzt zu haben. Sie wusste nicht mehr, was sie tat. Sie wollte ihm nicht wehtun, aber manchmal konnte sie nicht anders, als auf die eine oder andere Weise auszurasten. Zehn Jahre aufgestauter Schmerz wollten aus ihr herausbrechen, und sie konnte es nicht zurückhalten.

»Eloise ...« Seine Stimme sank um eine Oktave, und er versuchte, sie näher an sich zu ziehen, aber sie widersetzte sich und fand endlich die Kraft, ihn wegzustoßen und etwas Abstand zwischen ihnen zu gewinnen. Seine silbernen Augenbrauen senkten sich tief über seinen grauen Augen, als sie die ihren absuchten und von einem zum anderen huschten. »Du glaubst wirklich, ich wollte diese Position ... dass ich dich verlassen wollte?«

Götter, sie wusste nicht, was sie denken sollte, wenn er solche Dinge sagte. Sie wollte ihm glauben. Sie wollte glauben, dass er genauso in sie verliebt gewesen war wie sie in ihn und dass es ihm auch wehgetan hatte, aber sie konnte ihren eigenen Schmerz nicht überwinden.

Sie konnte nicht darüber hinwegkommen, dass sie fünf Jahre damit verbracht hatte, ihn mit anderen Frauen zu sehen, und die nächsten fünf Jahre allein und voller Angst, sicher, dass sie ihn nie wiedersehen würde und die Nächste wäre, die durch Stellans Hand sterben würde.

Sie konnte nicht darüber hinwegkommen, dass er nie versucht hatte, mit ihr zu reden oder ihr die Dinge mitzuteilen, die er ihr jetzt sagte.

»Das tust du«, flüsterte er, Resignation und Schmerz zeichneten sich in seinen Augen ab. »Du tust es wirklich.«

»Mir bleibt nichts anderes übrig zu denken.« Sie befreite sich aus seinen Armen, fiel auf die Knie und kämpfte sich aus den Decken.

Sie sprang auf die Füße, hätte sich fast den Kopf an der niedrigen Höhlendecke gestoßen, und begann, gebückt und schwer atmend hin und her zu gehen. Sie brauchte den Abstand, sonst würde sie explodieren. Sie wollte sich zu ihm umdrehen und ihm die Hölle heiß machen, genauso wie sie es schon millionenmal zuvor gewollt hatte, aber wie all die Male zuvor zügelte sie ihre Wut und unterdrückte sie.

Weil er der Alpha ihres Rudels war.

Sie konnte ihn hassen, so viel sie wollte, für das, was passiert war, aber sie musste ihn trotzdem respektieren.

»Eloise.« Er streckte die Hand nach ihr aus.

»Komm mir nicht mit 'Eloise'«, fauchte sie und ging von ihm weg zum Eingang der Höhle, wo die Luft kühl und frisch war. Sie atmete tief ein und nutzte sie, um einen kühlen Kopf zu bewahren, bevor sie etwas tat, das sie bereuen würde, oder etwas sagte, das sie nicht zurücknehmen konnte.

Er legte seine Hand auf den Schlafsack über seinem Knie und stieß einen weiteren Seufzer aus. »Ich bin deinetwegen gegangen.«

Ihre Lippen öffneten sich. Er hatte was getan?

Sie runzelte die Stirn. »Nein ... du bist gegangen, weil Stellan dich besiegt hat und du der Alpha-Position im Rudel entkommen wolltest ... du bist gegangen, weil du es im Dorf gehasst hast ... du ...«

»Ich bin gegangen, weil ich es nicht ertragen konnte, zu sehen, wie du dich von mir entfernst.«

Sie schüttelte den Kopf, ein Schauer lief ihr über den Rücken, und sie verschränkte die Arme vor der Brust. Sie rieb sie, um zu verhindern, dass ihr bis auf die Knochen kalt wurde. Das war nicht möglich. Er konnte nicht ihretwegen gegangen sein. Das konnte einfach nicht sein. Es war zu viel. Wie erwartete er, dass sie darauf reagierte? Warum hatte er sie nicht aufgesucht und ihr gesagt, warum er ging? Sie hätte ihn vielleicht aufgehalten.

Sie wäre vielleicht mit ihm gegangen.

Sie schüttelte erneut den Kopf, Tränen brannten in ihren Augen. Es war zu grausam, ihr diese Dinge jetzt zu sagen, nach allem, was sie seinetwegen durchgemacht hatte.

»Nein ... bitte, Cavanaugh ... lüg mich nicht an.«

Denn sie konnte es nicht ertragen. Es riss ihre Verteidigung nieder, auch wenn es nichts änderte. Er zerstörte vollends, was von ihren Barrieren übrig war, als er aufstand und die Schlafsäcke wegfielen, um seinen nackten Körper zu enthüllen.

Ihr Mund wurde trocken. Sie versuchte wegzusehen, aber ihre Augen waren zu sehr damit beschäftigt, jeden Zentimeter von ihm zu betrachten, sich wieder damit vertraut zu machen, wie schlank und kraftvoll er war, durchtrainiert und gottgleich, der Inbegriff eines starken Mannes.

»Eloise«, sagte er heiser und verbrannte ihren Entschluss zu Asche, »ich bin gegangen, weil ich dich wollte und dich nicht haben konnte.«

Sie lachte kurz und bitter auf, während sie ihn anstarrte. »Du hättest mich haben können. Du hättest mich einfach in dein Bett befehlen können.«

Seine Augen verdunkelten sich und sie trat einen Schritt zurück, eine Welle der Erkenntnis durchfuhr sie. Sie war zu weit gegangen und hatte ihn mit ihren gefühllosen Worten verletzt. Ihr Cavanaugh würde so etwas nie tun. Das wusste sie in ihrem Herzen. Er würde nie die Regeln ihres Rudels benutzen, um sie zu zwingen, mit ihm zu schlafen.

Sie hatte ihn gerade auf die gleiche verabscheuungswürdige Stufe wie Stellan gestellt.

»Es tut mir leid.« Sie bedeckte ihren Mund und schüttelte den Kopf, hassend wie schwach ihre Entschuldigung klang.

Sein Kiefer spannte sich an und er sah weg von ihr, sein Blick gesenkt. »Ich verstehe. Also … du bringst mich zum Rudel zurück, um ein Monster gegen ein anderes einzutauschen.«

»Nein, Cavanaugh, das ist nicht, was ich-«

Er brachte sie mit einem Blick zum Schweigen, seine Augen leuchteten silbern um seine weiten Pupillen.

»Solltest du nicht mit etwas mehr verdammtem Respekt mit mir sprechen?«, bellte er und sie trat einen weiteren Schritt zurück. Ihr Blick huschte zu ihren Füßen, aber nicht bevor sie die Reue sah, die in seinen Augen schimmerte. »Ich brauche verdammt nochmal frische Luft.«

Er schnappte sich seine Hose aus dem Stapel Kleidung neben ihren Rucksäcken, zog sie an und schritt auf sie zu. Sie duckte sich zur Seite und presste sich gegen die Wand, als er vorbeiging, und schloss die Augen, als er durch den Eingang der Höhle kroch und aus dem Blickfeld verschwand.

Eloise rutschte an der Wand hinunter und setzte sich auf den Boden. Sie zog ihre Knie an die Brust und starrte auf die gegenüberliegende Wand, während sie Cavanaugh lauschte, der draußen auf dem Felsvorsprung auf und ab ging. Sie wollte sich entschuldigen und alles erklären, aber er strahlte eine Wut aus, die sie deutlich spüren konnte, und ihre Instinkte warnten sie eindringlich. Sie folgte ihnen und gab ihm einen Moment Zeit, sich abzukühlen, weil sie wusste, dass er nicht ohne sie weggehen würde.

Er war wütend auf sie, aber er würde sie nicht verlassen.

In Gedanken ging sie alles durch, was er gesagt hatte.

Er hatte kein Alpha des Rudels sein wollen. Er hatte sie nicht verlassen wollen.

Aber er hatte sie verlassen.

Er war gegangen, ohne ein Wort. Ohne Abschied. Das hatte ihr Gefühl bestätigt, dass er sich nicht um sie gekümmert hatte, zumindest nicht so, wie sie sich um ihn kümmerte. Was, wenn sie all die Jahre falsch gelegen hatte?

Sie hatte darüber nachgedacht, ihm zu folgen, als er gegangen war, aber es war dunkel gewesen, eine mondlose Nacht, und Stellan hatte schnell alle gewarnt, dass er jeden töten würde, den er beim Versuch zu fliehen erwischte. Sie war noch nie so verängstigt gewesen wie in dieser Nacht – sowohl um ihr eigenes Leben als auch um Cavanaughs. Ihre Mutter hatte sie überzeugt, bis zum Morgengrauen zu warten, und irgendwie hatte sie es geschafft, nur um dann festzustellen, dass es heftig schneite. Selbst wenn sie es geschafft hätte, unbemerkt aus dem Dorf zu schlüpfen, hätte sie seine Spur im frischen Pulverschnee nicht verfolgen können.

Ihre Mutter hatte sie getröstet, indem sie sagte, dass Cavanaugh zurückkehren würde, und Eloise hatte ihr geglaubt. Zu spät hatte sie erkannt, dass ihre Mutter alles gesagt hatte, was nötig war, um sie im Dorf und in Sicherheit zu halten. Ihre Mutter hatte es ihr auf dem Sterbebett gestanden, und Eloise hatte ihr versichert, dass sie nicht wütend auf sie sei, auch wenn ein Teil von ihr es gewesen war. Der Rest von ihr war erfüllt gewesen von dem Bedürfnis, Cavanaugh zu finden. Sie hatte ihn in den dunklen Tagen nach dem Tod ihrer Mutter so sehr gebraucht.

Sie war nicht mutig genug gewesen, es durchzuziehen und das Dorf zu verlassen, also hatte sie sich eingeredet, dass es zu schwierig wäre, ihn aufzuspüren.

Eloise tadelte sich selbst dafür, dass sie Ausreden erfand. Als sie schließlich das Rudel verlassen hatte, um ihn zurückzuholen, hatte es zwei Jahre gedauert, aber sie hatte ihn gefunden. Sie schloss die Augen und presste ihre Stirn gegen ihre nackten Knie. Der Gedanke, dass sie vielleicht mindestens die letzten drei Jahre mit ihm hätte verbringen können, in London leben und vielleicht im selben Nachtclub arbeiten, ging ihr immer wieder durch den Kopf.

Sie hätte ihm an jenem verschneiten Morgen folgen und nicht auf ihre Mutter hören sollen.

Sie atmete langsam ein, hob den Kopf und atmete aus. Es hatte wenig Sinn, sich zu fragen, was hätte sein können, und das »hätte ich doch«-Spiel zu spielen. Cavanaugh hätte vieles anders machen sollen, wenn er wirklich auch Gefühle für sie gehabt hätte, aber er hatte es nicht getan. Beide waren schuld an dem, was damals und sogar jetzt passiert war.

Er hatte ihr etwas Gewaltiges an den Kopf geworfen, als er ihr sagte, dass er gegangen war, weil er es nicht ertragen konnte, zu sehen, wie sie sich von ihm entfernte.

Sie hatte nicht gerade geschmeidig darauf reagiert.

Götter. Jetzt stand er auf einem Felsvorsprung mehrere hundert Meter hoch an der Seite eines Berges und verfluchte zweifellos ihren Namen.

Sie musste mit ihm sprechen.

Eloise begab sich auf Hände und Knie und kroch zum schmalen Ausgang der Höhle. Sie wurde langsamer, als seine nackten Füße in Sicht kamen, ihr Herz begann langsam und stetig gegen ihre Brust zu schlagen. Sie musste das tun. Sie zwang sich weiter und kam hinter ihm auf dem Vorsprung heraus.

Er wirbelte herum, um sie anzusehen, und runzelte die Stirn. »Geh wieder rein. Du wirst hier draußen erfrieren.«

Sie hatte vergessen, dass sie nur in Unterwäsche gekleidet war, aber sie würde sich von der Kälte nicht abschrecken lassen.

Auch wenn es eiskalt war.

Der Wind peitschte über die Felswand, traf sie hart und löste Strähnen ihres dunklen Haares. Er spielte auch mit Cavanaughs Haar, zerzauste die silberweißen Büschel und presste seine dunkelgraue Hose an seine Beine.

Eloise kniete sich hin und rieb ihre Arme. »Es tut mir leid.«

Er starrte sie an, die Frage in seinem Blick, ob sie in die eisige Kälte hinausgekommen war, nur um sich noch einmal zu entschuldigen, oder ob sie noch etwas anderes zu sagen hatte.

Sie blickte hinaus ins Tal, und alles, was sie Cavanaugh hatte sagen wollen, verschwand von ihren Lippen. Normalerweise war die Aussicht spektakulär, ein üppig grünes Tal, das dem Fluss folgte, wie er sich durch die Berge schlängelte. Die Gipfel dieser Berge waren graue Felsen, gekrönt von strahlendem weißen Schnee. Nicht heute.

Heute verbargen schwere graue Wolken ihre Gipfel,

und sie konnte das Tal nicht weiter als ein paar hundert Meter unter sich erkennen.

Schnee verschluckte es.

Die ersten Flocken schwebten herab und ließen sich auf dem Vorsprung nieder, und auf ihrer nackten Haut, wo sie bei Berührung schmolzen.

Das war nicht gut. Ein Schneesturm würde sie in der Unterkunft gefangen halten, unfähig, ihren Aufstieg fortzusetzen, bis er vorüber war und der Wind den Schnee und das Eis von der Felswand gefegt hatte.

Cavanaugh starrte hinaus zum Sturm, der sich langsam auf sie zubewegte. »Wir würden es nicht schaffen.«

Hatte er ihre Gedanken gelesen? Sie war kurz davor gewesen zu sagen, dass sie jetzt aufbrechen mussten.

Sie blickte hinauf zu den dicken Wolken, die bereits über ihnen hingen. »Wir müssen es versuchen ... wenn wir es nicht tun ...«

»Ich weiß, was passiert, wenn wir es nicht tun«, sagte er mit scharfer Kante in seiner tiefen Stimme. »Ich weiß auch, was passiert, wenn wir es tun. Es sind über zweihundert Meter bis zum Gipfel. Es würde zu lange dauern, so weit zu klettern. Es ist besser, wenn wir nicht im Freien sind, wenn er uns trifft.«

Sie wusste das, aber es war ihr egal. Das Rudel verließ sich auf sie, und sie war so nahe dran, Cavanaugh zu ihnen zurückzubringen.

Die leise Stimme in ihrem Herzen sagte, dass ihr das oder das Rudel egal war. Sie sorgte sich um Cavanaugh. Sie hatte beim Klettern schon einmal einen Fehler gemacht, und er hatte sie irgendwie gerettet. Wenn sie mitten in einem Schneesturm noch einmal einen Fehler machte, könnte sie am Ende beide töten.

Weiße Flocken wirbelten im Wind, sanken stetig auf sie herab.

»Zurück nach drinnen«, sagte Cavanaugh, und sie widersprach ihm nicht.

Eloise drehte sich um und kroch zurück in die Höhle. Er folgte ihr, und eine Röte stieg ihr in die Wangen, als ihr klar wurde, dass sie ihm eine Gratisfreischau bot und ihm ihren Hintern entgegenreckte. Hastig stand sie auf der anderen Seite der Wand auf und eilte von ihm weg.

Er schaffte es durch den Eingang, richtete sich auf und ging zu seinem Rucksack. Er hockte sich daneben, holte ein paar Proteinriegel, Kleidung und andere Dinge heraus und trug dann den Rucksack zusammen mit ihrem zum Eingang. Der Schnee kroch bereits herein. Cavanaugh hielt ihn auf, indem er ihre Rucksäcke quer über den unteren Teil des Eingangs klemmte und so die untere Hälfte der Öffnung verschloss.

»Das sollte uns wärmer halten.« Er drehte sich zu ihr um und traf ihren Blick, bevor er ihn auf seine nackten Füße richtete. »Wir müssen vielleicht wieder Körperwärme teilen ... wenn du es fertigbringst, in der Nähe eines Monsters zu sein.«

»Cavanaugh«, schnappte Eloise und seine grauen Augen sprangen zu ihren. »Ich habe nie gesagt, dass du ein Monster bist ... nur ... es tat weh, dass du dich ferngehalten hast. Es tat weh, dass wir eines Tages beste Freunde waren und am nächsten du dich wie ein Fremder verhalten hast.«

»Götter, Eloise ...« Er fuhr sich mit der linken Hand

durch sein silberweißes Haar. »Ich wollte nicht, dass es so ist ... aber was hätte ich tun sollen?«

Mit ihr reden. Er hätte mit ihr reden sollen. Sie hätte ihm zugehört und hätte vielleicht nicht jahrelang geglaubt, dass sie ihm nichts bedeutet hatte.

Sie senkte ihren Blick wieder auf ihre Füße. Es war kalt und sie hatte nicht die Energie zu denken, geschweige denn mit ihm zu streiten. Sie schlurfte zu den Kleidungsstücken, die sie auf dem Boden entdeckt hatte, und hob ihre beigefarbene Hose auf. Sie war feucht. Genauso wie ihr Oberteil.

»Hier.« Cavanaugh ging um sie herum, bückte sich und hob sein schwarzes Thermoshirt mit langen Ärmeln auf. Er bot es ihr an. »Ich wollte deine Kleidung zum Trocknen auslegen, aber ich habe es vergessen.«

Weil er sich darauf konzentriert hatte, sie zu wärmen.

»Du hättest mit mir reden können«, flüsterte sie und nahm das Shirt von ihm entgegen, wobei sie das verwirrte Runzeln seiner Stirn ignorierte. Er wusste verdammt gut, dass sie nicht von gestern sprach, als sie bewusstlos gewesen war. Sie sprach von vor einem Jahrzehnt. Sie hob das Shirt an ihre Nase.

Es roch nach Cavanaugh.

Götter, sie wollte sich damit am liebsten von Kopf bis Fuß einreiben.

Sie unterdrückte diesen katzenhaften Drang und zog es an.

»Was hätte ich sagen können?« Cavanaugh trat auf sie zu, seine Hände ergriffen ihre Hüften und lenkten sie rückwärts zu den Schlafsäcken.

Sie starrte in seine grauen Augen, verlor sich in ihnen

und fühlte, als würde er ihre Abwehr erneut niederreißen. Jedes Mal, wenn sie sie wieder aufbaute, ging er wieder in den Krieg und riss sie nieder. Seine Augen huschten zwischen ihren hin und her und seine silbernen Augenbrauen zogen sich zusammen.

»Sag es mir, Eloise«, raunte er. »Wenn ich dir gesagt hätte, dass ich dich wollte, was hättest du getan?«

Sie riss ihre Augen von seinen los und ließ sie auf seine nackte Brust fallen. »Ich weiß es nicht.«

»Du weißt es nicht«, wiederholte er, und sie schluckte hart und nickte. Er seufzte. »Du weißt es nicht, weil es keine Antwort gibt, bei der wir bekommen, was wir wollen … oder?«

Er ließ sie los und trat zurück, seine Augen senkten sich auf seine Füße, während ihre sich zu ihm hoben.

Er sah verletzlich aus, ein Mann, der seiner Macht und Stärke beraubt war, einer, der innerlich zerbrach. Das gefiel ihr nicht. Es erfüllte sie mit dem Bedürfnis, auf ihn zuzugehen und ihre Arme um seinen Nacken zu legen, um seine Lippen für einen Kuss auf ihre herabzuziehen, der all ihre Gefühle für ihn übermitteln und seinen Schmerz vertreiben würde.

»Es gibt keinen Weg für mich, dich zu haben … nicht so, wie ich dich will.« Er fuhr sich mit der Hand um seinen Nacken und schloss die Augen. »Wenn ich damals zu dir gegangen wäre und dir gesagt hätte, dass ich dich will, hätte es nichts geändert … genauso wie es jetzt nichts ändert. Es ändert nichts an meinem Status oder den Dingen, die ich getan habe.«

Sie wünschte, er hätte diesen letzten Teil nicht gesagt. Die Dinge, die er getan hatte. Ein kurzes

Aufblitzen der Löwinnen huschte vor ihren Augen vorbei und sie schloss sie, in der Hoffnung, auch die Bilder ausblenden zu können. Sie weigerten sich zu verschwinden.

»Ich wollte das nie«, flüsterte er.

Eloise öffnete ihre Augen und sah ihn an. »Was wolltest du?«

Er hob seinen Blick zu ihrem, silbernes Leuchten umgab seine dunklen Pupillen.

»Dich.«

KAPITEL ZEHN

DIE GÖTTER MÖGEN IHR HELFEN, aber wenn Cavanaugh sie so ansah, mit Verlangen, das seine grauen Augen verdunkelte und sie gleichzeitig zum Brennen brachte, verlor sie jeglichen Willen, ihm zu widerstehen.

Eloise war in seine Arme getreten, hatte seine Schultern gepackt und ihn zu sich heruntergezogen, bevor sie überhaupt darüber nachdenken konnte, was sie tat. Sie verschmolz ihren Mund mit seinem in einem harten Kuss, geboren aus dem Bedürfnis, das durch sie loderte, einem Hunger, der sich aufgebaut hatte, seit sie ihn in London zum ersten Mal gesehen hatte. Sie konnte es nicht länger leugnen. Sie war überrascht, dass sie es so weit geschafft hatte, ohne dem nachzugeben.

Der Wind heulte über den Berg und der Geruch von Schnee wurde stärker, aber es kümmerte sie nicht. Sie spürte die Kälte nicht, als Cavanaughs Hände sich um ihre Hüften legten und er sie langsam an sich zog. Sie fühlte nur die sengende Hitze des Verlangens, das in ihrem Herzen und ihrem Körper brannte, ein Bedürfnis und ein Hunger, den nur er stillen konnte.

Morgen war für Reue da.

Heute war zum Leben da.

Seine Zunge strich über den Saum ihrer Lippen und sie öffnete sich für ihn, was ihr ein tiefes, heiseres Knurren als Belohnung für das Erfüllen seiner Forderungen einbrachte. Sie neigte den Kopf und verschlang ihre Zunge mit seiner, sein Geschmack brachte sie zurück zu jener Nacht vor einem Jahrzehnt, als sie sich ihm hingegeben hatte und er sich ihr. Sie stöhnte und klammerte sich an seine Schultern, drückte ihre Nägel hinein, während sie sich an ihn klammerte und den Sturm ritt, der in ihren Adern wirbelte und durch sie hindurchfegte, eine Leidenschaft, die heißer brannte als damals.

Es verzehrte sie und sie konnte sich nur hingeben, dem berauschenden Druck seiner Finger auf ihren nackten Hüften und der wilden Forderung seiner Lippen auf ihren. Er stöhnte und schob eine Hand um ihren unteren Rücken, presste sie an sich. Es war ihr nicht genug. Sie befreite sich, ignorierte sein Knurren, das in der kleinen, schwach beleuchteten Höhle widerhallte, und unterbrach es, als sie sein Oberteil über ihren Kopf zog und von sich warf. Ihr BH folgte ihm und er stöhnte, sein Blick sank herab, um gierig zu verschlingen, was sie anbot.

»Eloise«, murmelte er und packte ihren Arm, zog sie zurück zu sich. Sein Mund forderte ihren erneut, eine wilde Kante in seinem Kuss, die ihr verriet, dass sie nicht die Einzige war, die sich im Moment verlor, nicht länger die Kontrolle über sich hatte.

Sie brauchte aber mehr als seinen Kuss.

Sie brauchte ihn ganz.

Eloise strich mit ihren Fingern über seine Brust und seinen Bauch, stöhnte in seinen Mund, als seine Muskeln sich anspannten und einen feurigen Schauer durch sie jagte, der all das Feuer in ihren Adern in ihren Bauch strömen ließ. Sie machte kurzen Prozess mit seinen Hosenknöpfen, während ihre Lippen mit seinen aufeinanderprallten und ihre Zungen duellierten. Als der letzte Knopf nachgab, sprang sein Schwanz frei und sie stöhnte erneut, als sie ihre Handfläche die Länge hinabstrich, von der Eichel bis zu seinen Hoden.

Cavanaugh erschauderte und stöhnte, sein großer Körper bebte gegen ihren. Sein Schaft zuckte in ihrer Hand und sie streichelte ihn erneut, neckte ihn mit der gemächlichen und leichten Liebkosung. Er ergriff ihre Hüften und führte sie rückwärts, aber sie brachte ihn zum Stillstand, indem sie seine Hoden umfasste und sie zwischen ihren Fingern rollte. Seine Lippen erstarrten gegen ihre, sein Atem ging stoßweise, als sie ihn wieder streichelte, seine Länge mit ihren Fingern umkreiste und langsam auf und ab glitt. Er war größer, als sie sich erinnerte, heiß und schwer in ihrer Hand. Sie rieb ihren Daumen über die Eichel und verschmierte den Tropfen Feuchtigkeit auf seiner weichen Haut.

Er stöhnte und seine Finger spannten sich an ihren Hüften an. Das gefiel ihm.

Sie lächelte und küsste ihn, während sie ihn streichelte, neckte ihn, indem sie zwischen leicht und langsam und hart und schnell wechselte. Er atmete schwer gegen ihre Lippen zwischen den Küssen, der Geruch seiner Erregung lag schwer in der kalten Luft. Sie stöhnte zur gleichen Zeit wie er, als er wieder anfing, mit ihr zu laufen und sie langsam zu den Schlafsäcken zurückzudrängen.

Eloise hielt ihn diesmal auf, indem sie sich mit ihm drehte, und schien ihn zu überraschen, als sie ihn zu den warmen Decken zurückdrängte, denn er stöhnte tief und lang, mit einem gequälten Ausdruck im Gesicht.

Sie drückte auf seine Schultern und er gehorchte, setzte sich auf die Schlafsäcke und starrte zu ihr hoch, sein Schwanz zuckte gegen seinen Bauch. Sie schob ihre Finger in die Seiten ihres Höschens und zog es langsam ihre Schenkel hinunter, ohne den Blick von ihm abzuwenden.

»Eloise«, flüsterte er, sein Atem ging schneller und seine Pupillen verschlangen seine silbernen Iriden.

Er umfasste seine Länge, ein so sinnlicher und verruchter Anblick, dass er ihr ein Stöhnen entriss. Er tat es wieder, umschloss ihn diesmal mit seiner großen Hand, streichelte sich selbst, während sie sich für ihn auszog. Sie rieb ihre Schenkel aneinander und stöhnte, als ihr bewusst wurde, wie feucht sie bereits war, hungrig nach ihm. Seine Augen verdunkelten sich und er holte tief Luft, sein Blick wurde verschleiert. Er konnte ihr Verlangen riechen, genauso wie sie seines riechen konnte. Es gab kein Leugnen, dass sie das wollte und er ebenso.

Und es würde auch kein Verweigern für sie geben.

Er würde es auf ihre Art tun oder gar nicht.

Sie kickte ihr Höschen beiseite und ging auf ihn zu. Sein Adamsapfel bewegte sich bei einem harten Schlucken, sein sexy Adamsapfel tauchte unter der feinen Schicht silbernen Stoppeln, die seinen Kiefer und Hals bedeckten. Sie kniete sich hin, als sie die Decke erreichte, platzierte ein Bein auf jeder Seite von ihm und setzte sich rittlings auf seine Beine.

Er griff nach ihr.

Sie verweigerte ihm und fuhr mit ihren Händen seine Oberschenkel hinauf, bis zum Bund seiner grauen Hose. Sie zog sie herunter, hörte nicht auf, bis sie an seinen Knien waren, und fuhr dann mit ihren Händen seine Beine wieder hinauf, über die trainierten Muskeln seiner Oberschenkel. Sie zitterten unter ihrer Berührung.

Eloise rutschte näher an ihn heran und setzte sich auf seine Oberschenkel. Sie presste ihre Hände auf seine Brust, drückte ihn gegen die Felswand und küsste ihn erneut. Er knurrte in ihren Mund, übernahm sofort die Kontrolle über den Kuss, seine Hände erkundeten ihre Oberschenkel. Sie erwartete, dass er sie um ihren Hintern legen und sie an sich ziehen würde.

Er tat das Gegenteil.

Er schob seine Hände zwischen ihre Beine und wanderte weiter aufwärts, zu ihrem Schoß, wo er sie über die Oberseite ihrer Oberschenkel gleiten ließ. Sie stöhnte und küsste ihn härter, sehnte sich danach, dass er ihre intimste Stelle berührte. Sie brauchte seine Hände an sich. Sie bewegte ihre Hüften, entlockte ihm ein tiefes Stöhnen, und seine Daumen streiften wieder ihre Innenschenkel, strichen über die ordentlichen Locken, die ihren Venushügel bedeckten.

»Cavanaugh«, flüsterte sie, bereit, ihm zu geben, was er wollte, wenn er ihr dann geben würde, was sie brauchte.

Er lächelte gegen ihren Mund und küsste sie, während er seine Hände zwischen ihre Schenkel gleiten ließ und über ihre feuchten Falten strich. Sie stöhnte zur gleichen Zeit wie er, das Gefühl seiner kühlen Finger auf ihrer überhitzten Haut ließ Sterne vor ihren Augen tanzen.

Er veränderte den Winkel seiner Hand und rieb sie mit den Kuppen zweier Finger, wobei er ihr Stöhnen um Stöhnen entlockte, während sie versuchte, dem Drang zu widerstehen, ihre Hüften zu bewegen. Sie spannte ihre Muskeln an und erschauderte, als sie gefährlich nahe an den Rand der Ekstase geriet. Es fiel ihr schwer, sich wieder zu entspannen, aber es gelang ihr, als sie ihn küsste und all ihre Willenskraft aufbrachte, um sich davon abzuhalten, den Höhepunkt zu erreichen. Sie wollte ihn in sich spüren, wenn es passierte.

Sie brauchte ihn wieder in sich.

Sie ergriff seine Hände und pinnte sie an die Wand zu beiden Seiten seines Kopfes. Er stöhnte auf, der Klang tief und verrucht, und sandte eine Hitzewelle durch ihren Körper. Sie war in den Momenten, die sie zusammen verbracht hatten, nie so bestimmend gewesen. Sie war zu sehr von seiner urtümlichen Hitze gefangen gewesen, um etwas anderes zu tun, als sich ihm hinzugeben.

Jetzt würde er sich ihr hingeben.

Eloise zog sich zurück und er starrte sie an, sein grauer Blick verschleiert, seine sinnlichen Lippen rosig von ihrem Kuss. Er sah jetzt zufriedener aus, als er es damals je ausgesehen hatte, und sie hatte ihn noch nicht einmal zum Höhepunkt gebracht. Das konnte sie ändern.

Sie erhob sich auf ihre Knie und drückte fester gegen seine Handgelenke, als er versuchte, sie zu bewegen. Seine Augen weiteten sich und verengten sich dann, was sie in Flammen setzte. Er billigte diese Seite an ihr. Er wollte sich ihr unterwerfen. Götter, allein der Gedanke an Cavanaugh, der ihr ausgeliefert war, brachte sie an den Rand des Höhepunkts.

Er stöhnte auf, als sie Kontakt herstellte, ihre feuchte Hitze an seiner harten Länge auf und ab rieb, und legte den Kopf in den Nacken, wobei ein Ausdruck der Qual über sein gutaussehendes Gesicht huschte. Sie würde ihn von seinem Elend erlösen, denn sie konnte das Necken auch nicht mehr ertragen, nicht dieses Mal.

Sie bewegte ihre Hüften nach oben, erhob sich gleichzeitig höher auf ihre Knie, bis die stumpfe Spitze seines Schwanzes gegen ihre erregte Knospe drückte. Sie neigte ihren Körper zu seinem, fing die Krone seiner Länge ein und drückte nach unten, sodass er dorthin glitt, wo sie ihn brauchte.

Ein Stöhnen entfuhr ihr, als er gegen ihren Eingang stieß.

Eloise veränderte die Position ihrer Hände in seinen, verschränkte ihre Finger, hielt aber seine Hände weiterhin an die Wand gepinnt. Sie verzog ihr Gesicht, presste ihre Stirn gegen Cavanaughs, ihre keuchenden Atemzüge vermischten sich, während sie sich langsam auf seinen Schwanz senkte und ihn Zentimeter für köstlichen Zentimeter in ihre feuchte Hitze aufnahm. Er stieß ein halb stöhnendes, halb knurrendes Geräusch aus, als seine Spitze ihren tiefsten Punkt traf, und sie kreiste mit ihren Hüften, um sicherzugehen, dass er so tief wie möglich in ihr war.

»Eloise«, flüsterte er, und sie gab ihm, was er wollte.

Sie umklammerte seine Hände und küsste ihn, während sie auf ihm ritt, mit langen und schnellen Stößen, die keinen Teil von ihr unberührt von ihm ließen. Er bewegte seine Hüften, kam ihr entgegen, stieß nach oben, jedes Mal wenn sie sich senkte, und zog sich zurück, wann immer sie sich wieder von ihm erhob. Sie stöhnte in seinen Mund, verloren in der Glückseligkeit, die durch sie flutete, als sein Schwanz sie ausfüllte, sie dehnte und vervollständigte. Götter, es war noch nie so gewesen.

Sie hatte nie geträumt, dass es so sein könnte.

Er drückte seine Finger in ihre Handrücken und grunzte, als er sie küsste, tief in sie stieß und sie in geistige Höhen katapultierte. Sie beschleunigte ihr Tempo, atmete schwer zwischen jedem hektischen Aufeinandertreffen ihrer Lippen und dem wilden Zusammentreffen ihrer Körper. Jede Berührung seines Körpers an ihrer empfindlichen Knospe sandte Wellen von Kribbeln durch sie, aufwärts zu ihrem Bauch, wo sie sich zusammenballten und stetig auf einen Höhepunkt zusteuerten.

Sie ließ seine Hände los, packte seine Schultern und stöhnte, als sie auf ihm ritt und verzweifelt nach Erlösung suchte. Er ergriff ihren Hintern und übernahm die Kontrolle, half ihr, ein rasantes Tempo beizubehalten, während er jeden Zentimeter seines Schwanzes in sie trieb und sie härter nahm.

»Eloise«, keuchte er, und sie presste ihre Wange gegen seine, unfähig, etwas anderes zu tun als zu stöhnen, während sie höher und höher stieg, sich aufwärts schraubte, fast in Reichweite ihres Höhepunkts.

Er stieß tiefer und schneller zu, und sie schrie auf, als ihr Körper gegen seinen krachte und sie in tausend Stücke zersprang, Feuer durch ihre Knochen loderte und über ihre Schenkel und ihren Bauch hinauf schimmerte. Sie klammerte sich an seine Schultern und stöhnte bei jedem harten Aufeinandertreffen ihrer Hüften, als er noch hektischer zustieß, seine Stirn gegen ihre Wange gepresst und sein Atem heiß an ihrem Hals.

»Götter«, stöhnte er und knurrte dann. Es wurde zu einem Brüllen, als er sie nach unten stieß, sie auf sich festhielt, während er sich in ihr ergoss, pulsierend und Nachwehen der Lust durch sie sandte.

Sein Griff um sie lockerte sich langsam, während er schwer atmete, nicht im Einklang mit ihren eigenen keuchenden Atemzügen.

Eloise sackte gegen ihn, kämpfte darum, wieder zu Atem zu kommen. Ihre Knochen hatten sich in Gummi verwandelt und ihr Körper fühlte sich zu schwer an, um sich zu bewegen. Er schlang seine Arme um sie und sie drückte ihre Wange an seine Schulter, zu müde, um sich von seinem Schoß zu erheben oder ihre Körper zu entwirren. Sie mochte das Gefühl, ihn in sich zu spüren, während winzige Erschütterungen durch ihn liefen und er langsam erschlaffte, erschöpft von ihrem Liebesspiel.

Der Wind heulte erneut über den Eingang der Höhle.

Eloise kümmerte es immer noch nicht.

Sie konnte morgen alles bereuen.

Heute würde sie leben.

Sie würde diesen Moment mit Cavanaugh ergreifen.

Auch wenn sie in ihrem Herzen wusste, dass er Recht hatte.

Es gab keinen Weg für sie, das zu bekommen, was sie wollten.

Es würde kein Happy End für sie geben.

KAPITEL ELF

CAVANAUGH LAG auf seinen rechten Ellbogen gestützt da, Eloise an sich geschmiegt, und beobachtete sie, wie sie unter der Decke bei ihm döste. Seine wunderschöne und überraschende Schicksalsgefährtin. Er hatte gewollt, dass sie die Initiative zwischen ihnen ergriff, aber er hatte nicht mit dem gerechnet, was darauf folgte. Seine Eloise war stärker und mutiger geworden. Er wollte stolz auf sie sein deswegen, aber in seinem Herzen fürchtete er, dass ihr neuer Mut und ihre neue Stärke das Ergebnis all des Schmerzes und Leids waren, das sie ertragen musste.

Er strich sanft eine widerspenstige Strähne ihres welligen dunklen Haars von ihrer Stirn und glättete sie in den Rest, während er sie seufzend ansah.

Er hatte nicht mit ihr streiten wollen, aber er war froh, dass einige Dinge nun offen lagen und sie einen Weg finden konnten, darüber hinwegzukommen. Er musste einen Weg finden, ihr alles andere zu sagen, was er ihr hatte sagen wollen. Sein Mut hatte ihn jedoch verlassen, und er hatte es nur geschafft, ihr mitzuteilen, dass er sie wollte und das der Grund war, warum er gegangen war. Sie hatte jedes Recht, wütend auf ihn zu sein, für die Art, wie er mit allem umgegangen war, aber er hoffte, dass sie ihm vergeben konnte.

Konnte sie das?

Wenn er ihr sagte, dass sie seine Gefährtin war, was würde sie sagen?

Würde sie glücklich sein? Oder würde sie traurig sein, weil sein Status zwischen ihnen und einer Verbindung stand, die sowohl besonders als auch kostbar war?

Die meisten Schneeleoparden fanden nie ihre Gefährten.

Anders als bei anderen Gestaltwandler-Arten war der Schicksalsgefährte eines Schneeleoparden immer ein anderer Schneeleopard. Mit ihren schwindenden Zahlen, ihrer langen Lebensspanne und ihren über die Welt verstreuten Rudeln war es schwer, ihren Schicksalsgefährten zu finden. Die meisten seiner Art fanden die Liebe, ohne ihren Gefährten zu finden, ließen sich nieder, um Nachwuchs zu zeugen und die Zukunft ihrer Rasse zu sichern. Andere durchstreiften die Erde auf der Suche nach ihrem Schicksalsgefährten, getrieben von einem unerbittlichen Bedürfnis, ihre andere Hälfte zu finden. Selbst wenn ein Schneeleopard alle Rudel besuchte, gab es keine Garantie, dass ihr Gefährte bei einem war. Es bestand eine hohe Chance, dass ihr Gefährte lange nach ihrem Besuch geboren wurde.

Aber Cavanaugh hatte seine gefunden.

Sie lag in seinen Armen.

Und sie hatte sein Herz gestohlen, lange bevor er je erkannt hatte, dass sie seine Schicksalsgefährtin war.

»Warum starrst du mich so an?«, murmelte sie schläfrig und gähnte. »Ich kann spüren, wie du starrst.«

»Ich habe nachgedacht.« Er gab ihr einen Kuss auf die Wange.

»Worüber?« Sie öffnete blinzelnd ihre Augen und schielte zu ihm hoch, der Ansatz eines Lächelns umspielte ihre rosigen Lippen.

»Wie schön du bist.«

Sie stieß ihn gegen die Brust, sodass er zurückzuckte, und runzelte die Stirn. Sie dachte, er mache Witze. Niemals. In der kurzen Zeit, in der sie mehr als Freunde gewesen waren, hatte er ihr nicht oft genug gesagt, dass sie schön war. Er nahm sich vor, das jetzt nachzuholen. Er nahm sich vor, vieles nachzuholen, was er falsch gemacht hatte.

»Wirklich.« Er ließ sie die Wahrheit in seinen Augen sehen, als er sie ansah und daran dachte, wie schön sie war, mit ihren honigfarbenen Augen, ihren süßen herzförmigen Lippen, der kecken Stupsnase und ihrem vom Liebesspiel mit ihm zerzausten Haar, und ihrem nackten Körper, der eng an seinem lag.

»Nicht nur darüber, wie schön ich angeblich bin.« Sie warf einen vielsagenden Blick zwischen sie und sah dann wieder in seine Augen.

Cavanaugh zuckte mit den Schultern. »Nenn es einen Beweis dafür, wie deine Schönheit mich beeinflusst.«

Er nahm ihre rechte Hand und führte sie zwischen sie, legte sie über seinen schmerzend harten Schaft.

Als er sie losließ, zog sie ihre Hand weg, und er runzelte die Stirn und schmollte. Sie rollte sich auf den Rücken, stützte sich auf ihre Ellbogen und blickte an ihren Körpern entlang zum Höhleneingang, ihre Augen verengten sich. Er konnte spüren, wie ihr Fokus schärfer wurde, ihre Sinne stärker, als sie sie auf die Welt draußen richtete.

Cavanaugh presste einen Kuss auf ihre nackte linke Schulter. »Es schneit immer noch.«

Sie schnaubte und sah ihn an. »Deine Sinne waren schon immer besser als meine.«

Weil er männlich war, und weil er, wann immer er in ihrer Nähe war, in höchster Alarmbereitschaft war, alles geschärft und fokussiert.

Damit er sie beschützen konnte.

Aber darin hatte er versagt.

Er schob seine linke Hand unter ihre rechte, hob sie von der Decke und rieb mit seinem Daumen über die Narben an ihrem Handgelenk. Sie erstarrte und er spürte die Spur von Angst, die durch sie lief. Sie wollte nicht, dass er danach fragte, aber er musste es wissen.

»Was ist hier passiert?«, flüsterte er und hielt seinen Blick auf ihr Handgelenk gerichtet, damit sie sich nicht unter Druck gesetzt fühlte, es ihm sofort zu erzählen. Er hatte alle Zeit der Welt.

Keiner von ihnen würde für eine Weile irgendwohin gehen, nicht bis der Sturm nachgelassen und die Winde den Pfad die Felswand hinauf freigelegt hatten.

Es waren nur sie beide, gefangen in einer kleinen Höhle, endlich wieder zusammen.

»Stellan bestraft jeden, von dem er glaubt, dass er

hinter seinem Rücken arbeitet.« Ihre Stimme war leise und distanziert, und er konnte den Schmerz in ihr spüren, den Schmerz, den er ihr zufügte, indem er sie bat, sich an die schrecklichen Dinge zu erinnern, die ihr widerfahren waren.

Dinge, die er hätte verhindern sollen.

Er hätte da sein sollen, um sie zu beschützen.

»Hast du hinter seinem Rücken gearbeitet?« Cavanaugh fuhr mit seinem Daumen über die Narben. Sie waren von Seilen verursacht worden und sahen aus, als wäre es nicht nur ein einziges Mal gewesen, dass sie gefesselt und bestraft worden war.

Sie schüttelte den Kopf.

»Warum hat er dich dann bestraft?« Furcht setzte sich in seinem Magen fest, sobald er seine Frage beendet hatte, und wühlte ihn auf, bis er brannte und Feuer durch seine Adern jagte und das Eis zurückdrängte, das durch sie geschossen war. Er schloss die Augen und umklammerte ihr schlankes Handgelenk. »Wegen mir. Er hat dich wegen mir bestraft.«

Sie antwortete ihm nicht. Sie musste es nicht. Schweigen breitete sich zwischen ihnen aus, schwer von den Dingen, die sie nicht auszusprechen wagte. Stellan hatte von ihrer Beziehung gewusst und hatte sie deswegen ins Visier genommen.

»Götter, es tut mir leid, Eloise«, flüsterte Cavanaugh und führte ihre Hand an seine Lippen, um einen Kuss auf ihr Handgelenk zu drücken.

Er ließ seine Lippen auf ihrer warmen Haut ruhen, atmete ihren Duft ein und nutzte ihren süßen Geruch, um sich zu beruhigen und sich zu vergewissern, dass sie, was auch immer ihr zugestoßen war, jetzt in Sicherheit war. Er würde nie wieder zulassen, dass ihr etwas zustieß.

»Es war nicht deine Schuld.« Ihre Stimme war so leise wie seine eigene, rau von den Gefühlen, die von ihr in ihn strömten, dort wo sie sich berührten und durch die Fäden, die sie miteinander verbanden.

Er hatte schon immer eine tiefe Verbindung zu ihr gespürt, das Gefühl, dass sie auf irgendeine Weise verbunden waren, und er war nicht überrascht gewesen, als sein Instinkt ihm endlich sagte, dass sie seine Schicksalsgefährtin war. Die Verbindung, die er zu ihr spürte und von der er sicher war, dass sie sie auch zu ihm spürte, war diese noch nicht vollendete Bindung. Wenn sie sich endlich paaren würden, würde sie zu ihrem vollen Potenzial erwachen und sie körperlich und emotional verbinden, ihnen die Fähigkeit geben, einander über große Entfernungen zu spüren und zu wissen, wann der andere verletzt oder in Gefahr war.

»Es war ... Ich hätte da sein sollen, Eloise. Ich kann mir selbst nicht verzeihen, dass ich dich im Stich gelassen habe.« Er atmete noch einmal tief ein und zuckte zusammen, als sie ihre rechte Hand in seiner bewegte und seine linke Wange umfasste.

Sie war weich und warm an ihm, zu wunderbar, um es zu ertragen, als sie sanft sein Gesicht hielt, eine Fülle von Emotionen in ihrer leichten Liebkosung. Sie machten ihn fertig, rissen die Stärke nieder, an die er sich jahrelang geklammert hatte, und ließen ihn schwach und verletzlich zurück, ihr ausgeliefert.

»Ich sage nicht, dass das, was du getan hast, richtig

war, denn es vergeht keine Minute, in der ich mir nicht wünsche, du hättest mich mitgenommen, aber ich weiß jetzt, warum du es getan hast. Ich verstehe es, Cavanaugh, und ich verzeihe dir dafür.« Sie lächelte, als er die Augen öffnete und in ihren nach der Wahrheit suchte. Sie strahlten ihn an, erfüllt von der Vergebung, von der sie gesprochen hatte, und einer überwältigenden Zuneigung. Er drückte ihre Hand an sein Gesicht und ihr Lächeln wurde breiter, wurde gleichzeitig sanfter und gab ihm den Trost, nach dem er sich sehnte.

Als dieses Lächeln zu verblassen begann und ihre Gefühle sich änderten, stieg ein heftiges Bedürfnis in ihm auf, sie am Sprechen zu hindern, denn er wusste, in welche Richtung sie ihr Gespräch gleich lenken würde, und er wollte nicht, dass sie über das sprach, was vor ihnen lag.

Er wollte diesen Moment mit ihr auskosten und so tun, als ob der Rest der Welt nicht existierte. Hier in dieser Höhle, mit ihr, war er nicht der Alpha eines Rudels. Er war nur ihr Cavanaugh, und das war alles, was er je sein wollte.

Cavanaugh umschloss ihr Handgelenk mit seinen Fingern und bewegte seinen Arm, brachte ihren über seine linke Schulter und zog sie näher zu sich. Sein Blick fiel auf ihren Mund, auf die verlockenden sinnlichen Kurven ihrer Lippen, und er stöhnte fast auf, als ihre Zunge hervorschnellte und darüber glitt, eine Einladung, die er nicht ausschlagen würde.

Er beugte sich zu ihr, rollte sie auf den Rücken und fing ihre Lippen mit seinen ein, was ihr ein leises Stöhnen entlockte, das ihn wieder hart werden und sofort nach mehr hungern ließ. Es gelang ihm, den Kuss leicht und langsam zu halten, da er es diesmal nicht überstürzen wollte.

Er wollte, dass dieser Moment ewig dauerte.

Er wollte sie mit der Liebe überschütten, die in seinem Herzen für sie schlug.

Cavanaugh ließ ihr Handgelenk los und sie schlang ihre Arme um seinen Nacken, ihr Kuss war so sanft wie seiner, kaum spürbare Berührungen ihrer Lippen auf seinen. Sie kribbelten als Antwort, jede Liebkosung ließ ihn sich innerlich leichter fühlen, bis er sicher war, dass sie schwebten und die Welt um sie herum verschwand. Ihre Brüste drückten sich gegen seine nackte Brust, ihr weicher Körper schmiegte sich an seinen. Er hob sein linkes Bein über sie und bettete es zwischen ihre Schenkel. Sie stöhnte auf, als sein Oberschenkel sich gegen ihren Schoß legte und seine harte Länge sich gegen ihre Hüfte presste.

Ihr Kuss wurde fordernder und er gab sich ihm hin, weigerte sich aber, ihn so wild werden zu lassen wie bei ihrem letzten Liebesakt.

Sie strich mit ihren Händen über seine Schultern und drückte ihre kurzen Nägel hinein, als er ihren Kiefer hinunter küsste und der Linie bis zu ihrem Hals folgte. Sie neigte den Kopf zur Seite und gab ihm Zugang zu ihrer Kehle, und er knurrte, als er sie küsste und leckte, ein urtümliches Bedürfnis erwachte in ihm. Er küsste sich zum Nacken vor, schob ihr Haar mit der rechten Hand beiseite und legte ihn frei. Sie stöhnte und bog sich ihm entgegen, als er mit der Zunge über ihren Nacken fuhr, ein Sklave seines Verlangens, sie dort zu kosten.

Seine Fangzähne in dieses weiche Fleisch zu versenken und sie festzuhalten, während er sich mit ihr paarte.

»Cavanaugh«, flüsterte sie atemlos, ihr eigenes Verlangen durchfuhr ihn und trieb ihn dazu, seinem Drang nachzugeben, sie zu beißen.

Er atmete schwer und kämpfte dagegen an, nicht willens, dem nachzugeben, wenn noch alles in der Schwebe war und sie sich nicht bewusst war, dass er ihr Gefährte war. Er konnte ihr keine Bindung aufzwingen, nicht wenn sie glaubte, er würde wieder der Alpha des Rudels werden, eine Rolle, die sie erneut trennen würde.

Er leckte ein letztes Mal über ihren Nacken und zog sich widerwillig zurück, küsste stattdessen über ihre Schulter zu ihren Brüsten. Das war so weit, wie er mit seinem Mund gehen konnte, ohne die Decken zu verlassen. So sehr er auch zwischen ihre Schenkel küssen und die Erregung kosten wollte, die er in ihr weckte, musste er sich damit begnügen, ihre Brüste zu küssen und zu saugen. Die Nacht war hereingebrochen und die Temperatur war drastisch gesunken. Zwischen ihre Schenkel zu küssen, bedeutete, den doppelten Schlafsack zu öffnen, und er wollte nicht, dass sie sich erkältete.

Es würde auch ihm nicht viel nützen, nicht wenn einige Teile der männlichen Anatomie eisige Temperaturen nicht guthießen.

Sein Schwanz zuckte und er stöhnte auf, als er ihre Brüste küsste und seine Zunge um ihre linke Brustwarze kreisen ließ. Er würde ihn bald genug an einem heißen und feuchten Ort haben, schön warm.

Eloise stöhnte auf, als er mit den Fingern seiner

linken Hand über ihren Bauch tanzte und spürte, wie er unter ihnen flatterte, und er stimmte mit einem eigenen Stöhnen ein, als sie ihre Schenkel ein Stück auseinander schob und ihn einlud.

Er legte seine Handfläche über ihren Schoß und glitt mit zwei Fingern zwischen ihre weichen Blütenblätter, und stöhnte erneut auf, als er spürte, wie feucht sie schon war, begierig auf ihn. Sein Schwanz pochte wieder, drängte sich gegen ihr Bein, und er saugte härter an ihrer Brustwarze, zog daran, als sein Verlangen die Oberhand gewann.

Sie legte den Kopf in den Nacken und stieß einen süßen Lustschrei aus, während ihre Hände unbeholfen über seine Schultern und seinen Kopf fuhren. Sie vergrub ihre Finger in seinem Haar und drückte ihn an sich, während sie keuchte und ihre Atemzüge schneller wurden, als er ihre erregte Knospe streichelte und seine Finger kreisen ließ, während er gleichzeitig an ihrer Brustwarze saugte. Der Duft ihres Verlangens erfüllte seine Sinne und weckte jeden männlichen und urtümlichen Instinkt in ihm. Sie forderten, dass er seine Frau befriedigte.

Er gehorchte.

Er ließ seine linke Hand tiefer gleiten, suchte ihr Zentrum, und sie schrie erneut auf, als er zwei Finger in ihre Scheide schob. Er stöhnte an ihrer Brust, als er sie pumpte und spürte, wie ihre feuchte Hitze ihn umschloss. Götter, er wollte dort drin sein, tief vergraben, sie ausfüllen und spüren, wie sie ihn umklammerte.

»Cavanaugh.« Sein Name, der als Flehen von ihren Lippen fiel, zerschmetterte seine Zurückhaltung.

Er zog seine Finger aus ihr heraus und drängte sich zwischen ihre Schenkel. Sie stöhnte und fuhr mit ihren Händen seinen Rücken hinunter, presste ihre Finger in seine Wirbelsäule oberhalb seines Hinterns und zog ihn gegen sich. Er erschauderte, als sein harter Schaft gegen ihre Nässe drückte, ihre Hitze verbrannte ihn.

»Eloise«, flüsterte er und stützte sich auf seinen Händen über ihr ab, eine zu jeder Seite ihres Kopfes.

Ihre honigfarbenen Augen trafen seine, Verlangen verdunkelte sie, Leidenschaft und Bedürfnis, die er stillen konnte. Seine Frau brauchte ihn.

Sie brauchte ihn.

Ihre rechte Hand glitt um seine Hüfte und er folgte ihrem stummen Befehl, lehnte sich zurück und erlaubte ihr, ihre Finger um ihn zu schließen. Er grunzte, als sie mit ihrem Daumen über seine Eichel strich und ihn neckte, und sie lächelte und führte ihn langsam nach unten.

Cavanaugh hielt den Atem an.

Sie führte die Spitze seines Schwanzes in sich ein und er stöhnte gleichzeitig mit ihr auf, als er vorwärts glitt und sich in ihre heiße, enge Scheide trieb. Sie umklammerte ihn fest, ihr Körper zog sich um ihn zusammen und entriss ihm ein Grunzen, über das sie wieder lächelte.

Er bewegte seine Arme zu beiden Seiten ihrer Rippen, ließ sich auf seine Ellbogen sinken und wischte das Lächeln von ihrem Gesicht, indem er noch tiefer in sie eindrang und sie vollständig ausfüllte. Ihre Lippen öffneten sich und er stürzte sich auf sie, verschluckte ihr Stöhnen, als er begann, sich zu bewegen, lange, gemächliche Stöße, bei denen er fast aus ihr herausglitt, bevor er wieder in sie eindrang.

Sie hob ihre Hüften an und ermöglichte ihm, noch tiefer in sie einzudringen, sodass er keinen Teil von ihr unberührt ließ, als er in sie stieß.

Er umfasste ihre Hüfte mit einer Hand, um sie zu stützen, und küsste sie, während er langsam in sie eindrang und gegen sein Bedürfnis und jeden Drang ankämpfte, der ihm befahl, schneller und härter zu werden.

Nicht dieses Mal.

Dieses Mal würde er zum ersten Mal mit ihr Liebe machen.

Das allererste Mal in seinem Leben.

Es war so viel mehr, als er sich je vorgestellt hatte. Jede Erfahrung, die er gemacht hatte, war mit ihr geschehen, und es war immer hektisch gewesen, eine leidenschaftliche und wilde Vereinigung.

Er hatte gedacht, es könnte nicht besser werden als das.

Er hatte sich geirrt.

Sich so in ihr zu bewegen, langsam und ungehetzt, sein Mund in einem zärtlichen Kuss mit ihrem verschmolzen, erschütterte seine Welt und brachte ihn bis ins Mark zum Beben. Mehr als nur ihre Körper waren verbunden. Sie waren in jeder Hinsicht vereint, von ihren Körpern bis zu ihren Herzen und bis in ihre Seelen hinein.

Sie stöhnte unter ihm, ihre Finger verhedderten sich in seinem Haar, ihr Kuss war so sanft wie sein eigener. Ihre Gefühle flossen in ihn hinein, vermischten sich mit seinen, echoten sie und verstärkten, wie gut sich alles anfühlte. Jedes Eindringen seines Schwanzes in sie und jedes Zurückziehen, jedes Streichen ihrer Zunge über seine Lippen oder das Verschmelzen ihrer Münder, all das erschütterte ihn, bis er sich sicher war, er träumte, erlebte eine lebhafte Fantasie, die im wirklichen Leben gar nicht möglich war.

»Cavanaugh«, murmelte sie gegen seine Lippen und er spürte, wie sich das Bedürfnis in ihr aufbaute, als sie sich um ihn zusammenzog und ihren Körper um seinen herum anspannte. Ihr Duft und ihre Gefühle sprachen zu seinen Instinkten und warnten ihn, dass sie nahe dran war.

Er umklammerte ihre Hüfte und drang tiefer ein, während er sie härter küsste und sie stetig einem Höhepunkt entgegen trieb. Sie stöhnte und wand sich, ihr Verlangen pulsierte durch ihn hindurch. Er gab ihr, was sie brauchte, ein williger Sklave für sie, verzehrt von seinem Bedürfnis, seine Frau zu befriedigen. Sie schrie auf, als er sie härter pumpte und seine Hüften so drehte, dass er ihren tiefsten Punkt und ihre süßeste Stelle traf.

Sie löste sich von seinem Mund und presste ihre Stirn gegen seine, klammerte sich an ihn, während er in sie stieß. Ihre atemlosen Stöhner waren Musik in seinen Ohren und er schloss die Augen und grunzte, als seine Hoden sich zusammenzogen und sein Schwanz dicker wurde, während sich die Erlösung an seiner Basis aufbaute.

Sein Atem wurde unregelmäßig, unsichere Keucher, die sie erwiderte, als sie ihren Körper um seinen herum anspannte und nach ihrer Erlösung suchte. Ihr Körper verkrampfte sich, wurde starr unter ihm, und er senkte seine Lippen wieder auf ihre und verschluckte ihren Schrei in einem Kuss, als sie ihren Höhepunkt erreichte, um ihn herum zitterte und bebte, ihre Schenkel an seinen Hüften zuckten.

Er verzog sein Gesicht und grunzte, als seine eigene Erlösung durch ihn hindurchschoss und sein Schwanz hart pulsierte und pochte, heiße Strahlen seines Samens in ihren willkommenen Körper spritzte. Er küsste sie unbeholfen, während sein Orgasmus durch ihn hindurchfegte und sein ganzer Körper davon erschüttert wurde.

Eloise küsste ihn sanft und brachte ihn langsam wieder zurück, lockte ihn mit ihr zurück auf die Erde. Er ließ sich auf sie sinken und rollte sich herum, zog sie auf sich, damit er sie nicht mit seinem Gewicht erdrückte. Sie legte ihren Kopf auf seine Brust. Er konnte ihr Herz rasen spüren, es donnerte wie seines, und er konnte auch spüren, wie sie zitterte, als er seine Hände an ihrem Rücken auf und ab gleiten ließ und genoss, wie gut es sich anfühlte, so mit ihr zusammen zu sein.

Er schloss die Augen und seufzte, als er seine Arme um sie schlang und sie an seine Brust drückte.

Er würde das für immer haben.

Nichts würde ihm im Weg stehen.

Eloise würde seine Gefährtin werden.

KAPITEL ZWÖLF

CAVANAUGH FAND HALT im tiefen Schnee und zog sich auf das Plateau über der steilen Klippe hoch, rollte sich in den Schnee und griff nach dem Seil, das an seinem Gurt befestigt war. Er stemmte seine Stiefel gegen einen Felsen am Rand des Plateaus, vergewisserte sich, dass das Seil über einem seiner Stiefel lief, um zu verhindern, dass es an den Felsen scheuerte, und begann zu ziehen. Er nahm Eloises schlankes Gewicht mühelos auf und zog sie mit dem Seil stetig die Felswand hinauf.

Ihre Hände erschienen zuerst, rot vor Kälte, tastend im Schnee. Er schlang das Seil um seinen linken Arm, um sicherzustellen, dass es nicht aus seinem Griff rutschte und sie stabil hielt, und streckte dann seinen rechten Arm aus, um nach ihr zu greifen. Er erwischte ihr rechtes Handgelenk und sie drehte ihre Hand und packte sein Handgelenk, sodass sie miteinander verbunden waren.

Er lehnte sich nach hinten und zog sie hoch, zog sie über die Kante und auf das Plateau zu sich. Sie fiel mit dem Gesicht voran in den Schnee, schwer atmend, und er zog sie näher. Schnee häufte sich um ihre Schultern und gegen ihr Gesicht, und sie blickte ihn finster an. Sie konnte so wütend über die Kälte sein, wie sie wollte. Alles, was ihn interessierte, war sicherzustellen, dass sie vom Rand weg und in Sicherheit war, bevor sie sich entspannte und eine Pause machte.

Der Aufstieg war hart gewesen, die Minustemperaturen hatten den verbliebenen Schnee in Eis verwandelt und es schwierig gemacht, einen guten Griff an den Felsen und Haltepunkten zu finden.

Er war an einem Punkt fast abgerutscht, sein linker Stiefel war von einem kleinen Vorsprung gerutscht, den er für einen sicheren Halt gehalten hatte. Eloise hatte ihn angeschnauzt und ihn fast fünf Minuten lang gescholten, nachdem er es geschafft hatte, sich zu retten und einen grausamen Tod mit ihr zu verhindern.

Er lächelte liebevoll bei der Erinnerung.

Sie war nicht wütend auf ihn gewesen. Sie war besorgt gewesen und es hatte sich in Form von Vorwürfen geäußert.

»Was soll dieses dumme Grinsen?« Sie schnaubte und kam auf die Hände und Knie, setzte sich dann auf und rieb ihre Hände zusammen, während sie darauf pustete.

Er grinste und setzte sich auf. »Nichts. Ich dachte nur daran, wie besorgt du vorhin um mich warst.«

Sie boxte ihn spielerisch auf den Arm. »Ich hatte verdammt noch mal jedes Recht, besorgt zu sein. Du hättest uns fast umgebracht.«

Cavanaugh fing ihre Faust ab, als sie ihn erneut

schlagen wollte, und küsste sie, bevor er mit seinen Fingern darüber strich, während in ihm Besorgnis aufstieg, als er sah, wie rot ihre Finger waren.

»Komm, du musst dich aufwärmen.« Er kam auf die Füße und zog sie hoch, hielt sie fest, während er sie ein paar Meter vom Rand weg zu einem sichereren Platz führte.

Er ließ sie los und atmete tief ein, um sein Herz zu beruhigen, das vom Aufstieg hämmerte. Berge ragten immer noch über ihnen auf, hohe, zerklüftete und abweisende weiße Gipfel. Sie waren erst zwei Drittel des Weges hinauf, mit dem Wald im Tal und den kleineren Bergen, die sich unter ihm ausbreiteten wie ein wunderschönes Gemälde, mehr Fantasie als Realität.

Er hatte vergessen, wie atemberaubend dieser Ort war. Das Land seines Volkes.

Keine Menschen wagten sich hierher. Nur seine Gestaltwandler-Verwandten und die echten Schneeleoparden. Selbst die Tiger, die sich in der Höhe niedergelassen hatten, kletterten nicht so hoch. Die Luft war dünn und kalt, brannte in seinen Lungen. Sein Kopf schmerzte bereits. Es würde mindestens einen Tag dauern, bis er sich an die größere Höhe und die dünnere Luft gewöhnt hatte. Bis dahin musste er sich vom Dorf fernhalten. Er war in keiner Verfassung zu kämpfen. Er wäre in Sekunden außer Atem, in Minuten schwindelig und könnte durch die Anstrengung und Belastung für seinen Körper ohnmächtig werden.

Er löste den Gurt um seine Taille und stieg heraus, ließ ihn auf dem festgetretenen Schnee liegen und nahm seinen Rucksack ab.

Eloise streifte ihren Rucksack ab und öffnete ihn. Sie stopfte ihren Gurt hinein, zusammen mit seinem und dem Seil, und zog den dicken Fleecepullover heraus, den sie im Wald getragen hatte, sowie eine leichte weiße wind- und wasserdichte Jacke. Eigentlich wollte er auch seine Ausrüstung herausholen, konnte aber nur starren, als sie schnell ihr nasses Thermoshirt auszog, kurz ihren schwarzen BH zeigte und es durch ein trockenes ersetzte. Als sie ihren steingrauen Fleecepullover anzog, machte sich Cavanaugh daran, sich umzuziehen.

Er zog sein Thermoshirt über den Kopf und verlangsamte seine Bewegungen, als er spürte, wie sie ihn beobachtete, ihr Blick über seinen Körper wanderte und ihn überall, wo er ihn berührte, wärmte. Er schenkte ihr ein Lächeln, als er das feuchte Shirt auf seinen Rucksack warf. Sie sah weg, aber ihr Blick wanderte zurück zu ihm, als er ein frisches schwarzes Langarm-Thermoshirt herauszog und sich aufrichtete, um es anzuziehen. Er ließ sie noch einen langen Blick auf seinen Körper werfen, als er seine Arme in das Shirt steckte und es dann herunterzog.

Der dunkelgraue Fleecepullover folgte, und dann seine hellgraue wasserdichte Jacke. Mit seiner oberen Hälfte, die sich bereits aufwärmte, kümmerte er sich um seine untere Hälfte. Er holte eine weiße wasserdichte Hose für Eloise heraus und eine für sich selbst. Sie nahm den kleinen Beutel, der die Hose enthielt, von ihm entgegen und legte ihn auf ihren Rucksack, mit einem unglücklichen Gesichtsausdruck.

Er freute sich auch nicht gerade auf den Gedanken, sein Geschlechtsteil in den eisigen Temperaturen herauszuholen, aber es hatte wenig Sinn, die wetterfesten Hosen über nasse Kleidung zu ziehen.

Sie breitete ihr nasses Thermoshirt auf dem Schnee aus, zog ihre Stiefel aus und trat darauf. Er tat dasselbe mit seinem und benutzte es als Barriere, um den Schnee von seiner neuen trockenen Kleidung fernzuhalten. Er streifte seine Stiefel ab und wechselte schnell von seiner dunkelgrauen Hose in eine hellgraue, zog die wetterfeste Hose darüber, und wechselte dann seine Socken einzeln, ersetzte sie durch dicke Thermo-Wollsocken und steckte jeden Fuß sofort wieder in seine Stiefel, damit sie nicht nass wurden.

Er warf Eloise ein Paar Socken zu. Sie nickte dankend und zog ihre weiße wetterfeste Hose über ihre andere, wechselte schnell die Socken und zwängte ihre Füße zurück in ihre Stiefel.

Cavanaugh beugte sich und stopfte seine graue Hose in seine Stiefel, bevor er sie zuschnürte. Er strich die wetterfeste Hose darüber glatt und zog am Gummiband, das um ihre innere Schicht lief, und drückte den Schieber nach unten, um sicherzustellen, dass sie eng an den Oberseiten seiner Stiefel anlagen. So würde kein Schnee eindringen.

Eloise richtete sich auf und rieb ihre Hände zusammen, während sie ihr feuchtes Shirt und ihre Hose verstaute. Er stopfte seine Sachen zurück in seine Tasche und nahm dann die Thermohandschuhe aus der vorderen Tasche. Er reichte das kleinere Paar Eloise.

Sie starrte sie an und dann ihn.

Er zuckte mit den Schultern und lächelte. »Du hast immer kalte Hände.«

Und sie vergaß immer ihre Handschuhe.

»Danke.« Sie lächelte ihn an und zog sie an, ein kurzer Ausdruck der Glückseligkeit huschte über ihr hübsches Gesicht, als sie ihre Finger bewegte.

Dieser kurze Ausdruck verwandelte sich in ein strahlendes Lächeln, das ihn mitten ins Herz traf, als er ihr eine weiße Wollmütze reichte.

Sie schnappte sie ihm aus der Hand, schnurrte liebevoll, als sie das flauschige weiße Innenfutter der Mütze streichelte, setzte sie auf und strahlte ihn an. Er hatte sie noch nie so glücklich gesehen. Hätte er gewusst, dass der Weg zu ihrem Herzen durch einfache, aber durchdachte Geschenke wie Handschuhe und Mützen führte, hätte er sie schon vor Jahren damit überschüttet.

»Wo ist deine?«, fragte sie stirnrunzelnd, während sie die Mütze an ihren Schläfen entlangstrich.

»Soweit ich mich erinnere, war ich nicht derjenige, der sich ständig beschwert hat, dass seine Ohren abfrieren und abfallen würden.« Das brachte ihm einen spielerischen Blick ein.

Götter, er hatte sie wirklich vermisst.

Jetzt hatte er sie zurück, aber er fürchtete, es würde nicht von Dauer sein. Mit jedem Schritt, den sie näher an das Dorf herankamen, würde sich die Distanz zwischen ihnen wieder vergrößern, auch wenn er das nicht wollte. Er wollte sie nicht wieder verlieren. Er wollte, dass sie so blieb, voller Lächeln, jeder Blickkontakt zwischen ihnen verriet ihm, dass sie etwas für ihn empfand.

Er beendete das Packen seines Rucksacks und zog ihn an, wobei er die Riemen über seinen Schultern festzog. »Wir sollten aufbrechen. Es ist ein langer Marsch bis zum nächsten Unterschlupf und ich möchte bis zum Einbruch der Dunkelheit dort sein.«

Sie hatten vereinbart, dass sie über Nacht in einer anderen kleinen Höhle am Fuße eines der Berge auf halbem Weg zwischen der Klippe und dem Dorf rasten und am Morgen weitergehen würden. Es wäre zu gefährlich, von diesem Punkt aus heute Nacht weiterzugehen, da sie die Schneefelder auf der anderen Seite des Tals überqueren müssten. Eine Überquerung in der Dunkelheit wäre Selbstmord.

Sie brauchten den Übernachtungsstopp auch aus einem anderen Grund. Es würde ihnen beiden Zeit geben, sich zu akklimatisieren und vorzubereiten.

Eloise warf ihm einen Blick zu, der sagte, dass sie ihn immer noch gerne direkt zum Dorf bringen wollte, aber glücklicherweise sprach sie diesen Wunsch nicht aus. Er wusste, dass sie nicht wollte, dass er wieder kämpfte, und das war der einzige Grund, warum sie wollte, dass er das Dorf erreichte, bevor er seinen Titel als Alpha verlor.

Sie hatten in der Höhle auf halbem Weg des Aufstiegs darüber gestritten, bevor sie aufbrachen, und sie hatte es ihm gestanden. Sie hatte auch noch etwas anderes gestanden, aber ohne Worte. Er hatte in ihren Augen gesehen und gespürt, dass es ihr wehtat, ihn zum Rudel zurückzubringen. Ein Teil von ihr wollte ihn nicht zurückbringen. Darüber war er froh. Es zeigte ihm, wie sie für ihn empfand und gab ihm Mut und Hoffnung, dass er vielleicht genug getan hatte, um ihr Herz und sie als seine Gefährtin zu gewinnen.

Er hatte ihr versichert, dass er alles in seiner Macht Stehende tun würde, um einen Kampf zu vermeiden, aber Stellan würde vielleicht nicht so entgegenkommend sein. Stellan würde seinen Anspruch auf das Rudel verteidigen wollen.

Sie war jetzt weg vom Berg gewesen. Sie wusste, wie sehr die Höhenänderung ihre Körper beeinflussen konnte, weil es sie genauso betraf wie ihn.

Sie wusste, dass er in Gefahr wäre, wenn er kämpfen müsste.

Das hatte ausgereicht, um sie dazu zu bringen, einer Übernachtung zur Erholung und Akklimatisierung zuzustimmen.

Eloise zog ihren Rucksack an und er blickte über das Tal vor ihnen. Wind blies hindurch und wirbelte den Schnee auf. Das Tal schlängelte sich zwischen zwei der größten Berge hindurch, gewaltigen gefährlichen Gipfeln, die in den Himmel ragten. Alles, was sie tun mussten, war, diesem Tal zu folgen, und sie würden zum Dorf kommen, aber der Weg über das Becken war tückisch, übersät mit Gletscherspalten. Sie konnten leicht einen Fehltritt machen und in eine rutschen.

»Wir nehmen den höheren Weg«, sagte Cavanaugh und sie blickte zu ihm zurück. Er sah sie nicht an. Sein Blick blieb darauf fixiert, den Weg zu verfolgen, der an der Seite des Berges zu seiner Linken entlangführte, oder wo er unter dem Schnee sein sollte. Wenn sie Glück hatten, hätten die örtlichen Schneeleoparden ihn kürzlich benutzt und für sie markiert.

Wenn nicht, würde es schwierig werden, aber es war immer noch besser als den Weg durch das Tal zu nehmen.

Er war seit fünf Jahren nicht mehr dort gewesen, und

Eloise hatte ihn seit zwei Jahren nicht mehr überquert. In dieser Zeit könnten sich die Gletscherspalten von den Stellen, an denen sie sie kannten, wegbewegt haben, und sie könnten direkt in eine laufen, die vorher nicht da war. Selbst wenn sie das Talbecken überquerten, müssten sie noch eine zweite Überquerung machen, um das Dorf zu erreichen. Ein anderes Tal durchschnitt die Berge auf der rechten Seite dieses Tals.

Es war am besten, wenn sie auf dem höheren Weg blieben, bis zu dem Punkt, an dem er ins Tal hinabführte und die Schneefelder dort überquerte. Sie waren stabiler und es war eine viel kürzere Überquerung.

Er warf einen Blick auf Eloise und sie nickte.

Cavanaugh ergriff ihre rechte Hand, verschränkte seine Finger mit ihren und begann in Richtung des Bergfußes zu gehen. Er hielt seinen Blick auf den Weg vor sich gerichtet und suchte den augenbetäubend weißen Schnee nach Anzeichen dafür ab, dass der Boden darunter nicht fest sein könnte.

Es dauerte nicht lange, bis sie auf eine Spur stießen. Er ging in die Hocke und berührte die breiten Pfotenabdrücke. Schneeleoparden waren in beide Richtungen darauf gewandert. Seine Augen folgten dem Pfad, als er nach rechts abbog, und er lächelte, als er sah, dass er sich um den Berg vor ihm herumschlängelte.

Er stand auf und folgte der Tierspur, seine Augen immer noch auf den Schnee gerichtet und nach Gefahrenzeichen suchend.

Als der Weg sie an der Seite des Berges hinaufführte, ließ er Eloise los, damit sie hinter ihm gehen konnte, und begann sich wieder zu entspannen und seine Umgebung wahrzunehmen. Das Tal und die Berge sahen vor dem strahlend blauen Himmel wunderschön aus, ein scharfer Kontrast, der ihm den Atem raubte.

Eloise fiel hinter ihm zurück, ihr Duft wirbelte zusammen mit dem scharfen Geruch des Schnees um ihn herum. Er wollte sie neben sich haben, aber der Pfad war schmal und schlängelte sich auf und ab, während er der Bergseite über dem Talboden folgte.

Cavanaugh starrte vor sich hin, verfolgte zunächst den Pfad und blickte dann über das ferne Ende des Berges hinaus. Dort stand das Dorf, meilenweit entfernt, aber immer näher rückend. Er atmete tief ein, um seine Nerven zu beruhigen. Er war sich immer noch nicht sicher, worauf er sich einließ, und es war an der Zeit, dass er es herausfand.

»Wie viele Männer stehen auf Stellans Seite?«, fragte er leise, um den dicken Schnee über ihm am Berg nicht zu stören. Das Letzte, was er brauchte, war eine Lawine. Sie waren häufig, besonders zu dieser Jahreszeit, wenn das Wetter tagsüber wärmer wurde.

»Fünf Männer, die immer bei ihm sind. Mindestens sechs weitere, die möglicherweise auf seiner Seite kämpfen würden.«

Cavanaugh schnaubte. Das waren dann wohl die meisten Männer im Dorf. Stellan musste sie durch rohe Gewalt für sich gewonnen haben, indem er ihnen zeigte, wie mächtig er war, damit sie es sich zweimal überlegen würden, sich gegen ihn zu erheben.

»Was ist mit August?« Er blickte zurück zu Eloise und suchte in ihren Augen nach der Antwort, ob sein Cousin sich Stellan angeschlossen hatte.

Sie schüttelte den Kopf. »Er steht nicht auf Stellans Seite … aber Stellan behält ihn genau im Auge.«

Cavanaugh hatte das erwartet. August war der Nächste in Cavanaughs Blutlinie, der Sohn seines Onkels. Cavanaughs Vater hatte in seiner Zeit als Alpha nur zwei männliche Erben hervorgebracht. Normalerweise würde der Stolz zu seinem jüngeren Bruder Harbin übergehen, wenn Cavanaugh jetzt als Alpha sterben würde, außerhalb eines Kampfes gegen einen Herausforderer und ohne eigene Erben.

Aber Harbin war vor zwanzig Jahren von ihrem Vater verbannt worden.

Harbin war hitzköpfig gewesen und hatte sich nie mit ihrem Vater verstanden. Es war eskaliert, als sein Bruder sich mit einer Frau in einer zwielichtigen Bar eingelassen und ihr Dinge erzählt hatte, die er für sich hätte behalten sollen.

Harbin hatte versucht, sie zu beeindrucken, indem er ihr erzählte, dass sein Vater eine Machtposition innehatte, aber auf der anderen Seite der Welt bei einem Treffen war und er in dessen Abwesenheit das Imperium leitete.

Die Frau hatte mit seinem Bruder geschlafen und ihn dann unter Drogen gesetzt. Als Harbin wieder zu sich kam, hatte er seinen Fehler erkannt und war ins Dorf zurückgeeilt. Es war zu spät gewesen. Archangel, eine Jägerorganisation, hatte bereits einen Angriff auf den Stolz gestartet. Cavanaugh hatte zusammen mit August und den anderen Männern so hart gekämpft, wie er konnte, aber während sie mehrere der Jäger erledigt hatten, hatten sie auch viele ihrer Verwandten verloren.

Seine Mutter und Schwester eingeschlossen.

Harbin war kurz nachdem die verbliebenen Jäger geflohen waren zurückgekehrt. Er hatte den Verstand verloren, als er ihre Mutter und jüngere Schwester im Schnee liegen sah, umgeben von grellem Karmesinrot. Cavanaugh hatte versucht, ihn aufzuhalten, aber er war den Jägern nachgejagt.

Harbin war einige Tage später zurückgekehrt, nackt und blutverschmiert, seine Augen so kalt wie Eis.

Cavanaugh hatte sein Bestes getan, um seinen Bruder zu trösten, aber bis heute war er sich nicht sicher, ob seine Worte überhaupt zu Harbin durchgedrungen waren. Sein Bruder hatte sich verändert, alles Licht und Feuer in ihm war verschwunden und hatte nur Dunkelheit und Eis zurückgelassen.

In dem Moment, als ihr Vater einen Fuß ins Dorf gesetzt hatte, hatte er Harbins Urteil verkündet. Er hatte ihn verbannt, ohne ihn auch nur anzusehen, und ihn aus dem Dorf werfen lassen, ohne ihm auch nur die Chance zu geben, seine Sachen zu packen.

Cavanaugh hatte ihm folgen wollen, aber ihr Vater hatte klargemacht, dass er ebenfalls verbannt würde, wenn er es versuchte.

Er hatte dann Eloise angesehen, eine Frau, in die er sich verliebte, eine, ohne die er nicht leben konnte, und hatte die schwere Entscheidung getroffen, zu bleiben und Harbin gehen zu lassen.

Cavanaugh hatte ihn seit seinem Weggang aus dem Stolz nicht mehr gesehen, und all seine Versuche, ihn in den letzten fünf Jahren aufzuspüren, waren erfolglos geblieben.

Wenn Cavanaugh jetzt als Alpha sterben würde, würde der Stolz an August übergehen.

»August hätte etwas unternehmen sollen«, murmelte er und knirschte mit den Zähnen. Sein Cousin war jünger als er, aber stark, mehr als fähig, die anderen Männer zu mobilisieren.

»Er hat es versucht.«

Diese zwei Worte ließen ihn erstarren und er blickte über seine Schulter zurück zu Eloise.

Sie schloss die Augen, holte scharf Luft und öffnete sie dann wieder. »August hat gegen Stellan gekämpft, aber mit seinen Handlangern war Stellan zu stark für ihn.«

»Er hätte die anderen Männer überzeugen sollen, mit ihm zu kämpfen.«

Mitleid füllte ihre Augen. »Die anderen Männer werden nicht kämpfen, Cavanaugh. Jeder, der es wagte, seine Stimme gegen Stellan zu erheben, wurde bestraft.«

»Hat er sie getötet?« Der Gedanke, dass sein Stolz so viele Männer verloren hatte, erschütterte ihn, aber die Art, wie Eloises goldbraune Augen vor Tränen glänzten, sagte, dass das, was geschehen war, unendlich schlimmer war, als er sich vorgestellt hatte.

»Er hat ihre Frauen getötet ... und dann drohte er, ihre Jungen zu töten, wenn sie noch einmal aus der Reihe tanzen würden.«

Cavanaughs Knie wurden weich. Nein. Er schüttelte den Kopf, wollte nicht glauben, was sie sagte, denn letztendlich war er für alles verantwortlich, was passiert war. Sein Herz konnte es nicht ertragen.

»Es tut mir leid.« Sie legte ihre Hand auf seinen Arm

und drückte ihn, senkte ihren Blick dorthin. »Das ist nicht deine Schuld, Cavanaugh.«

»Doch, ist es.« Er legte seine Hand über ihre und schloss die Augen. »Es ist meine Schuld. Alles. Alles, was dir passiert ist … alles, was dieser abscheuliche Bastard den Mitgliedern unseres Stolzes angetan hat … jeder Tod ist Blut an meinen Händen, Eloise.«

Sie trat zu ihm und schlang ihre Arme um seine Schultern, zog ihn zu sich herunter. Er legte seinen Kopf auf ihre Schulter, schlang seine Arme um ihre Taille und hielt sie fest, hasste es, wie schwach er sich fühlte. Er wollte jetzt im Dorf sein und Stellans Blut vergießen als Vergeltung für die Dinge, die er getan hatte, aber es wäre Selbstmord. Er war nicht in der Verfassung zu kämpfen, nicht gegen einen Mann, der ihn zuvor besiegt und beinahe getötet hatte.

Er war noch nie so froh gewesen, dass seine tierischen Instinkte ihn zum Überleben gezwungen hatten, aus einem Kampf zu entkommen, der ihn hätte das Leben kosten sollen.

Denn er würde Stellan für jedes Leben leiden lassen, das er genommen hatte, für jede Bestrafung, die er angeordnet und durchgeführt hatte, und für jede Frau, die er gegen ihren Willen genommen hatte.

Cavanaugh würde ihn in Stücke reißen.

»Cavanaugh?« Eloise murmelte sanft und streichelte sein Haar, glitt mit ihren Fingern hindurch und glättete gleichzeitig seine Gefühle, brachte seinen Zorn von einem tobenden Kochen zu einem stetigen Köcheln in seinen Adern. Sie drückte einen Kuss auf seine Wange und seufzte gegen seine Haut, die Wärme ihres Atems wich sofort der Kälte.

»Mir geht's gut.« Er legte seine Hände auf ihre Hüften, holte ein letztes Mal tief Luft, um sein Bedürfnis, Blut zu vergießen, zu zügeln, und trat von ihr zurück. Er hob seinen Blick, um ihren zu treffen, und fand ihn voller Wärme und Sorge. »Es tut mir leid wegen allem.«

»Du musst das nicht immer wieder sagen.« Sie strich mit ihren Fingerknöcheln über seine Wange und lächelte.

»Doch ... ich muss es immer wieder sagen ... denn egal wie oft ich es sage, es ist nicht genug. Es wird nicht genug sein, bis ich dem ein Ende setze.«

»Ich weiß.« Sie senkte ihren Blick und ihr Lächeln verschwand.

Er verfluchte sich selbst. Er hatte nicht beabsichtigt, das Thema anzusprechen, was passieren würde, wenn sie ins Dorf zurückkehrten, und sie glauben zu lassen, dass er wieder seinen Platz als Alpha einnehmen und sie erneut allein lassen würde. Was sie ihm über ihre Mutter gesagt hatte, lastete schwer auf seinen Schultern und drückte auf sein Herz. Er seufzte, als er darüber nachdachte.

Er hätte für Eloise da sein sollen. Sie war ihrer Mutter nahegestanden, und er auch. Er hatte immer das Gefühl gehabt, dass sie ihre Verbindung gebilligt hatte, und er wusste, dass sie enttäuscht gewesen war, als er die Position des Alphas angenommen hatte und Eloise nicht mehr sehen konnte. Er hatte gehofft, sie lebend und wohlauf im Rudel zu finden, weil er ihr zeigen wollte, dass er versuchte, das Richtige zu tun.

Cavanaugh blickte Eloise an, hin- und hergerissen zwischen der Frage, die ihm auf der Zunge brannte, und dem Schweigen. Er wollte ihr nicht wehtun, aber er musste es wissen.

»Eloise«, begann er und stockte dann, als sie zu ihm aufsah, direkt in seine Augen. Er atmete schwer aus und ließ ihre Taille los. »Deine Mutter... hat Stellan...«

Er konnte die Frage nicht zu Ende stellen, und der Blick in ihren Augen sagte ihm, dass er es nicht musste, damit sie verstand.

Sie schüttelte den Kopf, und Erleichterung durchströmte ihn, schnell und beruhigend.

»Es waren natürliche Ursachen«, sagte sie, und er sandte ein stilles Dankgebet an die Götter für diese kleine Gnade.

Er wusste nicht, was er getan hätte, wenn sie gesagt hätte, dass Stellan ihre Mutter getötet hatte, aber es hätte sein Herz in Stücke gerissen.

»Ich hätte da sein sollen.« Er blickte über seine linke Schulter in die Ferne, Richtung Dorf.

»Das hätte sie gemocht.« Eloises sanfte Worte zogen seinen Blick wieder zu ihr. Es lag kein Zorn in ihnen, kein Schmerz, nicht so wie vorher, als sie ihm vom Tod ihrer Mutter erzählt hatte. Sie streckte die Hand aus und ergriff die seine, drückte ihren Daumen in seine Handfläche und starrte darauf. »Sie hat dich immer noch geliebt.«

Das machte ihn nicht glücklicher.

»Sie ist ins Grab gegangen, enttäuscht von mir und in dem Glauben, ich hätte dich für immer allein in der Welt zurückgelassen.« Er seufzte und schüttelte den Kopf, dann drehte er ihre Hand in seiner und spielte mit ihren Fingern. Ihre schwarzen Thermohandschuhe verschmolzen mit seinen. »Ich habe so viele Menschen enttäuscht.«

»Mich hast du nicht enttäuscht.« Sie legte ihre freie Hand an sein Gesicht, hob seinen Kopf und suchte seinen Blick. »Du wolltest frei sein von einer Rolle, die du gehasst hast, und du hast die Chance ergriffen, die dir die Götter gegeben haben. Du konntest nicht wissen, was passieren würde. Es war nicht deine Schuld, dass Stellan sich gegen sein eigenes Volk gewandt hat.«

»Ich habe nur an mich selbst gedacht.« Er schnaubte und trat einen Schritt zurück, den Kontakt zwischen ihnen unterbrechend. »Ich hätte an die anderen denken sollen. Ich war ihr Alpha, verdammt, und ich hätte mich auch so verhalten sollen. Stattdessen habe ich nur an mich selbst und meine Wünsche gedacht.«

»Nein.« Sie ergriff wieder seine Hand und hielt sie fest, ihre Finger drückten seine zusammen, und sie runzelte die Stirn, während sie zu ihm aufsah, ihre honigfarbenen Augen blitzten vor Feuer. »Du hast nicht nur an dich selbst und deine Wünsche gedacht. Du hast auch an mich gedacht… du hast an uns gedacht… du hast an das gedacht, was wir wollten.«

Ihre Stimme wurde am Ende zu einem Flüstern, die Kraft in ihren Augen schwand zur gleichen Zeit, und sie ließ ihn los und blickte hinunter ins Tal, ihm ihr Profil zuwendend.

Cavanaugh stieß einen Seufzer aus.

Vielleicht hatte er an sie beide gedacht, aber sie waren nur zwei von vielen, und er hätte trotzdem sein

Rudel vor seine eigenen Wünsche stellen sollen. Er war zu schnell gewesen, die Chance zu ergreifen, einem Leben zu entkommen, das er hasste, und zu dem zurückzukehren, das er liebte.

Dem Leben, in dem sie zusammen waren.

Dem Leben, das er mit ihr haben würde.

Er musste ihr sagen, dass sie seine Gefährtin war und dass er nicht vorhatte, seine Rolle als Alpha wieder aufzunehmen. Er musste ihr jetzt alles sagen, bevor sie wieder im Dorf waren.

»Eloise-«

Ein Brüllen unterbrach ihn, und er wirbelte auf dem Absatz herum, den Pfad hinter ihm entlang blickend, der zum Dorf führte. Nichts. Schnee wirbelte über den Weg. Sein Blick schoss nach links und sein Herz gefror in seiner Brust, bevor es in Aktion explodierte.

Ein großer Mann in weißer Winterkleidung rutschte die abschüssige Seite des Berges auf ihn zu, wirbelte den Schnee auf und schickte ihn vor sich her rollend den Hang hinunter. Zwei weitere Männer folgten dicht hinter ihm. Ein Patrouillentrupp aus dem Dorf.

»Eloise, lauf.« Er stieß sie gerade in dem Moment weg, als der erste Mann sie erreichte, und schickte sie stolpernd rückwärts den Weg entlang, zum Rand des Plateaus. »Geh den Berg runter.«

Sie schüttelte den Kopf und er unterbrach sie mit einem Knurren, zeigte ihr seine Fangzähne und befahl ihr zu gehorchen. Sie warf ihm einen verletzten Blick zu und drehte sich dann um und rannte, ihr dunkler Rucksack hüpfte bei jedem Schritt.

Der braunhaarige Mann rammte ihn und warf ihn

nach hinten, sodass sie beide den Abhang hinunter in Richtung des Tals unter ihnen rollten. Cavanaugh rang mit dem Mann, während sie fielen, kämpfte darum, seine Schläge zu landen und denen auszuweichen, die der Mann auf ihn niederprasseln ließ, während sie rollten und von Felsen unter dem Schnee abprallten. Er traf einen besonders hart und stöhnte, als die Luft aus seinen Lungen gepresst wurde und sein Kopf sich drehte.

Er war in keiner Verfassung zu kämpfen, nicht gegen drei Männer, die an die dünnere Luft gewöhnt waren, aber er musste sie aufhalten, zumindest für eine Weile.

Sein Blick suchte Eloise, während die Welt sich um ihn drehte und wirbelte, und er erhaschte einen Blick auf sie nahe dem Ende des Weges, wo er auf das Plateau hinabführte. Einer der Männer verfolgte sie. Der andere rutschte den Abhang hinunter, Cavanaugh und seinem Freund folgend.

Cavanaugh schlug hart am Talboden auf. Der Mann landete auf ihm, und Cavanaugh stöhnte, als dessen Gewicht auf seinen Magen und seine Lunge drückte. Er knurrte und stieß seine Handfläche nach oben in das Gesicht des Dunkelhaarigen, riss seinen Kopf nach hinten. Bevor der Mann sich erholen konnte, landete er einen zweiten Schlag, schmetterte seine Faust gegen dessen Wange und schickte ihn seitwärts in den tiefen Schnee fallend.

Cavanaugh rappelte sich auf die Füße, gerade als der zweite Mann in ihn hineinraste und ihn erneut zu Boden warf. Sein Rucksack drückte sich in seinen Rücken und bog ihn in einem schmerzhaften Winkel unter dem Mann. Er packte den Arm des Blonden und drückte ihn nach oben, während er sich rollte, die Oberhand gewann und den Mann unter sich festnagelte.

Er grinste und schlug den Blonden hart, einen Schlag nach dem anderen, riss seinen Kopf nach rechts und dann nach links. Der Geruch von Blut mischte sich mit dem metallischen Duft des Schnees, als er seine Faust auf die Nase des Mannes krachen ließ.

Vielleicht hatte er doch eine Chance.

Der Brünette packte Cavanaughs Haare, als dieser zu einem weiteren Schlag gegen den Mann unter ihm ausholte, und zog ihn zurück, sodass er sein Ziel verfehlte. Er knurrte und griff nach hinten, schnappte sich das Handgelenk des Mannes und wollte ihn über seinen Kopf werfen.

Eloise kreischte auf.

Cavanaughs Kopf schnellte zu ihr herum, gerade rechtzeitig um zu sehen, wie sie in den Schnee sank.

Er brüllte den Mann an, der sich drohend hinter ihr aufbaute, den Arm noch ausgestreckt von dem Schlag, den er ausgeteilt hatte, und schleuderte denjenigen, der hinter ihm stand, über seinen Kopf, sodass er auf seinen Gefährten krachte.

Cavanaugh sprang auf die Füße und rannte so schnell er konnte durch den Schnee, entschlossen, Eloise zu erreichen. Sie bewegte sich nicht. Er knurrte durch seine hervortretenden Fangzähne und rannte noch schneller, sein Kopf drehte sich, während seine Lungen brannten und sein Herz raste.

Sein linker Fuß landete hart auf dem Boden unter ihm und sein Knie knickte ein, sodass er mit dem Gesicht voran in den Schnee fiel. Er fauchte und kämpfte sich wieder auf die Füße, zwang sich weiterzugehen. Er taumelte vorwärts, die Welt um ihn herum drehte sich.

»Eloise«, flüsterte er und streckte die Hand nach ihr aus. Er war nah dran.

Der Mann, der über ihr stand, drehte sich zu ihm um. Ein dickes Seil baumelte aus seiner rechten Faust.

Cavanaugh brüllte beim Anblick davon.

Er würde nicht zulassen, dass der Kerl seine dreckigen Hände an seine Frau legte.

Seine Eloise.

Er taumelte vorwärts und holte zu einem wilden Schlag gegen den Mann aus, der seinem unbeholfenen Versuch mühelos auswich, und brach neben ihr in den Schnee. Er atmete schwer und starrte auf ihr blasses Gesicht und das Blut, das ihr links über die Wange aus ihrem Hut sickerte.

Er streckte die Hand nach ihr aus.

Schmerz explodierte an seinem Hinterkopf.

Die Welt wurde schwarz.

KAPITEL DREIZEHN

SCHMERZ BRANNTE DURCH CAVANAUGHS KÖRPER, am heftigsten in seinem Kopf und in seinen Armen. Er versuchte, sie vor sich zu bewegen, aber sie rührten sich nicht. Langsam dämmerte ihm die Erkenntnis, dass seine Handgelenke hinter seinem Rücken gefesselt waren. Das kalte Metall schnitt in seine nackte Haut.

Eisige Nässe fror seine linke Seite ein, von der Schulter bis zu den Füßen. Auch sie waren nackt. Das einzige Kleidungsstück, das ihm geblieben war, war seine Hose, und ihre Nässe verriet, dass jemand die wetterfeste Schicht entfernt hatte und ihm nur seine hellgraue Hose gelassen hatte. Sein Feind wollte ihn kalt halten, ihm die Kraft entziehen und es ihm schwer machen, sich zu bewegen, seine Muskeln schnell verkrampfen und ermüden lassen.

Er atmete langsam, beruhigte sein Herz und überprüfte seinen Zustand. Da er jetzt leichter atmen konnte und sich nicht mehr schwach fühlte von der dünneren Luft, musste er eine Weile bewusstlos gewesen sein, lange genug, um sich an die Höhe zu gewöhnen. Mehrere Stunden, wenn nicht mehr. Wie lange war er schon im Dorf? Er musste es wissen. Die drei Männer konnten unmöglich sowohl ihn als auch Eloise vor Einbruch der Nacht ins Dorf getragen haben. Das war nicht möglich.

Er konzentrierte seine Sinne, brachte sie langsam wieder online und nutzte sie, um seine Umgebung zu überprüfen, ohne die Augen zu öffnen. Eine Reihe von Personen umgab ihn, einige ihrer Gerüche waren vertraut. Eloise war da. Er wollte die Augen öffnen und sie sehen, aber zwang sich zu warten. Seine Entführer wussten nicht, dass er bei Bewusstsein war, und er musste das zu seinem Vorteil nutzen.

Er konnte die drei riechen, die ihn und Eloise angegriffen hatten.

Und er konnte Stellan riechen.

Er konnte Augusts Geruch nicht wahrnehmen. Hatte Stellan etwas getan, um ihn fernzuhalten?

Cavanaugh vermutete, dass er sich auf dem Platz in der Mitte des Dorfes befand. Wenn die Metallrippen, die sich in seine Seite drückten, ein Hinweis waren, war er nicht nur gefesselt, sondern auch eingesperrt. Nicht gut.

Er ortete die drei, die ihn angegriffen hatten, direkt vor sich bei Stellan. Zwei weitere waren bei ihnen. Die fünf Handlanger, von denen Eloise ihm erzählt hatte. Die beiden, gegen die er gekämpft hatte, waren stark, aber nichts im Vergleich zu Stellan. Cavanaugh konnte jetzt, da er sich akklimatisiert hatte, leicht mit ihnen fertig werden, selbst wenn die Kälte seine Kraft abzog und ihn verlangsamte.

Er manövrierte sich langsam auf die Knie, verzog das

Gesicht, als die Metallhandschellen, die seine Handgelenke hinter ihm fesselten, sich auf seinem unteren Rücken festsetzten und seine nackte Haut gleichzeitig kühlten und verbrannten.

Ein Murmeln ging durch die Menge.

Cavanaugh öffnete die Augen und fixierte sie direkt auf Stellan, der am Rand der 1,5 Meter hohen dunklen Steinplattform stand, ein Stück von ihm entfernt, mit blauem Himmel und Berggipfeln als Hintergrund. Die Position der Sonne verriet Cavanaugh, dass es später Vormittag war, beantwortete aber nicht seine Frage, wie lange er schon im Dorf war.

Die grünen Augen des schwarzhaarigen Mannes waren auf jemand anderen gerichtet.

Er verfolgte Stellans Blick und sein Magen sackte ab, als er Eloise sah.

Sie lag zusammengesunken gegen einen dicken Holzpfahl nur wenige Meter von ihm entfernt in der Mitte des Platzes, ein Seil fest um ihre Handgelenke gebunden, die über ihrem Kopf fixiert waren. Sie zitterte ständig, ihre Zähne klapperten, ihre Lippen waren fast blau und ihre Haut war wund, als sie nur in Unterwäsche im zusammengepressten Schnee lag. Blut lief ihre Wange hinunter und verschmierte ihren Hals, bildete einen Handabdruck. Jemand hatte sie gewürgt.

»Du verdammter Bastard.« Cavanaugh stürzte sich auf die Gitterstäbe seines engen, knapp zwei Meter großen Käfigs und rammte seine Schulter mit solcher Wucht gegen die Metallstangen, dass der gesamte Käfig mehrere Zentimeter nach vorne rutschte.

Sein Blut kochte, als er die dicken Stangen attackierte, sie trat, jeder Schlag sandte stechende Schmerzen seine Beinknochen hinauf. Er drehte sich um, um zwei Stangen in seine Hände zu nehmen, und stemmte seine nackten Füße gegen den Boden des Käfigs, während er sich nach vorne warf und versuchte, sie zu zerbrechen.

Stellan kicherte.

Cavanaugh wandte sich mit einem Brüllen zu ihm um, das die Berge erschütterte und noch lange, nachdem er geendet hatte, um sie herum widerhallte. Er atmete schwer, sein Blick sprang ständig zwischen Stellan und Eloise hin und her.

Er musste aus diesem verdammten Käfig entkommen und zu ihr gelangen. Seine Art konnte extreme Kälte aushalten, aber nicht lange, und definitiv nicht, wenn sie nackt im Schnee knieten.

»Eloise.« Er presste seine Stirn gegen die Gitterstäbe, die ihr am nächsten waren, und kniete sich hin, in der Hoffnung, sie würde ihn hören. »Eloise.«

Sie stöhnte und eine Falte huschte über ihre Stirn.

»Komm schon, Eloise, Baby«, murmelte er, sein Herz hämmerte gegen seine Rippen. »Lass mich sehen, dass es dir gut geht.«

Sie verzog das Gesicht und versuchte, ihren Kopf zu heben, die verwirrten Strähnen ihres feuchten dunklen Haares fielen von ihrem Gesicht, als sie es anhob. Ihre Lippen öffneten sich und rissen dabei den Schnitt wieder auf, der über ihre Unterlippe lief. Ihre Augen öffneten sich und er fluchte, als sie seinen Blick trafen. Sie waren wieder gequält, nicht mehr hell und strahlend, wie sie es während ihrer Reise gewesen waren.

»Lass sie gehen«, schnappte er Stellan an. »Sie hat nichts getan. Lass sie gehen.«

Stellan rührte sich nicht. Seine kalten grünen Augen blieben teilnahmslos.

»Fick dich.« Cavanaugh fletschte die Zähne gegen den Mann und wandte sich dann an die Leute, die sich um den Platz versammelt hatten und einen Kreis bildeten.

Die nichts taten, außer sie anzustarren.

»Helft ihr.« Er fixierte jeden Einzelnen, der es wagte, ihn anzusehen, mit einem wütenden Blick. »Tut etwas. Sie wird sterben, wenn ihr nichts tut, verdammt. Sie hat ihr Leben riskiert, um mich für euch zurückzubringen, und ihr tut nichts, wenn sie euch braucht?«

Alle sahen weg, senkten ihre Blicke in den Schnee, und einige drehten sich sogar um, als ob sie gehen und zu einem der vielen zweistöckigen Gebäude zurückkehren wollten, die das Dorf um den Platz herum bildeten.

Wie oft waren er und Eloise zusammen durch diesen Platz geschlendert, hatten im Sonnenschein gelacht, die Schönheit des Dorfes und der Berge bewundert, die es vor der Außenwelt schützten?

Die kunstvollen Gebäude mit ihrem hellen Steinerdgeschoss und dem oberen Stockwerk mit weißen Paneelen, umgeben von dunklem geschnitztem Holz und gekrönt von einem flach geneigten Dach, waren für ihn nicht länger schön. Die Berge, die sich dahinter erhoben, waren nicht länger atemberaubend. Der ganze Ort fühlte sich kalt und trostlos an, einer, der seinen Charme für ihn vor Jahren verloren hatte. Er war mit jedem Tag mehr verblasst, an dem er von Eloise getrennt bleiben musste und sie nur aus der Ferne beobachten konnte.

Es gab keine Schönheit in dieser Welt ohne sie an seiner Seite.

Ohne ihr Lächeln.

Ohne ihr Lachen.

Ohne die Art, wie sie ihn ansah, mit einer Spur von Schüchternheit vermischt mit Zuneigung in ihren honigfarbenen Augen.

Cavanaugh brüllte und griff den Käfig erneut an, rüttelte daran und entlockte den Versammelten ein paar erschrockene Atemzüge.

»Tut etwas!« Er stemmte seine rechte Schulter gegen die Gitterstäbe seines Käfigs und atmete schwer, starrte seine Artgenossen an und flehte sie stumm an, seiner Bitte nachzukommen, weil er sie noch nie zuvor um etwas gebeten hatte, und jetzt bat er sie darum, seine Eloise zu retten. »Bitte.«

Einige tauschten Blicke aus und sahen dann schnell von ihm weg, als Stellan knurrte. Sie hatten Angst, das konnte er nach allem, was sie durchgemacht hatten, verstehen, aber es waren viele von ihnen und nur wenige, die zu Stellan standen. Wenn er sie ermutigen könnte, ihnen den Mut geben könnte, sich gegen Stellan zu erheben, könnten sie auch ohne seine Hilfe gewinnen.

»Ich flehe euch an«, flüsterte er und sah zu Eloise, von dem Bedürfnis geplagt, sie in seine Arme zu ziehen und festzuhalten, während sie ihn mit stumpfen, leblosen Augen anstarrte. »Rettet sie. Ihr braucht keinen Alpha, der euch führt ... zusammen seid ihr stark ... ihr könnt ihr helfen.«

Er blickte zurück zu ihnen. Ein leises Murmeln ging durch die Menge, mehr von ihnen tauschten jetzt Blicke aus, und er wusste, dass sich das Blatt wendete. Er konnte sie dazu inspirieren, die Waffen zu ergreifen und für ihren Stolz zu kämpfen.

»Ich hätte dich zum Schweigen bringen sollen, als ich heute Morgen am Rand des Dorfes auf meine Männer traf und sie deinen wertlosen, bewusstlosen Körper zusammen mit deiner Hündin durch den Schnee schleiften.« Stellan sprang von der Plattform und schritt auf den Käfig zu, der Schnee knirschte unter seinen dicken Lederstiefeln. Er war in seiner Schwärze ein starker Kontrast zum reinen Weiß, als er vor Cavanaugh stand, seine Oberlippe kräuselte sich und entblößte einen kurzen Fangzahn. »Ich wollte aber ein Exempel an dir statuieren. Du wirst heute hier sterben, vor all diesen Leuten ... und wenn sie sehen, wie ihr stärkster Mann stirbt wie jeder andere Mann, der versucht hat, sich mir zu widersetzen ... werden sie jedem meiner Befehle ohne Frage gehorchen, für immer.«

Cavanaugh unterdrückte das Knurren, das in seiner Kehle aufstieg.

Er hatte sich geirrt. Seine Artgenossen hatten sich nicht freiwillig versammelt. Sie waren gezwungen worden, seiner Hinrichtung beizuwohnen.

Stellan trat zurück und die blonden und brünetten Männer, die gegen Cavanaugh gekämpft hatten, sprangen von der Plattform und landeten in seiner Nähe. Sie gingen an ihrem Alpha vorbei, wobei der Blonde einen Schlüssel von ihm nahm, und hielten an der Tür von Cavanaughs Käfig an.

Sie würden ihn freilassen.

Der Blonde schloss die Käfigtür auf und der Dunkelhaarige griff hinein, packte Cavanaugh an den Haaren und zog ihn heraus, stieß ihn vor Stellan auf die Knie in den Schnee. Sie standen Wache über ihm und er atmete langsam, um sich zu beruhigen. So sehr er sich auch auf Stellan stürzen und den Bastard beißen wollte, er musste geduldig sein.

Er konnte es sich nicht leisten, wieder bewusstlos geschlagen zu werden. Er war jetzt stärker, da er sich akklimatisiert hatte, aber er war immer noch im Nachteil mit seinen hinter dem Rücken gefesselten Händen. Wenn der Moment kam, würde er seinen Angriff starten. Er musste nur warten und dann würde er das Ass in seinem Ärmel ausspielen.

Stellan hatte etwas Entscheidendes übersehen und Cavanaugh war mehr als glücklich, dies auszunutzen, um den Bastard zu Boden zu bringen.

Aus dem Augenwinkel entdeckte Cavanaugh August unter den Leuten, die sich auf dieser Seite des Platzes versammelt hatten. Die schwarze Schädelkappe, die er trug, verbarg sein wildes rotes Haar, aber Cavanaugh würde seine silbernen Augen überall erkennen. Er stand am Rand der Gruppe, ein anderer Mann neben ihm. Sein Instinkt sagte Cavanaugh, dass sein Cousin in dem Moment kämpfen würde, in dem er seinen Zug machte, und sich ihm in seinem Kampf gegen Stellan anschließen würde.

Cavanaugh konnte nur hoffen, dass alle anderen seinem Beispiel folgen würden.

Er hoffte, dass das, was er im Begriff war zu tun, sie

ebenfalls dazu inspirieren würde, sich gegen Stellan zu erheben.

Stellan zog eine kurze silberne Klinge aus einer Scheide an seiner Taille.

Er machte einen Schritt auf Cavanaugh zu.

Cavanaugh entfesselte jeden Tropfen der Wut, die er während der Reise aufgestaut hatte, jede Unze der Rage, die er fühlte, als er seine Gefährtin ansah, sie geschlagen und am Rande des Erfrierens sah. Es floss durch seine Muskeln und Adern wie Säure, versengte seine Knochen und setzte ihn in Brand.

Er brüllte, als er seine Handgelenke auseinanderriss, seine Schultern und seine Brust spannten sich an, als er gegen das Metall kämpfte.

Die Stahlglieder zwischen den beiden dicken Manschetten zerbarsten und er fiel nach vorne, als seine Handgelenke plötzlich frei waren, und drückte seine Hände in den Schnee.

Stellans grüne Augen weiteten sich und er stieß sein eigenes Gebrüll aus, als er sich von dem Schock erholte, Cavanaugh festes Metall allein mit seiner natürlichen Kraft brechen zu sehen.

Cavanaugh grinste und entblößte dabei seine Fangzähne, dann stieß er sich ab und stürzte sich auf Stellan. Die Kette zwischen den Fesseln zu zerbrechen, war der einfache Teil gewesen, sein Ass, von dem er wusste, dass es Stellan überraschen und für einen Angriff öffnen würde. Die Temperatur lag weit unter null Grad Celsius, die Kälte schwächte das dünne Metall erheblich und machte es spröde.

Was als Nächstes kam, war der schwierige Teil.

Stellan holte wild mit seinem Schwert aus und Cavanaugh rutschte darunter durch, glitt über den festgetretenen Schnee. Er trat mit seinem rechten Bein aus, als er den Dunkelhaarigen erreichte, traf ihn in die Rückseite seines linken Knies und brachte ihn zu Fall. Er rutschte an Stellan vorbei und kam erst zum Stehen, als seine nackten Füße die Steinplattform trafen. Er drehte sich auf den Bauch und stieß sich ab, trieb sich vorwärts, auf Stellan zu.

Der Mann hob seine Hand zu einem Befehl. Die drei Männer, die auf der Plattform geblieben waren, sprangen gerade von ihr herunter, als Cavanaugh hart auf Stellans Rücken traf und ihn mit dem Gesicht voran auf den eisigen Boden schmetterte. Die drei Männer rannten auf Cavanaugh zu und er rollte sich weg, um dem Schlag auszuweichen, den er kommen fühlte. Der Mann schaffte es kaum, Stellan nicht zu treffen, und rutschte auf dem Schnee aus, verlor den Halt.

Bevor die anderen beiden versuchen konnten, ihn anzugreifen, waren August und sein Kamerad da und nahmen sie in Angriff.

Sobald die anderen August kämpfen sahen, brachen die jüngeren Männer unter ihnen aus der Menge aus und starteten einen Angriff auf die brünetten und blonden Männer, die Stellan zu Hilfe kamen.

Cavanaugh schaute hinüber, um nach Eloise zu sehen, und Wärme durchströmte ihn, vertrieb seine Angst, als er sah, wie eine Gruppe junger Frauen herbeieilte, um sie zu retten.

Jetzt konnte er Stellan seine ungeteilte Aufmerksamkeit schenken.

Der Schwarzhaarige war wieder auf den Beinen, seine grünen Augen verdunkelten sich gefährlich, als er sich Cavanaugh zuwandte.

Cavanaugh entblößte seine Fangzähne zu einem Knurren und stürmte auf ihn zu. Stellan hatte seinen einzigen Vorteil verloren. Die Klinge. Sie lag in der Nähe des Käfigs im aufgewühlten Schnee. Wenn Cavanaugh sie in die Hände bekommen könnte, könnte er diesen Kampf beenden, bevor jemand verletzt würde. Stellans Lakaien waren die Art von Männern, die schnell aufgeben würden, wenn sie ihren Anführer fallen sähen.

Stellan kam ihm auf halbem Weg entgegen und schlug einen harten linken Haken. Cavanaugh wich ihm aus, aber nicht dem schnellen Aufwärtshaken, der folgte. Er traf sein Kinn, riss seinen Kopf nach oben, und er stöhnte, als sein Schädel von der Wucht des Schlags schmerzte. Er senkte seinen Kopf wieder und schwang seine rechte Faust, gefolgt von einem tiefen linken Schlag. Wie erwartet, wich Stellan nach rechts aus, um Cavanaughs erstem Schlag zu entgehen, und platzierte sich damit direkt in die Bahn seines zweiten.

Cavanaugh knurrte, als er seine linke Faust in Stellans Niere rammte und den Mann durch den harten Schlag Zentimeter vom Boden abhob. Stellan grunzte und Cavanaugh schlug seine Hände zusammen und schwang sie in einem schnellen Bogen nach oben, als Stellan rückwärts taumelte. Die Handschellen um Cavanaughs Handgelenke krachten gegen Stellans Schläfe und der Geruch von Blut erfüllte die Luft, als der Mann hart zu Boden ging. Die Fessel um Cavanaughs rechtes Handgelenk brach und er riss sie ab, während er sich von Stellan entfernte und etwas Abstand gewann.

Noch eine Fessel und dann könnte er sich verwandeln. Im Moment hinderte ihn das enge Metall daran. Wenn er sich verwandelte, würde er sein Vorderbein verletzen und sich selbst in einen Nachteil bringen.

Stellan stürzte sich auf ihn und Cavanaugh stöhnte auf, als der Mann in ihn hineinraste, seine Schulter hart in seinen Magen rammte und ihm die Luft aus den Lungen presste. Er rang mit den Schultern des Mannes und zog sein Knie hoch, rammte es in Stellans Brust. Der Mann keuchte, ließ ihn aber nicht los. Cavanaugh verschränkte wieder seine Hände, hob sie über seinen Kopf, während er mit Stellan, der ihn vorantrieb, rückwärts rutschte, und brachte sie in einem schnellen Bogen nach unten, wobei er jeden Tropfen Kraft einsetzte, der ihm zur Verfügung stand.

Seine Fäuste trafen hart in der Mitte von Stellans Rücken und drückten den Mann nach unten. Stellan verlor seinen Griff und Cavanaugh zögerte nicht. Er zog sein Knie erneut hoch und rammte es in Stellans Gesicht. Der Blutgeruch wurde stärker und Stellan stieß sich von ihm weg, bewegte sich auf Abstand, seine Hand bedeckte sein Gesicht. Blut tropfte von seinem Kinn auf den weißen Schnee.

Cavanaugh atmete schwer. Etwas blitzte in Stellans Augen auf.

Cavanaughs eigene Augen weiteten sich, als er jemanden hinter sich spürte und begann sich umzudrehen. Der blonde Mann war zu schnell, schlang seine Arme von hinten unter Cavanaughs durch, bevor er sich von ihm wegdrehen konnte, und brachte sie über seine Schultern. Der Mann verschränkte seine Hände hinter Cavanaughs Kopf und er knurrte, als er gegen den Griff des Blonden kämpfte.

Stellan blickte zur Klinge.

Der Blonde lachte.

August warf Cavanaugh einen besorgten Blick zu, während er gegen den dunkelhaarigen Mann kämpfte.

Sein Cousin brauchte sich keine Sorgen zu machen.

Er hatte das im Griff.

Cavanaugh brüllte, als er sich nach vorne neigte, den Mann über seinen Kopf schleuderte und ihn in den Schnee krachen ließ. In dem Moment, als der Mann ihn losließ, brachte er seine rechte Faust hart nach unten und schlug sie ihm ins Gesicht. Der Blonde stöhnte auf und Blut spritzte aus seiner Nase. Stellan knurrte und Cavanaugh spürte, wie er sich näherte.

Er drehte sich schnell um und hob sein Bein, um den Tritt zu blocken, den Stellan gegen ihn gestartet hatte. Ihre Schienbeine prallten hart aufeinander und Schmerz schoss durch seine Knochen. Er knurrte, zog sein Bein zurück und trat erneut zu, sein Fuß flog auf Stellans Hüfte zu. Er traf die Einbuchtung seiner Taille und Cavanaugh grunzte, als er sich zwang, den Schlag durchzuziehen und Stellan über den Platz fliegen ließ.

Stellan prallte gegen den Käfig, stieß ihn mehrere Meter zurück und fiel in den Schnee, wo er gestanden hatte.

Direkt neben dem Schwert.

Nicht ganz das, was Cavanaugh geplant hatte.

Er stieß sich ab, sein Blick auf die Klinge gerichtet

und sein Herz raste. Er musste sie erreichen, bevor Stellan wieder zu sich kam und erkannte, wie nah er dem Sieg war.

Cavanaughs nackter Fuß rutschte auf dem eisigen Boden aus und er knallte mit dem Gesicht voran darauf, stöhnte, als seine Lungen den Großteil des Aufpralls abbekamen.

Stellan war auf den Beinen, als Cavanaugh sich erholte, rutschte herum, als er versuchte aufzustehen, und hatte die Klinge in der Hand, bevor Cavanaugh ihn erreichen konnte. Der schwarzhaarige Mann drehte sich mit einem bösartigen Lächeln zu ihm um und Cavanaugh wich zurück, suchte den Kampfplatz nach etwas ab, das er als Waffe benutzen konnte.

Er brauchte irgendetwas oder einen Weg, Stellan lange genug abzulenken, damit er ihn erreichen und ihm die Waffe abnehmen konnte.

August brüllte.

Cavanaughs Blick schwenkte dorthin, wo er ihn zuletzt gesehen hatte, und entdeckte ihn gerade, als er sich verwandelte und zu einem riesigen Schneeleoparden wurde. August knurrte und sprang, flog hoch in die Luft und segelte auf Stellan zu.

Stellan drehte sich zu ihm um.

Cavanaugh verfluchte August für diesen leichtsinnigen Zug und raste auf Stellan zu, sein Herz hämmerte, als er versuchte, die Distanz zwischen ihnen zu schließen, bevor Stellan seinen Cousin niedermetzeln konnte.

Stellan schwang die Klinge, schnitt damit durch die Luft, genau dort, wo Augusts Brust jeden Moment sein würde. Cavanaugh brüllte, als er sich auf Stellan stürzte.

Nicht schnell genug. Er krachte in Stellan, warf ihn zu Boden, aber nicht bevor die Spitze der Klinge quer über Augusts rechte Schulter schnitt.

Cavanaugh landete hart auf Stellan. Die Klinge rutschte von beiden weg, in Richtung des Pfostens, an den Eloise gefesselt gewesen war. August stürzte zu Boden, wimmerte, als er sich zurückverwandelte, der Schmerz seiner Verletzung zwang ihn zur Rückverwandlung.

Der Mann, mit dem August zusammen gewesen war, war sofort an seiner Seite und deckte ihn, während er gegen den Blonden und einen anderen Mann von Stellans Seite kämpfte.

Cavanaugh musste ihm helfen.

Er packte Stellans Kopf und schlug ihn hart gegen den gefrorenen Boden, in der Hoffnung, dass es reichen würde, ihn für ein paar Sekunden außer Gefecht zu setzen, während er nach seinem Cousin sah.

Er stieß sich von Stellan ab und raste durch das Getümmel zu August, duckte sich unter Schlägen hindurch, als Stellans Männer versuchten, ihn aufzuhalten. Als er August erreichte, kniete er sich hin und untersuchte ihn. Der Schnitt über seiner Schulter war tief, aber nicht lebensgefährlich. Er atmete erleichtert auf, als August seine silbernen Augen öffnete und zu ihm aufblickte.

»Idiot«, murmelte Cavanaugh und half ihm auf die Füße. Er wandte sich an seinen Kameraden, der immer noch die zwei Männer abwehrte, seinen breiten Rücken Cavanaugh zugewandt. »Bring ihn in Sicherheit.«

»Nein. Ich kann noch kämpfen.«

Cavanaugh hatte diese Worte nicht von Augusts Lippen hören wollen. Er wandte sich mit gerunzelter Stirn seinem Cousin zu und der rothaarige Mann wich nicht zurück. Er war stärker geworden in der Zeit, die sie getrennt gewesen waren, und Cavanaugh war froh, das zu sehen. August war zu einem mächtigen Mann herangewachsen, und das Rudel würde ihn jetzt mehr denn je brauchen.

»Na gut. Aber wenn du dich umbringen lässt, ist das deine eigene verdammte Schuld.« Cavanaugh klopfte August auf die gesunde Schulter und drehte sich dann um, um mit ihm eine verbündete Front zu bilden. Sie stellten sich drei Männern aus Stellans Gruppe entgegen. Die anderen beiden lagen bewusstlos im Schnee.

Drei gegen drei klang gut für ihn, aber er hatte noch eine Verabredung mit einem anderen Mann.

»Schaffst du das?«, sagte er zu August und sah aus dem Augenwinkel, wie dieser nickte. »Sei vorsichtig.«

Cavanaugh wartete nicht auf eine Antwort, bevor er sich auf den blonden Mann direkt vor ihm stürzte. Er duckte sich unter dessen erstem Schlag weg, sprang zurück, um dem zweiten auszuweichen, und schnellte nach vorne, um selbst einen Schlag zu landen. Er traf den Mann hart am Kiefer und ließ seinen Kopf nach rechts schnappen. Der Mann verlor das Gleichgewicht und fiel fast hin. Cavanaugh wich an ihm vorbei und überließ ihn seinem Cousin, während er Stellan verfolgte.

Er sah, wie der schwarzhaarige Mistkerl wieder auf das Schwert zusteuerte.

Cavanaugh knurrte und schlug mit seiner rechten Faust hart auf die Fessel, die noch um sein linkes Handgelenk lag. Sie bewegte sich nicht. Er musste sie loswerden. Er blickte auf die Steinplattform zu seiner Rechten und grinste, als er die Richtung änderte und darauf zulief.

Sobald er in Reichweite war, biss er die Zähne gegen den kommenden Schmerz zusammen und schlug sein Handgelenk auf den dunkelgrauen Stein. Die Fessel zerbrach und er zuckte zurück, schloss die Augen, als Metallsplitter überall hinflogen.

Cavanaugh brüllte.

Stellan hörte auf, nach dem Schwert zu suchen, und wandte sich ihm zu.

Die Leute zwischen ihnen verstanden Cavanaughs Botschaft laut und deutlich und gingen aus der Schusslinie. Zwischen ihm und Stellan bildete sich ein freier Raum.

Stellans grüne Augen blitzten auf und er griff über seinen Kopf, fasste den Rücken seines schwarzen Pullovers.

Er würde nicht schnell genug sein.

Cavanaugh brüllte erneut, als die Verwandlung über ihn kam. Seine Gliedmaßen verschoben sich rasch unter seiner Haut, als er sich abstieß und auf Stellan zuflog, während dieser seinen Pullover wegwarf und an seinem Hemd herumfummelte.

Silbernes Fell überzog Cavanaughs Körper. Sein Schwanz spross aus der Basis seiner Wirbelsäule, als er sich von seiner Hose befreite, und sein Gesicht verformte sich. Seine Ohren wanderten nach oben und rundeten sich, seine Augen wurden größer. Die Welt wurde heller.

Die Gerüche wurden klarer. Die Luft schmeckte frischer.

Er öffnete sein Maul, als er seine Verwandlung vollendete, und stieß ein langes Brüllen aus, während seine Pfoten über den Schnee donnerten. Ihre Breite und seine Krallen gaben ihm Halt auf der rutschigen Oberfläche. Er sprang auf Stellan zu, gerade als dieser es schaffte, sein Oberteil auszuziehen. Seine grünen Augen weiteten sich und Cavanaugh knurrte, als seine Vorderpfoten auf die Brust des Mannes trafen und ihn durch die Wucht des Aufpralls nach hinten warfen. Stellan rutschte über den Boden und fiel hin.

Cavanaughs Hinterpfoten trafen Stellans Beine und er landete auf ihm im Schnee. Bevor Stellan auch nur vom Aufprall grunzen konnte, schlug Cavanaugh zu. Er neigte seinen Kopf, schloss seine Kiefer um die Kehle des Mannes und knurrte, als Blut seinen Mund füllte.

Stellan brüllte vor Schmerz und hob seine Hand. Ein silberner Schimmer darin erregte Cavanaughs Aufmerksamkeit.

Das Schwert.

Es sauste auf ihn zu, direkt auf seinen Hals gerichtet.

Cavanaugh hatte nicht auf so niederträchtige Methoden zurückgreifen wollen, um seinen Feind zu erledigen, aber Stellan ließ ihm keine Wahl.

Er biss fester zu und riss seinen Kopf zurück, wobei er Stellans Kehle herausriss.

Die Klinge verlangsamte sich, als Stellan gurgelte. Blut pumpte aus der grausamen Wunde und ergoss sich über den weißen Schnee, breitete sich unter ihm aus.

Cavanaugh knurrte, als Stellans Arm herabfiel und

das silberne Schwert ihn streifte, einen Schnitt an seiner linken Schulter hinterlassend. Er spuckte den Inhalt seines Mauls auf Stellans regungslose Brust und wich zurück, keuchend schwer atmend. Der Geruch seines eigenen Blutes mischte sich mit dem seines Feindes.

Die Welt um ihn herum erstarrte, wurde still, als sich alle Augen auf ihn richteten.

Er schloss die Augen und konzentrierte sich, verwandelte sich zurück in seine menschliche Gestalt. Blut quoll aus der Wunde an seiner Schulter, als seine Knochen zurück an ihren Platz schnappten und sein Fell von seinem Körper verschwand, rosa Haut enthüllend. Er grunzte und presste eine Hand auf den langen Schnitt, um den Blutfluss über seine Brust zu stoppen, und kniete im Schnee, schwer atmend.

Jemand legte eine Decke um seine Schultern.

Andere kamen näher und starrten auf Stellan, der mit leerem Blick zum Himmel gerichtet in einer grellen roten Blutlache lag.

Cavanaugh wandte den Blick von ihm ab und suchte nach der einzigen Person, die er jetzt sehen musste, derjenigen, die ihm die Kraft zum Kämpfen gegeben hatte.

Seine Augen schweiften über all die Leute und dann weiter, die Gassen zwischen den Gebäuden entlang. Dort sah er, was er sehen musste: zwei Frauen, die sie die hölzerne Treppe zu ihrem kleinen zweistöckigen Haus nahe dem hinteren Teil des Dorfes hinauftrugen.

»Cavanaugh?« August hockte sich neben ihn, und er warf seinem Cousin einen kurzen Blick zu, bevor er aufstand, die Decke um sich wickelte und mit einer

Hand festhielt, während er mit der anderen immer noch seine Schulter umklammerte.

Er schlenderte durch das Dorf, nahm niemanden wahr, während sie versuchten, mit ihm zu sprechen, auch seinen Cousin nicht, der versuchte, seine Aufmerksamkeit zu erlangen. Das Geplapper seiner Sippe verblasste, als sich sein Fokus auf eine Person verengte.

Als er ihr kleines Haus erreichte, waren die beiden Frauen gerade im Begriff zu gehen. Sie verneigten sich, aber er beachtete sie nicht. Er stieg die Holzstufen hinauf und betrat ihr Haus, folgte seinen Sinnen durch den engen offenen Wohnbereich zu der Treppe zum oberen Stockwerk an der hinteren Wand. Langsam stieg er hinauf und blickte nach rechts, als die nächste Etage und der einzige andere Raum im Haus in Sicht kamen. Sie lag in bunte Quilts gehüllt auf ihrem kleinen Bett, das direkt vor der Biegung am oberen Treppenende an der linken Wand des Zimmers stand.

Er erreichte das obere Ende der Treppe und warf einen Blick aus dem Fenster rechts vom Bett, das den Blick auf die anderen Gebäude und zurück zum Platz freigab. Seine Sippe und sein Dorf, all das bedeutete ihm im Moment nichts. Sie konnten auf sich selbst aufpassen, denn er musste hier sein und sich um Eloise kümmern.

Er würde sich um die Frau kümmern, die er liebte.

Er kniete sich neben das Kopfende des Bettes nahe dem Fenster, mit dem Rücken zum Kamin, ihr zugewandt, und ließ seine Decke los. Sie fiel von seinem Körper, als er seine ganze Aufmerksamkeit ihr widmete. Er strich ihr nasses, zerzaustes Haar von der kalten Stirn.

Seine wunderschöne Frau.

Sie war die Einzige auf der Welt für ihn, und sie würde seine Gefährtin werden.

Er schluckte, um seine aufkommenden Nerven zu beruhigen, als ihm wieder bewusst wurde, wie viel in den zehn Jahren passiert war, in denen sie voneinander getrennt waren, und dass vieles davon seine Schuld gewesen war.

Alles, was er jetzt tun konnte, war, sie gesund zu pflegen und dann von Herzen zu sprechen, alles zu gestehen und zu hoffen, dass sie zuhören würde.

Alles, was er tun konnte, war zu hoffen, dass sie ihn am Ende aus seinem Elend erlösen würde.

Sie würde einwilligen, seine Gefährtin zu werden.

Er hatte Stellan besiegt und sein Rudel befreit, aber tief in seinem Herzen wusste er, dass sein größter Kampf noch bevorstand.

Wenn er diesen gewinnen könnte, könnte er die Ewigkeit mit ihr gewinnen, die er sich wünschte.

KAPITEL VIERZEHN

ELOISE ERWACHTE vom fernen Klang der Fröhlichkeit. Er drang durch die Wände ihres Hauses. Eine Feier. Bei diesem Gedanken hob sich ihr Herz nicht. Es sank in ihren Magen und sie musste kämpfen, um es aus dem Abgrund der Verzweiflung zurückzuholen.

Sie öffnete langsam ihre Augen und runzelte die Stirn über ihr Zimmer. Ein Feuer brannte links von ihr im Kamin und verbreitete Wärme über sie. Sie starrte es an, während sie ihre Kraft sammelte. Sie berührte die Bandagen um ihre Handgelenke unter den dicken Schichten der Decken. Jemand hatte sich um sie gekümmert. Ihre Erinnerung war lückenhaft. Sie erinnerte sich daran, entkleidet und gefesselt worden zu sein. Sie erinnerte sich, Cavanaugh in einem Käfig gesehen zu haben und wie er ihren Namen rief. Sie wusste, dass er gekämpft hatte.

Sie war sich nicht sicher, wie der Ausgang dieses Kampfes gewesen war.

Ihre Erinnerungen wurden verschwommen, ein Durcheinander von Befreiung, dem Anblick ihres Zuhauses und dann das schwächste Gefühl, dass jemand sie in ein heißes Bad gesetzt und sich um sie gekümmert hatte.

Der letzte Teil musste eine der Frauen gewesen sein, die sie von dem Pfahl befreit und vom Kampfgeschehen weggezogen hatten.

Eloise schob die Decken zurück, ihre Muskeln schmerzten bei der Anstrengung. Sie verfluchte, wie schwach sie sich fühlte und kämpfte dagegen an, nicht willens, sich davon unterkriegen zu lassen. Sie war stärker als das. Sie musste sehen, was passiert war.

Sie schwang ihre Beine über den Bettrand, drückte ihre Hände in die Matratze und stemmte sich langsam auf die Füße. Ihre Knie drohten nachzugeben, hielten aber stand, als sie sie durchdrückte. Sie benutzte die Möbel in ihrem Zimmer, um sich zum Kleiderschrank zu bewegen und öffnete den hölzernen Schrank. Sie nahm ihre dicke beigefarbene Thermohose und ein weißes Thermoshirt heraus und zog sie langsam an, wobei sie mit jeder Sekunde, die sie auf den Beinen blieb, an Gleichgewicht und Kraft gewann. Danach folgten ein Paar Wollsocken und ihre Stiefel, und dann zog sie ihren weißen Wollpullover an.

Die Treppe hinunter ins Erdgeschoss erwies sich als problematischer als die Bewegung in ihrem kleinen Schlafzimmer, und sie wäre an einem Punkt fast gefallen, rettete sich aber, indem sie sich am hölzernen Geländer festhielt. Sie schnaufte, gönnte sich einen Moment, um sich zu erholen, und setzte dann ihren Weg fort, ihre

Erschöpfung überwindend. Sie musste das Dorfzentrum erreichen.

Sie musste sehen, was los war.

Vorsichtig ging sie durch das Erdgeschoss, manövrierte langsam um ihr Sofa und ihren Sessel herum und öffnete die Holztür. Die Kälte traf sie hart trotz all ihrer Schichten und sie zitterte, wünschte sich, sie hätte noch die Handschuhe und die Mütze, die Cavanaugh ihr gegeben hatte.

Ihr Herz sank erneut, nur beim Klang seines Namens.

Ihre Augen suchten die Quelle des Lärms im Dorf.

Ein riesiges Lagerfeuer loderte im Zentrum des Platzes vor ihr, teilweise verdeckt von den anderen Gebäuden zwischen ihr und dem Feuer.

Sie schloss ihre Augen und klammerte sich zur Unterstützung an den hölzernen Türrahmen, als ihre Knie wieder nachgaben. Es war eine Feier.

Cavanaugh hatte gewonnen.

Tränen brannten in ihren Augen.

Er war wieder ihr Alpha.

Eloise holte tief Luft und hoffte, dass es sie beruhigen würde. Ihr Herz sagte ihr, zurück ins Haus zu gehen, die Tür abzuschließen und ins Bett zurückzukehren. Sie musste das nicht sehen. Sie musste die Freude des Dorfes nicht hören.

Sie schüttelte den Kopf und knurrte durch zusammengebissene Zähne. Sie war stärker als das. Sie musste ihn sehen, auch wenn sie wusste, dass es ihr nur wehtun würde. Sie musste sehen, dass es ihm gut ging, und dann würde sie zurückkehren und tun, was ihr

Herz wollte, sich für eine Weile von der Welt abschotten.

Eloise stapfte die hölzernen Stufen zum Schnee hinunter und schlenderte langsam in Richtung der Feier. Das ganze Rudel war da, redete und lachte, während sie das Feuer umringten. Es brannte hell und vertrieb die Dunkelheit der Nacht. Sie blickte zu den dicken Wolken auf, die die Sterne verdeckten.

Mehr Schnee war im Anmarsch.

Sie konnte es in der klaren Luft riechen.

Sie versuchte, ihren Verstand mit allem zu beschäftigen, was sie tun musste, um sich auf den Sturm vorzubereiten, aber ihre Gedanken kehrten immer wieder zu Cavanaugh zurück, als sie sich der lauten Feier näherte. Sie näherte sich von der Hauptstraße zwischen den Häusern, direkt gegenüber der großen Steinplattform auf der anderen Seite des Platzes.

Cavanaugh stand dort, gekleidet in dunkle Winterkleidung, die seine große, breite Gestalt umhüllte, sein silberweißes Haar stach stark gegen die Schwärze hinter ihm hervor, und das Feuer glitzerte in seinen Augen, als er mit jemandem lachte.

Sein Cousin stand neben ihm und sah mit seinen leuchtend roten Haaren und seinen reinen silbernen Augen wie ein Feuergott aus. Der Mann hob einen dampfenden Becher und Cavanaugh tat es ihm gleich, sie stießen sie zusammen. Das lokale Gebräu. Es war für sie immer zu stark gewesen.

Cavanaugh hatte sich kaputtgelacht, als sie es einmal probiert hatte und fast sofort betrunken umgefallen war, und dann hatte er sich um sie gekümmert.

Das Lächeln, das sich auf ihren Lippen ausgebreitet hatte, erstarb, als sie sah, wie die Frauen am Fuß der Plattform und einige auf der Plattform Cavanaugh ansahen.

Ihr Herz zerbrach, zerbrechlich wie Eis in ihrer Brust.

Eloise ballte ihre Fäuste und zwang sich, das Rudel anzusehen, wie glücklich sie jetzt waren, befreit von Stellans Herrschaft. Sie war froh, dass sie in Sicherheit waren.

Aber es tat auch weh.

Sie fühlte, als hätte sie gerade all ihre Hoffnung zerstört und ihre einzige Chance, mit Cavanaugh zusammen zu sein, geopfert.

Die Feier ging um mehr als den Sturz eines Tyrannen. Es war eine Feier dafür, dass Cavanaugh ihr Alpha wurde.

Die gleiche Feier, die sie vor einem Jahrzehnt hatte ertragen müssen.

Es hatte ihr damals das Herz gebrochen, genauso wie es ihr jetzt das Herz brach.

Eloise schniefte die Tränen zurück, die ihre Augen zu füllen drohten, und wandte sich von der Feier ab.

»Eloise«, rief Cavanaugh, seine tiefe Stimme unverkennbar, als sie sich über den Lärm erhob und sie mit ihrer Wärme traf. Sie konnte nicht zu ihm zurückblicken. Sie konnte es nicht ertragen zu sehen, wie er lächeln würde, als wäre nichts falsch. Als ob er in diesem Moment keinen Schmerz empfände, nur Glück. »Du bist auf... Ich bin froh, das zu sehen. Wo gehst du hin?«

Sie spürte, wie sich die Blicke aller auf sie richteten,

und verfluchte ihn dafür, dass er sie hervorhob, als sie nur leise zurück in die Dunkelheit schleichen wollte.

Der Sturm würde erst in einem Tag eintreffen.

Sie hatte Zeit, sich davonzuschleichen und weit weg von diesem Ort zu sein, der ihr nur Schmerz bereitete, bevor er sie erreichte.

»Eloise.« Sein Ton hatte einen schärferen Klang, einen, der verlangte, dass sie ihn ansah und seine Frage beantwortete.

Sie konnte ihm nichts abschlagen. Er war schließlich der Alpha ihres Rudels.

Sie wandte sich wieder zu ihm um und ihr Atem stockte, als sie ihn am Rande der Plattform auf der anderen Seite des Platzes stehen sah, gebadet in Feuerschein. Götter, er war so gutaussehend. Sein Anblick verstärkte nur den Schmerz, der in ihr brannte, eine schreckliche Erinnerung an das, was sie für ihr Rudel geopfert hatte.

Sie senkte den Kopf, unfähig, ihn länger anzusehen. »Weg.«

»Weg?«

Sie nickte.

»Wohin weg?«

Eloise verschränkte ihre Hände vor ihren Hüften und überlegte, was sie sagen sollte. Sie konnte ihm nicht die Wahrheit sagen, aber sie würde ihn auch nicht anlügen.

»Überall, nur nicht hier«, sagte sie.

Sein Ton wurde härter. »Warum?«

Sie runzelte die Stirn und kniff die Augen zusammen. Sie wollte das nicht vor allen anderen tun, aber sie musste sich an die Regeln des Rudels halten und ihm antworten.

Eloise sog einen weiteren scharfen Atemzug kalter Luft ein, der ihre Lungen und ihren Kopf klärte, und fand die Kraft, den Kopf zu heben und ihn direkt anzusehen. »Ich kann nicht hier bleiben.«

Cavanaughs Gesicht verdunkelte sich, die silbernen Streifen seiner Augenbrauen senkten sich tief über seinen grauen Augen. »Warum nicht?«

Sie wollte wegschauen, gab diesem Bedürfnis fast nach, schaffte es aber, ihn weiter anzusehen. »Weil... ich es nicht ertragen kann.«

Er ging bis an den Rand der Steinplattform und die Menge zwischen ihnen teilte sich, so dass sie das Gefühl hatte, es gäbe nur sie und Cavanaugh.

»Du kannst es nicht ertragen?« Er runzelte verwirrt die Stirn. »Du hast keinen Grund zu gehen, wenn du nicht mehr in Gefahr bist, in einen Harem gezwungen zu werden.«

Sie verfluchte ihn dafür, dass er durch ihre Worte hindurch die Wahrheit darunter erkannte, dass sie diesen Ort ganz verlassen und nie wiederkommen wollte, und sie verfluchte ihn dafür, dass er den Harem erwähnte. Es ließ sie die Frauen um ihn herum ansehen, die ihn mit einer Mischung aus Bewunderung und Überraschung anstarrten. Frauen von Status. Frauen, von denen man erwartete, dass er sie jetzt ins Bett nahm, da er wieder ihr Alpha war.

Eloises Herz fing Feuer.

Sie machte einen festen Schritt nach vorne, auf ihn zu, ballte ihre zitternden Fäuste an ihrer Seite und starrte ihm in die Augen. »Ich weigere mich zu bleiben. Ich muss gehen.«

Cavanaugh schüttelte den Kopf. »Ich weigere mich, dich gehen zu lassen.«

Sie stolperte einen Schritt zurück, ihre Augenbrauen zogen sich zusammen, als sie seinen Blick suchte und sah, dass er meinte, was er gesagt hatte. Schock durchfuhr sie, gefolgt von Wut darüber, dass er ihr so etwas antun würde.

Eloise funkelte ihn an und bellte: »Warum?«

Ein kollektives Keuchen ging durch die Versammelten um sie herum. Sie murmelten, zweifellos über sie und was sie gerade getan hatte. Sie hörte jemanden, der sie respektlos nannte.

Cavanaugh lächelte, als hätte ihn ihre Kühnheit eher amüsiert als verärgert. Oder vielleicht gefiel es ihm, dass sie ihn so angesprochen hatte, wie sie es getan hatte, als sie jünger waren, bevor er ein Alpha wurde.

Er stellte seinen Becher neben seine Stiefel und richtete sich auf, seinen grauen Blick wieder auf sie gerichtet. »Warum? Du hast mich hierher zurückgebracht, und jetzt gehst du. Ich bin derjenige, der fragen sollte, warum.«

Eloise senkte fast die Augen und sagte dann entschlossen: »Es gibt keinen Grund für mich zu bleiben. Ich habe diesen Ort verlassen, um dich zum Wohle unseres Rudels zurückzubringen. Das habe ich getan, und jetzt werde ich gehen.«

Er sah nicht so aus, als würde er auf ein Wort hören, das sie über ihre Wünsche zu sagen hatte. »Du hast jeden Grund zu bleiben. Das ist dein Zuhause.«

»Ich gehe trotzdem.« Sie ignorierte, wie alle wieder murmelten und ihr finstere Blicke zuwarfen.

Sie konnten sie nicht aufhalten und Cavanaugh auch nicht. Sie hatte ihre Entscheidung getroffen.

»Ich kann das nicht zulassen.« Er runzelte die Stirn, sein Gesichtsausdruck verdunkelte sich wieder. »Du gehörst hierher.«

Eloise machte einen weiteren Schritt auf ihn zu und starrte ihn an, ihre Wut brannte in ihren Adern und vermischte sich mit ihrem Schmerz zu einer explosiven und gefährlichen Kombination, die drohte, sie alles über Rudelregeln und Politik vergessen zu lassen und ihm ihre Meinung zu sagen.

Sie unterdrückte kaum das Knurren, das in ihrer Kehle aufsteigen wollte, und atmete schwer aus, um ihre Wut loszuwerden, damit sie vernünftig mit ihm sprechen und ihn zum Zuhören bringen konnte.

Wenn er irgendetwas für sie empfand, wenn das, was sie geteilt hatten, ihm irgendetwas bedeutete, würde er zuhören und sie das tun lassen, was sie für richtig hielt.

Er würde ihr den Schmerz ersparen, den das Bleiben ihr nur bereiten würde.

Sie flüsterte: »Lass mich gehen.«

Seine Augenbrauen zogen sich zusammen, sein Blick sprang zwischen ihren Augen hin und her, und sie fürchtete, er würde ihr wieder nein sagen.

Er hob seine rechte Hand zu ihr. »Du hast Tränen in den Augen.«

Sie senkte den Kopf und wischte sie weg, sich selbst verfluchend, dass sie es nicht bemerkt und ihn hatte sehen lassen, wie sehr sie das schmerzte.

»Du willst wirklich nicht hier bei mir bleiben?« sagte er heiser, und sie hob ihren Blick wieder zu seinem und schüttelte den Kopf.

Sie schwor, er sah für einen Moment verletzt aus, bevor er lächelte.

»Was, wenn ich dich bitte zu bleiben?« sagte er.

Es würde nichts ändern. Sie wünschte, es würde etwas ändern, aber das würde es nicht, und sie wollte nicht wieder so leben, jedes Mal verletzt, wenn sie ihn sah.

Sie schloss die Augen, schöpfte aus ihrer Kraft und sah ihn wieder an, in der Hoffnung, er würde in ihren Augen alles sehen, was sie in ihrem Herzen fühlte. Es gab nur einen Weg, ihn dazu zu bringen, sie gehen zu lassen, und das war, die Dinge geradeheraus zu sagen und ihre Gefühle klar zu machen. Es würde höllisch wehtun, und es könnte auch ihm wehtun, aber es war besser, als zu bleiben und jahrelang Schmerz zu ertragen. Sie würde einen schnellen Stich direkt durch ihr Herz einer langen, sich hinziehenden Folter vorziehen.

»Nein. Ich kann es nicht ertragen. Ich konnte es damals nicht und ich kann es jetzt nicht. Ich bin nicht stark genug. Bitte, Cavanaugh, lass mich gehen.«

Sein Gesichtsausdruck veränderte sich nicht. Er blieb ausdruckslos. »Ich kann nicht.«

»Warum nicht?« bellte sie, ihre Stimme hallte in den dunklen Bergen wider.

Er antwortete ihr nicht.

Tränen füllten ihre Augen und sie versuchte, sie zurückzuhalten, aber sie hatte nicht mehr die Kraft dazu, nicht als eine schreckliche Erkenntnis sie durchfuhr.

Er würde sie zwingen zu bleiben. Er würde sie zwingen, ihn mit anderen Frauen zu sehen, nie mit ihr. Sie presste ihre Hand auf ihre Brust und zog ihren weißen Pullover in ihrer Faust zusammen.

»Ich kann nicht hier bleiben, Cavanaugh. Bitte zwing mich nicht zu bleiben. Bitte zwing mich nicht, dich wieder zu sehen... mit anderen.« Ihre Augen suchten die seinen, eine Wildheit verzehrte sie, getrieben von Panik und überwältigendem Schmerz.

»Anderen?« Verwirrung flackerte über sein gutaussehendes Gesicht.

Eloise schloss die Augen und schluckte schwer. »Ich verstehe. Ich kenne meinen Platz.«

»Ich glaube nicht, dass du das tust.« Die Härte in seiner tiefen Stimme ließ sie ihn ansehen.

Er sprang von der Plattform und schritt auf sie zu, der Schnee knirschte unter seinen Stiefeln. Sie wich einen Schritt zurück, sicher, dass er sie in ihre Schranken weisen wollte.

Seine rechte Hand hob sich.

Sein Gesicht wurde weicher und Überraschung ergriff sie, als er vorsichtig ihre Tränen mit seinen Daumen wegwischte und dann ihre Wangen umfasste, ihren Kopf anhob. Ihre Augen trafen seine.

»Ich kann dich nicht gehen lassen«, flüsterte er.

Eloise schloss die Augen und lehnte sich in seine Berührung, zitternd, als seine Wärme in sie eindrang und sein Duft sich um sie legte, ihren Schmerz lindernd.

»Ich kann dich nicht ohne mich gehen lassen.«

Ihre Augen schossen auf, sprangen zu seinen.

Er lächelte und es traf sie hart, raubte ihr den Atem.

»Es gibt keine anderen, Eloise, und es gab nie welche. Es gab nur dich.«

Ihre Augen weiteten sich.

Sein Lächeln folgte, wurde breiter, ließ seine Augen leuchten. »Was auch immer du glaubst gesehen zu haben, es ist nie passiert. Es gibt nur eine Frau für mich… es gibt nur eine, nach der ich mich je gesehnt habe… und nur eine, die mir die Kraft gab zu tun, was ich wollte. *Du.*«

Sie öffnete den Mund, um zu sprechen, aber er schüttelte den Kopf und brachte sie zum Schweigen.

»Ich habe das Rudel verlassen, weil ich dich nicht haben konnte, Eloise. Ich ging, weil ich dich wollte und diese verdammten Regeln hasste, die bedeuteten, dass ich dich nie haben konnte.«

Sie starrte ihn an, taumelnd und kämpfend, um alles zu verarbeiten. Er hatte ihr damals in der Höhle gesagt, dass sie der Grund für sein Weggehen gewesen war, aber sie hatte die wahre Tiefe dessen, was er ihr zu sagen versucht hatte, nicht erkannt.

Jetzt wusste sie es.

Es pochte in ihr, ein Trommeln in ihrem Blut. Es floss durch ihre Adern und gab ihr Kraft und Mut, als plötzlich alles, was sie im Laufe ihres ganzen Lebens gefühlt hatte, Sinn ergab.

»Du kennst deinen Platz nicht«, flüsterte Cavanaugh, aufrichtig und wunderschön, als er in ihre Augen blickte, seine grauen sanft und voller Zuneigung. »Weil du offensichtlich nicht erkannt hast, dass dein Platz bei mir ist. Nichts kann mich von dir fernhalten, siehst du das nicht? Nichts. Ich ging, weil ich dich wollte und nichts anderes.

Ich wollte das Einzige, das mich glücklich machen konnte... mich stark machen... und mich fühlen lassen konnte wie der König dieser Berge.«

Er neigte seinen Kopf zu ihrem, verengte ihren Fokus auf nur ihn.

»Ich wollte meine Gefährtin.«

Schauer liefen ihre Arme und Oberschenkel hinunter, breiteten sich über ihre Kopfhaut aus, als ein Lächeln auf ihre Lippen brach und all ihre Ängste und ihr Schmerz verflogen.

»Ich weiß, dass du es jetzt auch fühlst«, murmelte er und strich mit den Daumen über ihre Wangen, sein Blick suchte den ihren. »Tief in dir weißt du, dass wir füreinander geschaffen wurden. Wir waren dazu bestimmt, Gefährten zu sein.«

Sie nickte und er lächelte sie an, ein Licht erfüllte seine Augen, das sie wärmte. Ihr Cavanaugh. Sie hatte gedacht, sie hätte ihn wieder verloren, aber er war genau hier vor ihr, hielt sie und öffnete ihr sein Herz.

Ihr Gefährte.

»Wann hast du es erkannt?«, fragte sie, musste es wissen, weil es ihr gerade erst gedämmert war. Sie hatte gerade erst alles zusammengesetzt und die Entdeckung gemacht, die ihm offensichtlich schon viel länger bewusst gewesen war.

Er strich wieder mit den Daumen über ihre Wangen. »In der Nacht bevor mein Vater starb, als wir-«

Eloise legte eine Hand über seinen Mund und errötete, als er den Rest in ihre Handfläche murmelte. Sie brauchte nicht, dass er dem ganzen Rudel von ihren persönlichen Angelegenheiten erzählte und wie sie einander der erste und einzige gewesen waren.

Cavanaugh ließ ihre linke Wange los, umschloss ihr Handgelenk mit seinen Fingern und zog ihre Hand von seinem Mund weg. Er drückte einen Kuss auf ihre Knöchel, seine Augen auf ihre gerichtet.

»Aber ich habe mich schon vorher in dich verliebt.«

Diese Worte und der jungenhaft Blick in seinen Augen stahlen ihr Herz aufs Neue. Sie konnte ihn nur anlächeln, als sie in seine Augen starrte und alles über sich hereinbrechen und sich mitreißen ließ.

»Du warst auch in mich verliebt, oder?«, raunte er und drückte einen weiteren Kuss auf ihre Finger.

Eloise drehte ihre Hand, ergriff seine und führte sie zu ihren Lippen.

Sie drückte einen Kuss auf seine Handfläche. »Ich bin immer noch in dich verliebt.«

Sie konnte seine Erleichterung spüren, als sie ihn durchströmte, aber dasselbe Gefühl durchflutete sie nicht.

Er liebte sie, und sie liebte ihn, aber es war ein bittersüßer Moment, weil sie wusste, dass es nicht sein konnte.

Die Regeln, von denen er gesprochen hatte, hielten sie immer noch getrennt, und jetzt würde es sie mehr denn je schmerzen, weil sie nun wusste, wie sehr es auch ihn verletzen würde.

Sie wollte seine Hand loslassen, aber er hielt ihr Handgelenk fest und hinderte sie daran, sich zurückzuziehen.

»Du kannst gehen«, sagte er, und ihr Herz sank, bevor er es wieder aufrichtete. »Aber du gehst mit mir.«

Eloise schüttelte den Kopf. Hatte er den Verstand verloren?

»Du kannst nicht gehen«, schnappte sie und sah sich um zu allen anderen. »Das Rudel… du bist der Alpha.«

Cavanaugh strich mit seiner Handfläche über ihre Wange und brachte ihren Blick langsam wieder zu seinem. Er lächelte auf sie herab.

»Bin ich nicht.«

»Was?« Sie starrte tief in seine Augen, überzeugt, dass er wirklich den Verstand verloren hatte oder jemand ihn sehr hart am Kopf getroffen hatte.

Sein Lächeln wurde breiter und er blickte zum Himmel auf. »Ich habe das Recht auf den Alpha-Status verloren. Alles, was ich getan habe, war, einen Alpha zu töten und einen Platz für einen neuen freizumachen.«

Sie schüttelte den Kopf, sicher, dass die Welt plötzlich eine seltsame Wendung genommen hatte, und blickte zum Himmel auf, seinem Blick folgend. Der Mond lugte durch eine Lücke in den Wolken.

Er hatte seinen Höhepunkt überschritten.

Er nahm bereits ab. Kein Vollmond mehr.

Eloise senkte ihren Blick zu ihm. »Aber ich habe die Tage gezählt…«

Sein Lächeln bekam einen schelmischen Zug. »Du hast vielleicht einen verloren… in der Höhle… als du bewusstlos warst.«

»Was?« Eloise konnte es nicht glauben. Sie war über einen Tag bewusstlos gewesen und er hatte es ihr nicht gesagt. Er hatte gewusst, dass sie die Tage zählte. Er hatte ihr nicht gesagt, dass sie einen verloren hatte.

Sie konnte ihn nur anstarren, während diese

Erkenntnis einsickerte, ihr Kopf sich drehte und ihr Herz höher schlug.

Er hatte das Dorf betreten, nachdem der Mond voll geworden war.

Er war nicht ihr Alpha.

Ihr Blut gefror ein wenig.

Aber er könnte es sein.

»Du hast unseren Alpha besiegt. Du hast ihn herausgefordert und gewonnen. Wirst du das Recht des Siegers annehmen?« Ihr Herz raste, während sie darauf wartete, dass er sie aus ihrer Misere erlöste, ein Hauch von Angst durchfuhr sie, obwohl sie tief in ihrem Herzen wusste, dass er nicht ihr Alpha sein wollte.

»Nein.« Er legte seine Hände auf ihre Taille und zog sie langsam zu sich. »Ich wollte diese Position nie. Ich habe vielleicht eine Bedrohung für unser Rudel beseitigt, aber die Regeln, die ich nicht akzeptieren kann, existieren immer noch. Wenn ich die Rolle des Alphas wieder übernommen hätte, wäre mein Titel immer noch eine Barriere zwischen uns gewesen.«

Er hatte es bereits an einen anderen weitergegeben. Er hatte das Rudel August überlassen.

Cavanaugh zog sie noch näher, bis sie seine Wärme spüren konnte und es sie juckte, in seine Umarmung zu treten.

»Ich hatte nie die Absicht, wieder der Alpha des Rudels zu werden, Eloise.« Seine Augen wanderten zwischen ihren hin und her und sein schelmisches Lächeln kehrte zurück, was ihr verriet, dass er einen Weg gefunden hätte, sie aufzuhalten, wenn sie sich nicht selbst bewusstlos geschlagen hätte. Er hätte sie tagelang in dieser Höhle ablenken können und es wäre ihr egal gewesen, weil es sich zu gut angefühlt hatte, bei ihm zu sein. »Ich hatte nicht vor, irgendetwas zwischen uns kommen zu lassen. Ich bin gegangen, weil ich dich als meine Gefährtin wollte, nicht weil Stellan mich besiegt hat. Ich habe Mist gebaut… ich hätte einige Dinge anders machen sollen… aber alles, woran ich denken konnte, war, fünf Jahre vom Rudel weg zu sein, damit ich frei sein konnte, um mit dir zusammen zu sein. Ich bin frei, um mit dir zusammen zu sein… und alles, was ich will, ist für immer mit dir.«

Sie wollte das so sehr und sie wusste, dass er es auch wollte. Er hatte sich in London ein Leben aufgebaut, im Nachtclub, und vielleicht konnten sie dort gemeinsam ein Leben aufbauen. Sie wollte das.

»Willst du mich haben?«, flüsterte er und sie hätte fast gelacht, wie nervös er aussah und wie seine Hände an ihr zitterten.

Als ob sie das Einzige ablehnen würde, was sie je gewollt hatte.

Cavanaugh als den Ihren.

Sie trat auf ihn zu, schlang ihre Arme um seinen Nacken und zog ihn für einen sanften Kuss zu sich herunter.

Sie flüsterte gegen seine Lippen.

»Ich will schon länger als ich mich erinnern kann für immer mit dir.«

Er zog sie in seine Arme und küsste sie hart, und sie errötete, als ein Jubel ausbrach, der sie daran erinnerte, dass sie nicht allein waren.

Es war ihr egal.

Alles, was ihr wichtig war, war der Mann in ihren Armen, der sie an seinen Körper gepresst hielt, seine Lippen, die ihre mit einem Kuss versiegelten, der ihr Herz zum Schmelzen brachte.

Ihr Cavanaugh.

Ihr Schicksalsgefährte.

Alles, was sie je gewollt hatte.

KAPITEL FÜNFZEHN

CAVANAUGH SASS OBEN auf den Holzstufen vor Eloises Haus, den Rücken an die Tür gelehnt und den Blick auf den entfernten Platz und die dort stattfindende Feier gerichtet. August hatte den Titel des Alphas gerne angenommen und damit die Last von Cavanaughs Schultern genommen. Sein Cousin hatte sich als starker Mann erwiesen, und er war zufrieden damit, das Rudel in seinen Händen zu lassen.

Eloise seufzte und lehnte sich an ihn. Sie saß zwischen seinen Schenkeln eingekeilt, ihre Arme ruhten auf seinen, die ihre Taille umschlangen. Er hielt sie sanft, obwohl sie sich von ihren Verletzungen erholt hatte. Sie war überrascht gewesen, als er ihr erzählt hatte, dass er derjenige war, der sich um sie gekümmert hatte, und hatte ihn mit einem schmerzlich zärtlichen Kuss belohnt, als er ihr versprochen hatte, sich immer um sie zu kümmern. Es war ein Kampf gewesen, seinem Drang zu widerstehen, sie in seine Arme zu ziehen und diesen Kuss zu vertiefen, die Dinge weiterzutreiben. Er hatte mit ihr schlafen und sie als seine Gefährtin beanspruchen wollen.

Er kämpfte gegen dieses Bedürfnis an, seit sie in der Nacht zum Lagerfeuer gekommen war und er ihr gesagt hatte, dass sie seine Schicksalsgefährtin sei.

Sie legte ihren Kopf auf seine Schulter und summte zu dem Lied, das das Rudel sang, einem traditionellen Volkslied, das den neuen Alpha willkommen hieß.

Er verstärkte seinen Griff um sie und dachte zurück an die Zeit vor zehn Jahren, als er dieses Lied ertragen musste und jede Sekunde davon gehasst hatte. Er hatte die einwöchige Feier zu seinem Alphatitel verabscheut. Es hatte ihn schmerzhaft spüren lassen, wie alles, was ihm wichtig war, ihm gnadenlos entrissen worden war, als jeder traditionelle Teil der Feier ihn langsam in eine Rolle zwängte, die er nie gewollt hatte.

Eloise tätschelte seinen Arm, als ob sie seine Gedanken erahnte. Er nahm den Trost an, den sie ihm bot, zog sie näher an sich und versicherte sich, dass seine zehn langen Jahre des Elends nun vorbei waren. Alles, was er gewollt hatte, war wieder in seinen Armen.

Wieder in seiner Reichweite.

Er drückte einen Kuss auf ihre Schulter, ihr dicker warmer Pullover weich an seinen Lippen, und dann einen Kuss auf die sanfte Rundung ihres Halses. Sie erschauerte und kicherte.

Sie war dort schon immer kitzlig gewesen.

Es hielt ihn nicht davon ab.

Er drückte Küsse die Kurve hinauf und einen hinter ihr Ohr, und dann einen etwas tiefer, näher am Nacken. Sie erschauerte aus einem anderen Grund und neigte ihren Kopf, winkelte ihn von ihm weg und gab ihm den Zugang, den er wollte. Er nahm eine Hand von ihrer Taille und wirbelte ihr welliges dunkles Haar damit hoch, hielt es gegen ihren Hinterkopf.

Cavanaugh senkte seine Lippen auf ihren Nacken und küsste ihn, bevor er ihn leckte, seine Zunge über das empfindliche Fleisch strich. Ein Stöhnen entschlüpfte ihren Lippen und er konnte dem Drang, der durch ihn schoss, nicht widerstehen.

Er öffnete seinen Mund, winkelte seinen Kopf und biss leicht mit seinen stumpfen Zähnen in ihren Nacken.

»Cavanaugh!«, bellte sie, ihre Stimme hallte durch das Dorf.

Der Gesang verstummte abrupt.

Sie stieß ihm den Ellbogen in die Rippen, aber er weigerte sich, sie loszulassen, versenkte stattdessen seine Zähne tiefer und bedeckte ihren Mund mit einer Hand, um ein weiteres Stöhnen zu ersticken.

Er versuchte nicht zu lächeln, als er Augusts Stimme laut und deutlich hörte, wie er ihnen sagte, sie sollten sich ein Zimmer nehmen.

Eloise stieß ihm wieder den Ellbogen in die Seite und er ließ sie los. Sie sprang auf die Füße, wirbelte herum, um ihn anzusehen, ihre Wangen im schwachen Licht leuchtend rot.

Cavanaugh lächelte jetzt.

Er stand auf und ergriff ihre Hand, öffnete die Tür hinter sich. Ihr finsterer Blick verschwand, als sie die offene Tür und dann ihn ansah, und der Duft ihres Verlangens traf ihn hart und entlockte ihm ein Knurren.

Er zog sie in das kleine Haus, gab ihr kaum Zeit, die

Tür zu schließen, bevor er sie zu den dicken Fellen zog, die vor dem Kamin im Wohnzimmer ausgebreitet waren. Er ließ sie los und sie verlangsamte ihre Schritte, ihre Augen glitten über ihn und ließen ihn vor Verlangen nach ihr brennen.

Er wartete, starrte sie an, seine Brust hob und senkte sich unter seinem Pullover und sein Herz arbeitete, während er versuchte, geduldig zu sein. Er musste sie jetzt beanspruchen. Er konnte nicht länger warten. Es war ein Kampf gewesen, die ganze letzte Nacht und heute zu warten, ihr Zeit zu geben, sich vollständig zu erholen, aber er hatte nicht mehr die Kraft, sich zurückzuhalten.

»Eloise«, krächzte er und sie antwortete ihm, indem sie ihre Stiefel abstreifte und sich aus ihrem Pullover schälte.

Er lächelte, als sie auch ihr Oberteil auszog und sich an ihrer Hose zu schaffen machte. Götter, er liebte diese Frau. Sie war eine Sklavin der gleichen intensiven Leidenschaft und des gleichen Bedürfnisses wie er, immer bereit für ihn, hungrig nach einem weiteren Vorgeschmack.

Sie runzelte die Stirn, als sie nur noch in Unterwäsche dastand und er noch völlig angezogen war.

Er riss sich zusammen und zog seinen Pullover aus. Als sein Kopf frei kam, stand Eloise direkt vor ihm, ihre Finger machten sich flink an seiner Hose zu schaffen. Er stöhnte, als sie sie herunterschob und ihn durch seine schwarzen Shorts hindurch berührte, sodass er vergaß, was er gerade getan hatte. Er stand mit seinen Armen noch in der Luft, in seinem Pullover verheddert, und seiner Hose um die Knie, verloren in dem Gefühl, wie gut es sich anfühlte, ihre Hand an ihm zu spüren, auch wenn es durch eine Barriere war.

Ihre Hand wanderte nach oben, unter sein langärmeliges T-Shirt und er kehrte in die Realität zurück. Er sollte sich ausziehen. Er beendete die Sache mit seinem Pullover, griff den Saum seines T-Shirts und zog es hoch. Eloise schnurrte.

Seine Knie wurden weich.

Götter, er wollte, dass sie so schnurrte, wenn er in ihr war.

Er zog sein Oberteil aus und warf es beiseite, und hielt dann wieder inne, als sie ihre Hände über seine Brust gleiten ließ und ihn langsam erforschte. Er stöhnte und legte den Kopf in den Nacken, vergaß wieder alles, als sie ihre Lippen ins Spiel brachte und sich küssend und leckend ihren Weg von seiner Brust zu seinem Bauch bahnte.

Sie kreiste mit ihrer Zunge um seinen Bauchnabel und er knurrte, als sie sich auf die Felle kniete, ihr Gesicht auf einer Höhe mit seinem schmerzend harten Schaft.

Ein schelmisches Funkeln trat in ihre goldbraunen Augen.

Cavanaugh bewegte seine Finger und griff nach seiner Badehose.

Eloise senkte den Kopf und begann, seine Stiefel aufzuschnüren. Was zum Teufel? Cavanaugh knurrte erneut und sie kicherte. Frechdachs. Sie wollte ihn wild machen, und er war schon halb wahnsinnig vor Verlangen.

Sie zog vorsichtig jeden seiner Stiefel aus und ließ ihn aus seiner Hose steigen, ging sogar so weit, ihm die Socken auszuziehen.

Er knurrte und griff nach ihr, wollte sie zu sich hochziehen und küssen, bis sie in ihm zerschmolz. Sie griff ebenfalls nach oben, glitt mit ihren Fingern in den Bund seiner Unterhose, und er konnte sie nur verblüfft anstarren, als sie sie seine Schenkel hinunterzog und seinen Schwanz befreite.

Er wurde sofort härter, so fest wie Stahl und vor Verlangen pochend.

Er stieg pflichtbewusst aus seiner Badehose, den Blick auf sie geheftet, wartend, was sie als Nächstes tun würde.

Sie erhob sich auf die Knie, umschloss seine Länge mit ihrer Hand und dann auch mit ihrem Mund. Er stöhnte und schluckte hart, als sie ihre Zunge über die empfindliche Spitze gleiten ließ, sie umkreiste und heiße Schauer bis in seine Hoden schickte.

»Eloise«, murmelte er, schloss die Augen und ergab sich ihr.

Sie nahm ihn langsam in ihren Mund, ihre feuchte Hitze entlockte ihm ein weiteres tiefes Stöhnen, und saugte an ihm, als sie sich zurückzog.

Er umfasste ihren Kopf mit einer Hand und führte sie auf sich, atmete schwer, während er versuchte, etwas Kontrolle zu behalten. Er musste ihre Lippen auf sich spüren, seinen Schwanz in ihren heißen, feuchten Mund gleiten fühlen, aber er musste die Kontrolle behalten und sich davon abhalten, seinem Drang nachzugeben, zuzustoßen, tiefer einzudringen und jeden

Tropfen des Vergnügens zu nehmen, den sie ihm geben wollte.

Er musste dieses Mal in ihr sein, wenn er seine Erlösung fand, sein Schwanz in ihrem Körper vergraben und seine Zähne in ihrem Nacken.

Allein bei dem Gedanken spannten sich seine Hoden an und er schob sie weg, atmete schwer, um sich zu beruhigen.

Sie lächelte und erhob sich auf die Füße, ließ ihre Finger seinen Bauch hinauf zu seiner Brust wandern. Er knurrte und stürzte sich auf ihren Mund, als sie nah genug war, nahm ihn in Besitz und glitt mit seiner Zunge zwischen ihre Lippen, bevor sie protestieren konnte. Er küsste sie hart und griff gleichzeitig um sie herum. Sie keuchte in seinen Mund, als er die Verschlüsse ihres BHs aufschnappen ließ und ihn von ihr riss. Der Duft ihrer Erregung wurde stärker und er stöhnte, senkte seine Hände zu ihrem Hintern und zog sie an sich, stieß seinen Schwanz gegen ihren Bauch.

»Cavanaugh«, flüsterte sie gegen seine Lippen und er wollte ihr nachgeben, tun, worum sie ihn stumm bat, aber er musste zuerst etwas anderes tun.

Sie quietschte, als er sie hochhob und sich mit ihr drehte. Er kniete sich auf die Felle und legte sie nieder, löste sich von ihren Lippen. Er wanderte mit seinen Lippen ihren Hals hinunter zu ihrer Brust und saugte an ihrer linken Brustwarze, umkreiste sie mit seiner Zunge, dann an ihrer rechten, während seine Hände arbeiteten und ihr Höschen ihre Schenkel hinunterschoben. Sie wand sich, zog ihre Knie an, und er setzte sich zurück und zog ihr Höschen den Rest des Weges herunter.

Eloise setzte ihre Füße auf seine Schenkel und lächelte, als sie langsam ihre Beine spreizte, ihre Hände gleichzeitig über ihre Brüste glitten, ihre Augen halb geschlossen und voller Hunger, den er stillen wollte.

Er knurrte, packte ihre Hüften und schob sie die Felle hinauf, um sich Platz zu verschaffen. Sie schloss die Augen und warf den Kopf zurück, als er zwischen ihre Schenkel tauchte, mit seiner Zunge über ihre Knospe strich und ihr Verlangen nach ihm kostete.

Er stöhnte und umklammerte ihren Hintern, hob ihn von den Fellen und verschlang sie, wechselte zwischen dem Saugen an ihrer süßen Perle und dem Anstupsen mit seiner Zunge.

Eloise bog ihren Rücken durch, stieß ihre Brüste hoch in die Luft, und er starrte sie an, sein Schwanz pulsierte, als er mit seiner Zunge über sie strich, von ihrem Zentrum zu ihrer Knospe, kostete sie ganz. Götter, er musste in ihr sein.

Er senkte sich tiefer, erkundete ihren Eingang mit seiner Zunge, stellte sich vor, seinen Schaft in sie zu schieben und sie auszufüllen. Sein Schwanz pochte, schlug gegen seinen Bauch, und er widerstand dem Drang, ihn gegen die Felle zu reiben, um etwas Befriedigung zu bekommen. Sie stöhnte, als er wieder zu ihrer Knospe zurückkehrte und sie liebkoste, presste ihre Füße in den Boden und wand sich, bewegte sich gegen sein Gesicht. Sie war nah dran, ihr Körper spannte sich an, als sie nach Erlösung suchte.

Cavanaugh konnte nicht länger warten.

Er drehte sie auf den Bauch, zog ihre Hüften hoch, sodass sie auf allen Vieren war, und drang in einem glatten Stoß in sie ein, entlockte ihren Lippen einen Schrei. Er grunzte und schob sich nach vorne, drang noch tiefer ein, und presste seine Hände auf ihre Schultern, pinnte sie auf die Felle. Sie stöhnte bei dem ersten tiefen Stoß seines Schwanzes und biss sich bei dem zweiten auf die Lippe, entfachte ein Bedürfnis in ihm, gegen das er gekämpft hatte. Es brannte durch ihn, mächtiger als zuvor, zerstörte seine Zurückhaltung.

Er glitt mit seinen Händen unter sie, zog sie hoch, sodass ihr Rücken gegen seine Brust drückte, und umfasste ihre Brüste, als er seine Zähne in ihren Nacken versenkte.

Sie schrie erneut auf, ein scharfes Bellen der Lust, das ihn gegen ihren Nacken knurren ließ. Er verstärkte seinen Griff um sie, hielt seine Zähne so gut wie möglich unter Kontrolle, verhinderte, dass sie zu groß wurden und ihr schadeten. Sie stöhnte und spreizte ihre Beine weiter, sank tiefer auf ihn.

Er stöhnte mit ihr und begann zu stoßen, kurze, flache Stöße, so viel er schaffte, während er seinen Halt an ihr beibehielt. Er konnte sie nicht loslassen. Er musste seine Gefährtin festhalten, bis sie ihre Erlösung gefunden hatte und er seine auch, sie vereinend und das Band zwischen ihnen erweckend.

Eloise bewegte sich auf ihm, abwechselnd zwischen kreisenden Hüften und Stößen, ihr Atem wurde schneller. Er stöhnte und stieß härter zu, drang tiefer in sie ein, während er ihren Hals festhielt, seine Instinkte erwachten und begannen, die Kontrolle über ihn zu übernehmen. Eloise warf eine Hand über ihren Kopf und kratzte mit ihren Nägeln über seinen Nacken, was ihm ein wildes Knurren entlockte, als Lust seinen Rücken hinunter bis zu seinen Hoden schoss. Er drang härter in sie ein und ließ eine Hand zu ihrem Venushügel gleiten, schob seine Finger zwischen ihre Falten, um mit ihrem Nervenbündel zu spielen, als sie sich nach vorne bog und ihm besseren Zugang zu ihrem Körper gewährte.

Mit der anderen Hand umfasste er ihre rechte Brust und zwickte ihre Brustwarze, während er in sie eindrang. Ihr Blut bedeckte seine Zunge, ihr süßer Geschmack berauschte ihn, ließ ihn härter und tiefer stoßen, ein Sklave seines Verlangens, seine Gefährtin zu befriedigen. Sie stöhnte und bewegte sich mit ihm, stieß gegen ihn, ihre Krallen kratzten über seinen Nacken, als sie wuchsen. Er erschauderte und drang tiefer ein, grunzte bei jedem Gleiten in ihre heiße Scheide, seine Hüften pumpten wild.

Seine Finger tanzten zwischen ihren Schenkeln und sie zuckte um ihn herum, keuchte, als sie seinen Nacken umklammerte und ihren Kopf zurückwarf, ihn gegen seinen presste.

Cavanaugh biss fester zu.

Eloise schrie auf.

Ihr Körper zitterte um ihn herum, als sie sich anspannte und ihn sowohl in ihrem Inneren als auch um seinen Nacken fest umklammerte. Ihr Höhepunkt verbrühte ihn, heiß und glitschig, als er in sie stieß, wild zustieß und sie dazu trieb, einen weiteren mit ihm zu finden. Sie zuckte nach vorne und schrie erneut auf, als er kam und sich in ihr ergoss, sein ganzer Körper bebte vor Ekstase.

Cavanaugh atmete schwer gegen ihren Hals, hielt sie

fest an sich gedrückt, seine Zähne noch immer in ihrem Nacken vergraben. Sie stöhnte, als sie sich an ihn zurücklehnte, ihr Rücken an seine Brust gepresst, und löste langsam ihren Griff um seinen Nacken. Sie ließ eine Hand in ihren Schoß sinken und eine zu ihrer Brust, ergriff beide seiner Hände und verschränkte ihre Finger mit seinen.

Er brachte sich dazu, sie loszulassen und entfernte vorsichtig seine Fangzähne aus ihrem Nacken. Er leckte die Male, die er hinterlassen hatte, und säuberte das Blut.

»Es tut mir leid«, flüsterte er und schlang seine Arme um sie, zog ihre Arme mit. »Hat es wehgetan?«

Sie schüttelte den Kopf und er leckte erneut über ihre Wunden, bevor er ihre Schulter liebkoste. Sie hob seine Hände zu ihrem Gesicht und küsste sie.

Cavanaugh schloss die Augen und genoss die Empfindungen, die sich in ihm aufbauten und mit jeder verstreichenden Sekunde stärker wurden. Ihr Band. Er konnte spüren, wie es sie miteinander verwebte.

»Götter, ich liebe dich, Eloise«, flüsterte er gegen ihre Haut und sie bewegte sich.

Er spürte ihr Bedürfnis und ließ sie los, erlaubte ihr, sich von ihm zu lösen und sich ihm zuzuwenden. Sie setzte sich auf seinen Schoß, ihre Beine um seine Taille, und suchte seinen Blick. Er konnte all ihre Gefühle spüren, all ihr Glück, all ihre Hoffnung.

All ihre Liebe.

Er küsste sie, bevor sie die Worte aussprechen konnte, auf die er sein ganzes Leben gewartet hatte, da er sie bereits in seinem Herzen und seiner Seele durch ihr Band hören konnte.

Sie schlang ihre Arme um seinen Nacken und erwiderte den Kuss, bevor sie sich langsam zurückzog und ihn anlächelte, ihre honigfarbenen Augen überquollen von den Gefühlen, die er in ihr spüren konnte.

»Ich liebe dich auch, Cavanaugh.«

Er konnte nicht anders, als sie erneut zu küssen.

Eloise gehörte endlich ihm. Es fühlte sich an wie ein Traum, von dem er gedacht hatte, er würde nie wahr werden.

Er hatte viel nachzuholen, verlorene Zeit und tausend Fehler eingeschlossen.

Er würde den Rest seines Lebens damit verbringen, ihr zu zeigen, wie sehr er sie liebte, und alles wiedergutzumachen, was er falsch gemacht hatte, und jede Sekunde, die sie getrennt gewesen waren.

Denn er fühlte sich wie der glücklichste Mistkerl auf Erden, als er Eloise küsste, sich des unglaublichen Geschenks bewusst, das sie ihm gemacht hatte.

Sie hatte ihm alles gegeben, was er je gewollt hatte.

Sie hatte ihm die Ewigkeit geschenkt.

Die Ewigkeit mit ihr.

Vielen Dank fürs Lesen!

Wenn dir dieses Buch gefallen hat, hinterlasse doch bitte eine Rezension oder eine Sternebewertung, um anderen Leserinnen und Lesern bei der Entscheidung zu helfen, ob dieses Buch auch etwas für sie ist.

Erfahre mehr über meine paranormalen Liebesromane:
https://www.felicityheaton.com/german

Oder trage dich in meinen Newsletter ein, um einen über neue Titel informiert zu werden, und exklusive Inhalte wie Kurzgeschichten zu lesen:
https://geni.us/fhdenewsletter

Lies weiter, um einen Vorgeschmack auf die nächste Geschichte der süchtig machenden paranormalen Liebesromanreihe „Ewige Gefährten" zu erhalten:
Gebissen von einer Höllenkatze

GEBISSEN VON EINER HÖLLENKATZE

SIE WAR ein böses kleines Kätzchen.

Eine von der Hölle selbst.

Und sie streifte durch den Nachtclub auf eine Art und Weise, die die Augen aller Männer an ihre formschöne Gestalt fesselte.

Sogar seine.

Verdammt, wenn er ehrlich zu sich selbst war, betrachtete er sie nicht einmal wie ein Jäger, der potenzielle Beute ins Auge fasst. Er starrte sie mit einem ebenso hungrigen Blick an wie der nächste Mann.

Owen lehnte mit seinem linken Ellbogen an der schwarzen Bar hinter ihm und bewunderte, wie sie sich bewegte, als sie am Rande der Samstagabendmenge tanzte. Jedes Schwingen ihrer Hüften fesselte ihn. Sie war wunderschön. Das musste er ihr lassen.

Sie hob ihre Arme über den Kopf und zog dabei ihr dunkles, trägerloses Korsett hoch, was einen verlockenden Blick auf ihren durchtrainierten Bauch freigab.

Ihre Hüften bewegten sich erneut, und das bunte Licht des Clubs reflektierte auf ihrer engen Lederhose und betonte jede ihrer Bewegungen. Mehrere Männer in der Nähe, nicht alle von ihnen Feen oder Dämonen, starrten sie an, während sie in bescheidenem Abstand tanzten. Jeder von ihnen sah aus, als könnte er tot umfallen, wenn sie es wagte, ihnen auch nur einen Hauch ihrer Aufmerksamkeit zu schenken.

Sie schien jedoch kein Interesse an den anwesenden Männern zu haben. Sie schien zufrieden damit, allein zu tanzen, verloren im schweren Rhythmus der Musik, und arbeitete einen Schweiß heraus, der einen verführerischen Glanz auf ihrem üppigen Dekolleté erzeugte.

Owen spürte den Schmerz der Prellungen und Schnitte unter seinem schwarzen Hemd nicht, während er sie beobachtete. Sie raubte ihm das Bewusstsein für die Verletzungen, die er bei seinem letzten Auftrag erlitten hatte, wirksamer als alle Schmerzmittel, die er eingenommen hatte, und der Alkohol, den er getrunken hatte.

Er war heute Abend in die Underworld gekommen, um einen schönen Batzen der fetten Bezahlung auszugeben, die er von einer kleinen Gruppe seltener, schwacher Feen erhalten hatte, nachdem er dem Dämon, der sie terrorisiert hatte, das gegeben hatte, was er verdient hatte.

Sein Vater und Großvater drehten sich wahrscheinlich im Grab um wegen der Änderungen, die er am Familiengeschäft vorgenommen hatte.

Ein Nightingale, der Geld für geleistete Dienste nahm? Schockierend.

Owen war es egal, dass er mehr zu einem Söldner als

zu einem Werwolfjäger geworden war und damit die Familientradition beendet und wahrscheinlich ihren Namen beschmutzt hatte. Das Familienvermögen war kurz nach dem Tod seines Vaters aufgrund dessen Reihe von Ehen und anschließenden Scheidungen aufgebraucht worden.

Owen hatte die Wahl gehabt. Söldner werden oder einen bezahlten Job annehmen. Da er von Geburt an zum Jäger erzogen worden war, waren die einzigen Fähigkeiten, die er besaß, Kämpfen und Töten sowie Kenntnisse über Feen und Dämonen. Das waren nicht gerade die Qualifikationen, nach denen der durchschnittliche Bürojob suchte, also war er Söldner geworden.

Jetzt jagte er, was auch immer die Leute von ihm verlangten, solange es seinen Kriterien entsprach. Er weigerte sich, Feen, Dämonen oder Gestaltwandler zu jagen, die nichts falsch gemacht hatten. Er nahm nur Aufträge an, wenn der betreffende Feind eine Bedrohung für Menschen oder andere Feen und manchmal sogar Dämonen darstellte. Soweit er es sehen konnte, tat er genau das, was er als Nightingale getan hätte, nur dass er jetzt dafür bezahlt wurde.

Die weibliche Gestaltwandlerin fuhr mit ihren Händen über ihren Körper und zog seinen Fokus wieder auf sich, und Owen konnte seinen Blick nicht davon abhalten, jeder üppigen und verlockenden Kurve zu folgen, besonders als sie ihre Hände über ihre Brüste und ihren Hals gleiten ließ.

Sie verflocht ihre Finger in ihrem langen dunklen Haar und zog die feuchten Strähnen von ihrem Nacken weg, während sie die Augen schloss und ein Hauch von

Glückseligkeit über ihr hübsches Gesicht huschte. Die Klimaanlage in der Underworld lief heute Abend auf Hochtouren, aber sie reichte nicht aus, um der Hitze entgegenzuwirken, die von allen auf der überfüllten Tanzfläche ausging.

Sie reichte nicht aus, um Owen abzukühlen, während er sie anstarrte.

Starke Hände packten Owen von hinten an den Schultern, Finger mit kurzen Krallen drückten durch sein schwarzes Hemd, und er versteifte sich und zuckte zusammen, als einige der Prellungen, die er sich bei seinem letzten Auftrag zugezogen hatte, unter dem Druck des Griffs des Mannes brannten.

»Ich würde es mir noch mal überlegen, wenn du daran denkst, etwas Dummes in meinem Club zu tun.« Die tiefe männliche Stimme knurrte über die hämmernde Rockmusik hinweg, nahe an seinem Ohr, und Owen wusste, ohne hinzusehen, wer hinter ihm auf der anderen Seite der Bar stand. Kyter. Der große blonde Gestaltwandler besaß die Underworld, und sie hatten eine Art Übereinkunft. Owen jagte nicht auf seinem Revier, und Kyter tötete ihn nicht. »Ich bin nicht in der Stimmung, eine Katzengenossin zu sehen, der der Schwanz gezogen wird. Ich werde nicht dafür verantwortlich gemacht, wie es für dich enden wird.«

Kyter ließ seine Schultern los.

Owen drehte sich langsam auf seinem Hocker um, um ihm gegenüberzutreten, seine weit aufgerissenen Augen trafen auf die hell goldenen des Jaguargestaltwandlers. »Ich schwöre, ich bin außer Dienst.«

Kyter sah nicht so aus, als würde er ihm glauben, aber

Owen konnte ihm das nicht übel nehmen. Kyter und die meisten Mitarbeiter der Underworld, und wahrscheinlich die meisten nicht-menschlichen Gäste, wussten, was er beruflich machte, und sie hatten jedes Recht, in seiner Nähe vorsichtig zu sein.

Besonders die Gäste.

Owen vermutete, dass er, wenn er sein Tablet aus der Tasche am Fuß seines Hockers nehmen würde, mindestens ein Fünftel von ihnen in seiner Datenbank für irgendein Vergehen finden würde.

Der sandblonde Mann sah aus, als würde er ihn bitten zu gehen, aber dann glitt sein Blick zu Owens Rechten.

Owen schaute dorthin und fand die Frau, die er studiert hatte, wie sie mit einem breiten Lächeln im Gesicht und schwer atmend zur Bar hüpfte. Sie richtete dieses mörderische Lächeln auf Kyter, und Owen verspürte einen unbestreitbaren Drang, den Gestaltwandler seiner Datenbank hinzuzufügen. Er warf dem großen Jaguar einen bösen Blick zu.

Kyters rechte Augenbraue hob sich.

Eine Welle von Hitze durchfuhr Owen, und er wurde sich der wunderschönen Frau neben ihm bewusst.

Die ihn anstarrte.

Er drehte langsam seinen Kopf zu ihr, als Kyter wegging. Blaue Augen trafen auf seine und verwandelten die Welle der Hitze in ein Inferno, das durch seine Adern pulsierte und sein Blut zum Kochen brachte. Ein Kranz aus hellerem blauem Feuer leuchtete um ihre geweiteten Pupillen, als sie in seine Augen starrte und eine Zuversicht ausstrahlte, die seine eigene erschütterte.

Sie war schöner, als er gedacht hatte.

Owen konnte sie nur schweigend anstarren, während sie ihn ansah, ihre langen schwarzen Wimpern und das dunkle Make-up umrahmten auffällige blaue Augen.

Eine Höllenkatze.

Sie waren die seltensten unter den Katzengestaltwandlern und erzielten hohe Preise auf dem Schwarzmarkt der Hölle.

Er hatte noch nie eine ihrer Art gesehen, nicht in all seinen Jahren als Jäger oder während all des Trainings, das dem vorausgegangen war. Er bezweifelte, dass selbst die Jäger, die für Archangel arbeiteten, der weltweit führenden Jägerorganisation, die sich dem Schutz der ahnungslosen Menschen vor der geheimen und oft gefährlichen Welt der Feen und Dämonen widmete, je eine Höllenkatze gesehen hatten.

Sie wandte ihm ihre Wange zu und winkte einem Barkeeper. Owen achtete nicht darauf, wer sie bediente. Er konnte seine Augen nicht von ihr abwenden, während sie sprach, ihre rot geschminkten Lippen bewegten sich in einer fesselnden Symphonie und erfüllten ihn mit einem heftigen Verlangen, sie zu küssen.

Erst als sie sich wieder zu ihm umdrehte und ein Glas über die schwarze Bartheke in seine Richtung schob, wurde er sich einer anderen Sache im Club bewusst. Sein blasser Blick fiel auf das Getränk, das sie offensichtlich für ihn gekauft hatte.

Ein Shot Hellfire.

Verdammt, sie versuchte ihn umzubringen.

Hellfire war ein bösartiges Getränk, das von den

Nicht-Menschen gebraut wurde, um ihre Konstitution zu überwinden und sie betrunken zu machen.

Die weibliche Hellcat rutschte auf den Hocker neben ihm, nahm ihr eigenes Schnapsglas, das bis zum Rand mit der schwarzen Flüssigkeit gefüllt war, und hob es.

Ihr teuflisches Lächeln machte deutlich, dass sie ihn auf die Probe stellte. Sie wusste, dass er sterblich war, und sie wollte sehen, was er tun würde und ob er es überleben könnte, den starken Alkohol hinunterzukippen. Er war bereit für diese Herausforderung. Er holte tief Luft, um sich zu wappnen, griff nach seinem Schnapsglas und hob es, um ihr zuzuprosten.

Owen führte es an seine Lippen.

»Warte.« Ihre leichte, melodische Stimme brachte ihn zum Erstarren und er starrte sie an, das Glas nahe an seinen Lippen, die Dämpfe, die von der Flüssigkeit aufstiegen, versengten seine Nase.

Sie winkte dem Barkeeper erneut, ihr Lächeln wurde noch teuflischer.

Als die einzige weibliche und menschliche Barkeeperin, die für den Club arbeitete, auf der anderen Seite der Bar stehen blieb, flatterte seine kleine Hellcat mit den Wimpern und versetzte seinem männlichen Stolz einen heftigen Schlag.

»Können wir ein Glas Wasser bekommen, für den Fall, dass er sich verschluckt?«

Owen funkelte die Barkeeperin, Sherry, an und warnte die Blonde mit seinem Blick, nicht zu tun, worum die Frau gebeten hatte.

Sherry konnte ihr Lächeln kaum zurückhalten und

trat ihm gleich noch einmal in die Eier, indem sie ein hohes Glas mit eiskaltem Wasser servierte und es direkt vor ihm abstellte, ihre Augen funkelten amüsiert.

Er verengte seine Augen auf das Wasser, schob es weg und richtete seinen Blick wieder auf die weibliche Hellcat. Sie hob ihr Glas, ihr Lächeln verspottete ihn jetzt. Ein langsames Lächeln breitete sich auf seinem Gesicht aus, als er seinen Shot Hellfire anhob und ihr erneut zuprostete. Sie wusste nicht, mit wem sie es zu tun hatte, wenn sie dachte, dass dies so ablaufen würde, wie sie es wollte, und damit enden würde, dass er sich die Lunge aus dem Leib hustete und das Wasser hinunterkippte.

Owen führte den Shot an seine Lippen und hielt dabei die ganze Zeit ihren Blick fest, starrte tief in ihre Augen. Sie hielt inne, ihr Glas nahe an ihren Lippen, ihr Lächeln verblasste, als die Luft zwischen ihnen dicker wurde und Funken von Elektrizität sprühten, ein Bewusstsein, das durch seinen Körper zuckte. Er schloss seine Augen nicht. Er hielt sie mit ihren verschlossen, als er seinen Kopf nach hinten neigte und den gesamten Inhalt des Glases hinunterschluckte.

Die Flüssigkeit brannte wie das Feuer, nach dem sie benannt war, als sie seine Kehle hinunterglitt und seinen Magen in eine Grube brodelnder Lava verwandelte. Ein Inferno fegte durch ihn, aber er hielt sich zusammen und weigerte sich, auch nur das geringste Anzeichen des Unbehagens zu zeigen, das er erlitt, während sein ganzer Körper brannte und sein Kopf sich drehte, seine Sicht schwamm leicht durch den plötzlichen Anstieg seines Blutalkoholspiegels.

Er stellte das Glas langsam ab, senkte den Kopf und leckte sich über die Lippen.

Ihr blauer Blick verengte sich und sie kippte ihren Shot hinunter, knallte das Glas auf die schwarze Bartheke und starrte ihn an.

Tränen säumten ihre langen Wimpern.

Ihre Lippen pressten sich zusammen und zitterten.

Ihr rechtes Auge entwickelte ein heftiges Zucken.

Owen drückte ruhig zwei Finger gegen die Seite des eiskalten Wasserglases und schob es entlang der Bar zu ihr, das Kondenswasser darauf rollte herunter und hinterließ eine Spur. Sie starrte das Glas böse an, richtete sich auf und schaffte ein Lächeln.

Er war sich nicht sicher, was der Sinn ihres ganzen Wettbewerbs gewesen war, aber er hatte das Gefühl, dass er gewonnen hatte und es ihr nicht gefiel.

Sie lehnte sich zurück, strich ihr langes schwarzes Haar aus dem Gesicht und fixierte ihn mit ihren blauen Augen und einem Lächeln, das ihn bis ins Mark erschütterte.

»Ich sehe deine Art nicht oft hier«, sagte sie über die dröhnende Musik hinweg und lehnte sich näher zu ihm.

Owen kämpfte dagegen an, auf ihr Dekolleté zu schauen, lehnte lässig seinen linken Ellbogen auf die Bar und lächelte sie an. »Es ist nicht alltäglich, dass ich eine echte Hellcat zu sehen bekomme. Eine von des Teufels eigenen.«

Geboren in einem Land aus Schwefel und Feuer, wo nur die Stärksten überlebten.

Ihre Verwandten waren die mächtigste und gefährlichste Gestaltwandler-Spezies, die es gab. Sein Vater hätte getötet, um eine zu treffen.

Sie lehnte sich noch näher und fuhr mit ihrer rechten Hand seinen Unterarm hinunter, wo er auf der Bar ruhte, ihre leichte Berührung erhitzte seine Haut selbst durch den schwarzen Hemdärmel. Ihr Lächeln wurde verführerisch und wieder ein bisschen teuflisch, was sein Herz schneller schlagen ließ und seine Gedanken zurück zum Küssen brachte.

»Willst du mein wahres Ich sehen?« Ihre Augen hielten ihn gefangen, der feurige blaue Kranz um ihre Pupillen brannte heller und ließ einen Teil von ihm glauben, sie würde sich direkt hier verwandeln und ihm ihre Katzenform zeigen, wenn er zugab, dass er sie sehen wollte, auch wenn der Rest von ihm wusste, dass sie nur neckte. »Ich kann sehen, dass du darauf brennst, es zu sehen.«

Sie flirtete definitiv mit ihm.

Er hatte genug Lebenserfahrung, um zu wissen, wann eine Frau mit ihm flirtete, aber aus irgendeinem Grund hatte er es von ihr nicht erwartet. Nicht-menschliche Frauen waren selten an ihm interessiert, besonders wenn sie wussten, was er beruflich machte, so wie sie. Sie konnte jeden der Männer im Club auswählen, die sie die ganze Nacht angestarrt hatten, die meisten von ihnen Gestaltwandler und Fae, und einige Dämonen. Männer, die sie immer noch anstarrten und die ihm tödliche Blicke zuwarfen. Er konnte fast spüren, wie sie ihn in ihren Köpfen abschlachteten, während die Frau neben ihm saß, und er hatte das Gefühl, dass er die Nacht nicht überleben würde, wenn sie mehr täte, als nur neben ihm zu sitzen und beiläufig zu flirten.

Owen runzelte die Stirn, als er an die Stunde zurückdachte, die vergangen war, seit er sie zum ersten Mal gesehen hatte.

Sie hatte keinen der Männer angesehen, die versucht hatten, mit ihr zu tanzen.

Sie hatte ihnen null Aufmerksamkeit geschenkt.

Sie war auch nicht in die Menge gegangen, um einen glücklichen Partner zu finden, der besser zu ihrem Geschmack passte.

Sie war am Rand der Tanzfläche geblieben.

Direkt vor ihm.

Owen starrte sie an, als es ihn hart traf.

Sie hatte die ganze Zeit mit ihm geflirtet, versucht, seine Aufmerksamkeit zu bekommen und auf sich fixiert zu halten.

»Was, wenn ich ja sagen würde?« Er lehnte sich näher zu ihr, studierte ihr Gesicht auf der Suche nach einer Reaktion, einem winzigen Aufflackern von Hoffnung oder Unsicherheit, etwas, das seine Vermutungen bestätigen würde, dass sie ihn tatsächlich von dem Moment an auserwählt hatte, als sie den Club betreten hatte.

Er hatte gesehen, wie sie hereingekommen war, ein wenig außer Atem, als wäre sie gerannt, und ein wenig angespannt. Ihre Augen hatten sich über den Club hinweg mit seinen getroffen und sie hatte ihn einen Moment lang angestarrt, bevor sie aus dem Blickfeld verschwunden war, nur um kurze Zeit später auf der Tanzfläche wieder aufzutauchen.

Owen legte seine rechte Hand über ihre, wo sie auf seinem linken Unterarm ruhte, und blickte tief in ihre faszinierenden Augen. »Würdest du mir zeigen, wie wunderschön du wirklich bist?«

Eine Röte stieg ihr in die Wangen und sie zog ihre Hand weg. »Du würdest vielleicht nicht überleben, um davon zu erzählen.«

Er streckte sich nach ihr aus und ergriff ihre rechte Hand, zog sie wieder zu sich und spielte mit ihren schlanken Fingern. Schwarze Nägel. Ein Hinweis darauf, wie sie aussehen würde, wenn sie sich verwandelte. Sie hatte recht, und er starb vor Neugier, ihre andere Gestalt zu sehen. Er hatte nur Gerüchte, auf die er sich stützen konnte, aber wenn sie sich verwandelte, wäre sie zweifellos das Unglaublichste, was er je gesehen hatte.

Er hob seinen Blick wieder zu ihren Augen.

Verdammt, sie war bereits das Unglaublichste, was er je gesehen hatte.

»Ich kann auf mich aufpassen«, raunte er, und ihre Wangen wurden noch dunkler. »Ich kann mit dir umgehen.«

Er bewegte seine Finger unter ihren, strich mit dem Daumen darüber und hob ihre Hand an seine Lippen. Er hielt kurz davor inne, sodass sein Mund nur Millimeter von ihrer Haut entfernt schwebte, und sie starrte ihn an, ihre blauen Augen weit geöffnet und fesselnd, ihre Lippen leicht geöffnet, während sie schneller atmete. Das intensive Gefühl der Erwartung, das sie erfüllte, wirbelte auch durch ihn, spannte ihn innerlich an und ließ ihn danach jucken, einen Kuss auf ihre Knöchel zu drücken und beider Sehnsüchte zu erfüllen.

Stattdessen hielt er ihren Blick fest und strich mit seinem Daumen über ihre Fingerrücken, während er sprach, sein Atem streifte ihre Hand.

»Also, wirst du meine kühnsten Träume wahr werden lassen?«

Gebissen von einer Höllenkatze

Als einziges überlebendes Mitglied der berühmtesten Gestaltwandlerjäger-Familie der Geschichte ist Owen Nightingale ein Söldner und ein Mann mit einem Geheimnis, das er tief in seinem Herzen verborgen hält. Doch als eine wunderschöne, seltene Gestaltwandlerin seine Aufmerksamkeit erregt und ihm einen Job anbietet, hat er das Gefühl, dass er derjenige sein wird, der für ihre Hilfe bezahlen wird – mit seinem Herzen.

Cait steckt in Schwierigkeiten mit einem großen S. Ein männlicher Höllenkater hat es darauf abgesehen, sie für sich zu beanspruchen, aber sie ist ein Kätzchen, das kein Halsband will. Als sie einen dunklen, verführerischen und geheimnisvollen Jäger trifft, sieht sie eine Chance, den Kater loszuwerden. Doch der Preis, den Owen festlegt, und die heftige Leidenschaft, die zwischen ihnen weiß-heiß lodert, locken sie gefährlich in seinen verführerischen Bann.

Kann Owen die wahren Absichten des männlichen

Höllenkaters aufdecken und Cait davor bewahren, in seine Hände zu fallen? Und kann Cait die Kontrolle behalten, während das Feuer des Verlangens zwischen ihr und Owen brennt, oder wird ein unbedachter Moment beider Schicksale für immer besiegeln?

Jetzt kaufen:
https://www.felicityheaton.com/german

ÜBER FELICITY HEATON

Ich bin eine NY-Times- und USA-Today-Bestsellerautorin für paranormale Liebesromane und lebe mit meiner Katze und meinem Ehemann in einem kleinen ländlichen Dorf in Oxfordshire in England. Ich liebe es, von zu Hause aus lange Spaziergänge auf dem Land zu machen, und ich reise gerne an weit entfernte Orte, aber auch in heimische Gegenden. Außerdem liebe ich alles, was mit Zimt zu tun hat.

Ich habe über 90 Bücher geschrieben und bin vor allem für meine Welt der Ewige Gefährten (»Eternal Mates«) bekannt, die mehrere verschiedenen Serien umfasst, in denen es sich immer um Schicksalsgefährten dreht. Diese Geschichten sind voller Dunkelelfen, Wandler, Vampire, Dämonen, Engel, Sterblichen, Fae und vielem mehr.

Die wichtigste Serie in dieser Welt ist die Reihe Eternal Mates (bisher nicht auf Deutsch veröffentlicht). Außerdem gibt es die Reihe der Cougar-Creek-Gefährten – in der es um die Nachbarn der Black-Ridge-Bären geht – und die Reihe der Londoner Vampire.

Wenn du eher auf griechische Götter stehst, kannst du mal in meine Guardians-of-Hades-Reihe reinschnuppern, in der es um die Kinder von Hades und Persephone geht (inklusive einer Nacherzählung ihres Mythos).

Wenn du umfangreiche paranormale Liebesromanwelten voller Leidenschaft und Action und mit einer Prise Humor suchst, wirst du meine Bücher lieben.

Erfahre mehr über meine paranormalen Liebesromane:
https://www.felicityheaton.com/german

Wenn du gerne E-Mails von mir mit Neuigkeiten über zukünftige deutschsprachige Veröffentlichungen, Verkaufsaktionen und Bonusszenen erhalten möchtest, melde dich für meinen Newsletter an:
https://geni.us/fhdenewsletter